赤《あか》い轍《わだち》

村上政彦

論　創　社

——現存在は世界内存在である。
マルティン・ハイデガー

——I ain't got no home
ウディ・ガスリー

目次

第一部　もうこの世に住みかはありゃしない

俺は死なない――灰色の使い古した手帳を開くと、裏表紙に黒々としっかりした文字で書かれていた。一緒に置いてあったボールペンで書いたようだが、俺は死なない、という文字を何度もなぞって太く濃くしてある。一ページ目には詩のような言葉が書いてあった。

君の息は、
よく磨かれた宝石のような、
香りがする。
君の佇まいは、
一本の青草のように、
みずみずしい。
君が生きている。
だから、
地球は自転する。

二ページ目には、何かの施設らしい住所と連絡先がいくつもしるしてあった。「炊き出し」、と書かれたページには、立川、八王子、府中の「炊き出し」の日時やメニューがあった。ほかには収入や支出を計算したメモがあった。しばらく手帳をながめていた木元武志は、やがて手帳とボールペンがそろえて置いてあった団地の花壇のかこいに腰をおろした。真っ青な空には綿をうすく引き伸ばしたような、やわらかそうな雲が浮かんでいる。道路を挟んで向こうがわには浅川の土手があり、桜並木がつづいている。ほぼ満開で風が吹くと、チラチラうすいもも色の花びらがちった。こちらの斜面にはシートを敷いて弁当を開いたり、酒を呑んだりしているグループがいて、ときどき話し声がひびく。みな律儀にマスクをつけているが、酔っ払ってはずしている者もいる。武志は手に持っているだけで、つけていない。

武志が手帳とボールペンを見つけてから、どれぐらいたっただろうか。かなりスコッチの酔いがまわっているので時間がよくわからない。これは大切な手帳なのだろう。持ち主が引きかえしてくるかもしれないからこのまま置いていくか、交番にでもとどけるか。まわりを見回していたら、ひとりのグレーのマスクをつけた男が団地の敷地内をウロウロしているのが見えた。何かを探すようなそぶりだった。彼は腰をあげてそっちへ向かった。

「これ」と武志は手帳とボールペンをかかげて見せた。「お宅の？」

男は左右の袖の長さが違うグレーの上着とパッチワークのパンツ、汚れた白のスニーカーという恰好で、頭を坊主にしている。武志のかかげた手帳とボールペンを見て、足早に近づいた。

「俺のだ。拾ってくれたのかい？」

武志は顎で花壇を促して、そこに置いてあったと言いながら差し出した。土手から笑い声が聞こえた。両手でうけとる男の、短い右手の袖から、手首から先のないすりこ木のような手がのぞ

いた。男は礼を言った。そして武志をじっと見つめて、

「あんた、時間あるかい?」と訊いた。

あるような、ないような……と武志がこたえたら、礼がしたいから着いてきてくれ、と歩き出した。彼は酔いが足までまわっていないことを確かめ、断ることを考えていない男の様子に押されてうしろからついて行った。

団地をはなれて住宅街の小道に入り、足早な男について行く。初老の見かけだが、酔っているせいだけではなく、武志の足がなかなか追いつかない。じわじわと汗がにじんできて、息が速くなる。ちょっとまってくれ、というのもみっともないから、黙って足を運ぶ。道のつきあたりにきて左へまがった。土手沿いの道路に出た。眼の前には、すこしまえまで武志のいた向島公園がある。公園を右回りにぐるっとまわると、道路が広くなった。車がやってきた。男は右の住宅側に寄って歩きつづける。向こうに高幡橋が見えた。男はふり返って、すりこ木のような手で向こうをしめして、そこだよ、と言った。武志は息をきらしていた。

高幡橋の下の空き地には、段ボールとブルーシートでこしらえた住みかがならんでいた。武志もこの道路はとおったことがあるので知っていた。こっちだ、と男が案内する。そこには年代物のワーゲンのワゴンが停まっていた。あまり見たことのない車だった。男はハッチバックを開けて、簡易イスを取り出し、坐ってくれ、と言った。武志は言われたとおりにした。段ボールハウスの住人たちはいるのかいないのか、人のすがたはない。土手の上をときどきスポーツウエアの

男女が、走ったり、歩いたりして、行きすぎる。

男はピクニックシートを地面に敷き、包丁と俎板、鍋とガスコンロ、金ザル、ボール、椀、煮干しの入った透明のビニール袋やカップ入りの豆腐や長い青ネギや味噌のタッパーや酒の壜をつぎつぎにとり出した。そのあと大きな焼酎のボトルを出した。右足のスニーカーをぬいで、五本指の靴下をとって、片方だけ裸足になり、左手に持った石鹸と焼酎のボトルの水で足を洗い始めた。指の股のあいだも念入りにこすり、洗濯してあるらしい乾いたタオルで拭いた。爪は短く切りそろえられ、肌はやわらかそうでまっしろだった。武志はむかし通った銀座の鮨屋の職人の手を思い出した。地面には足を洗ったあとの水跡がまるくのこった。男は俎板の前に坐り込んで、煮干しを足でおさえ、頭を背のほうへ折ってとり、包丁で身をひらいて、はらわたをのぞいて二つに割いた。それを五、六匹やって鍋に入れ、ガスコンロで煎った。煮干しを焦がさないように鍋を動かしながら、

「あんた、名前は?」と訊いた。

「木元武志。……お宅は?」

シゲと呼んでくれ、と男は言った。あんたはタケちゃんでいいか。

「シゲさん、何をご馳走してくれるんだ。俺は大したことやってないよ」

シゲはだまって鍋を動かしている。

「退屈だったらラジオでも聴くか」シゲが言った。

武志は首を振った。シゲの料理の手際を見ているほうが面白い。しばらくすると煮干しを鍋から金ザルへうつし、よく振った。香ばしい匂いがたちこめる。焼酎のボトルの水で煮干しを洗って、昆布といっしょに鍋へ入れた。新しいペットボトルの栓をあけて、水をそそいで蓋をした。

「ミソスープ、ホシイ」

たどたどしい日本語に振り返ると、武志のうしろに蓬髪に青いジャージーを着た男が立っていた。段ボールハウスの住人らしい。東南アジア系の顔をしていて、かすかに何か腐ったような臭いがする。

「王子様、あとで持って行きます。どうぞ、宮殿へ」

シゲは武志の訝しそうな様子を見て、段ボールハウスへ入る住人を見ながら、自分をタイの王子と思い込んでる、よほど辛いことがあったらしい、と言った。それから鍋を見て、……ほんとはひと晩おくといいんだがな、とつぶやいた。

シゲは武志のほうを向いて、

「タケちゃん、あんたの話、聴かせてくれよ」と言った。

急に言われて武志はとまどった。言葉に詰まっているのを見て、出汁がでるのにしばらく時間がかかるから、とシゲが言った。

「俺の話は面白くないよ」武志は言った。

「仕事は?」シゲが言った。

不労労所得があるとこたえると、いい身分だ、とシゲが笑った。

「自販機あるだろ?」武志は言った。

「ああ。いまはいろんな自販機があるらしいな」

「そのあがりで暮らしてる」

「自販機のあがりってことは……」

「百台ぐらいある」

百台、とシゲは首をふった。

「でも、不労所得っても、中身補充するとか、それなりに仕事はあるだろ」

全部、業者任せだ、と武志はこたえた。シゲは空を見上げた。高幡橋の両方に綿雲が浮かんでいる。

「それで朝から呑んでられるわけだ」

まあ、そういうことだな、と武志はうなずいた。

「幸せか?」

不意打ちだった。

「お宅は?」とっさに武志はシゲに訊きかえした。

二人は向かいあってたがいの顔を見ていたが、そのうちにシゲが笑いだした。

「俺の味噌汁飲むと、必ず、幸せになる」

「シゲさん、料理人か」

そんなこともあった、とシゲはこたえた。いまは詩人だ。

「詩人？」武志は拾った手帳に書いてあった文章を思い出した。

シゲは腰をあげてスニーカーを履いたほうの右足でけんけんをするように飛んで、車から何か持ってきた。藁半紙をホチキスで止めた小冊子だった。俺の作ったＺＩＮＥ《ジン》だ、と差し出した。表紙には、「死にたい君へ」とタイトルがあり、ページをめくると、何篇かの詩らしき文章がならんでいた。末尾には、死にたくなったら電話して、と携帯の番号がしるしてある。武志には詩がよくわからない。もともと読書をする習慣がない。商売を始めたとき必要にせまられて、ビジネス書を読んだぐらいだ。パラパラと読みおえた武志は、

「俺は幸せかどうかなんて考えたことはない。でも、死にたいとは思わない」と言った。

いいことだ、とシゲが言って、ガスコンロの火をつけた。煮立つ直前に弱火にし、それからまたしばらく煮た。傍らの布で出汁をボールに濾して、もう一度鍋にもどし、足の裏にのせた豆腐を器用に切り分けて入れる。足でしゃもじを持ってタッパーから味噌をすくい、左手の日本酒の壜をかたむけてとかし、きざんであった長ネギをちらして、ひと煮立ちさせて火を止めた。手に持った椀に足のしゃもじで味噌汁をよそった。

「やってくれ」

椀からはかすかに湯気がたちのぼり、ゆたかな匂いがする。濃い茶色の汁のあいだに豆腐とネ

ギが浮かんでいた。熱い汁をすすると、口のなかに思わぬ滋味がひろがり、自然と喉がひらいた。武志はやわらかな豆腐としゃきしゃきのネギをすいこみ、ハフハフと冷ましながら夢中で食べた。熱い汁が食道をながれおちて、腹の底にいのちが溜まっていく。いつの間にか椀は空になっていた。シゲは満足そうに微笑んでいる。段ボールハウスからタイの王子が顔を出すと、しゃもじで椀に味噌汁をよそって持って行った。

「味噌汁が飲みたくなったら、いつでもきてくれ」ともどったシゲは言った。

武志は椀と箸をかえしながら、ふと思いついて、

「シゲさん、仕事してるのかい」と訊いた。

「……稼ぎ仕事はしてるよ」

「休みは？」

シゲは武志をじっと見つめ、旅行にでも連れてってくれるのか、と訊いた。

「それに近い」武志は笑った。

シゲはしばらく考えて、休みは不定休だ、休みたいときに休む、とこたえた。

「明日、晴れたら朝の十時に向島公園へ来られるかい」

「……行けないことはないけど、ほんとに旅行か」

武志は首をふった。明日、明日、となにか考えているようにシゲはつぶやいて、

「いいよ」と言った。「晴れたら十時に行く」

武志は簡易イスから立ち上がって、じゃ、明日、と言った。

翌日も晴れた。青空には綿雲がまぶしかった。武志は向島公園のペンキの禿げたベンチにすわってＷｉＦｉのイヤホンでレナード・コーエンを聴いていた。足元には少し伸びた芝生と短い草がいりみだれて、ところどころシロツメクサが咲いている。土手を短パンにＴシャツ姿の若者の群れが走って行く。中央大学の駅伝部だ。マネージャーらしい女子学生がうしろから自転車でついていった。両側を草むらで覆われた細い浅川の流れでは、シロサギが抜き足差し足で歩いている。肩をたたかれて振り向くと、マスクをつけたシゲが立っていた。武志はイヤホンをはずして、ベンチの端にずれた。シゲが隣にすわった。武志はレジ袋からボディを牛革で巻いたサルスバッカスのスキットルを出し、蓋をあけて彼に手渡した。自分の分は使いこんだジャックダニエルのスキットル。シゲはマスクをはずし、スキットルを鼻に近づけて、いい酒だな、と言った。

「ラフロイグの十五年だ」

シゲはスキットルから一口あおった。少し間をおいて喉仏がゴクリとうごいた。

「うまい」

武志も呑んだ。香ばしくて、あまい。それでいて、すっきりしている。

「もう少しやってくれ」

ふたりは土手を走ったり歩いたりする人々を眺めながらスコッチを呑んだ。やがて心地よく酔いが回ってきたころ、武志はレジ袋から平たい木製の葉巻の箱を出し、デュポンのギロチン式シガーカッターでヘッドを切った。破片が足もとに落ちた。シゲはスコッチの酔いでゆるんだ目をめずらしそうに向けていた。武志は葉巻をゆっくり回しながらガスライターでフット面をまんべんなく焦がしてゆく。紫の煙が立ちのぼる。こうばしい香りをたのしんでからカットした吸い口をくわえ、口に煙をふくんでただよわせた。

「モンテクリストだ。ゲバラも吸ってたやつだよ」

武志は同じようにして火を点けた葉巻をシゲに差し出し、彼はスキットルをおいて受けとった。

「煙を口にふくむんだ。煙草とちがって肺まで吸いこんじゃいけない」

シゲは言われたとおりにした。口元でたっぷりと紫の煙がただよう。うん、いいもんだな、とつぶやいた。

「まだある」

武志はイヤホンのひとつをシゲの耳に差しいれた。ゆっくり目を閉じた。やがてリズムをとるように頭を縦にふっていたが、ふいに立ちあがって、

「ハレルーヤッ！　ハレルーヤッ！」と歌いだした。

武志は笑っていたが、いつか彼自身も立ちあがって歌っていた。

ハレルーヤッ！

ハレルーヤッ！

土手を飼い主の年老いた婦人と散歩していたスコッチテリアがおどろいたのか、ワンワンと吠

えついた。春の青空の下、昼間から完ぺきにデキアガッタふたりの男が、そこにはいた。

わたしがツイッターの闇バイトの掲示板に告知をしたのは昨日のことだった。もう二十件をこえる応募がきている。中にはふざけ半分のものもある。新しいプレー？　おれも仲間にいれて――わたしはそういう応募を飛ばして、やります。手数料は現金払いですか？　受け渡しはいつですか？　と書いてきた人物に返信した。スコップとハシゴはよういできますか？　できますよ。明日の夜十時、野鳥の森公園にスコップとハシゴをもってきてください。五万円はそのときはらいます。

わたしは坂の途中にあるベンチから坐ったまま後ろを振り返った。道路のフェンスの向こうには、木々の茂った野鳥の森公園が見渡せた。さっきまでわたしは公園のなかを歩いて、穴の掘れそうな場所をさがしていた。公園の入り口から草木のはえた斜面を十メートルばかりくだったあたりに、階段の踊り場のような感じの、木と木のあいだにぽっかりあいたところがあった。そこに立つと、住宅のならんだ町の景色が見えた。ここがいい、とおもった。ここなら静かに眠れる。絶対、だれにも見つからない。そのときわたしのあたまにはひとりの男の笑った顔がうかんだ。そして、汗と体液のまじった臭い。かるい吐き気がした。つわりの時期は、とうに過ぎていた。あいつから逃げられるんだ、とおもいなおすと胸がすっとした。

わたしのママはフィリピン人だ。タレントとして日本へやってきて、スナックで働いていた。そのとき知り合った男は、ママが妊娠したと告げたとたん、店にこなくなって、携帯もつうじなくなった。ママはひとりでわたしを産んで育てようとしたが、すぐに苦しくなって、わたしを施設にあずけた。迎えにきたのは小学校へ入るころだった。田畑という男がいっしょだった。やっといっしょに暮らせる、パパのおかげ、とママはいった。田畑とわたしは血のつながりがなかった。田畑はしゃがみこんで娘になったわたしの頭をなでた。よろしくね。わたしは、ママとパパがいっしょにできたことで、単純に喜んだ。

田畑は建設現場で働いていた。ママは体調をくずしてスナックを休んでいたあいだ、まいにち弁当をこしらえてもたせた。彼は仕事熱心で酒もギャンブルもやらなかった。陽が落ちてアパートへ帰ってくると、風呂に入って、TVを見ながら夕食をとって寝てしまう。深夜、ママが苦しむような声でめざめたのは、アパートにきた初日だった。具合がわるいのだろうか、とおきあがろうとしたとき、ママの体のうえに田畑がのしかかっているのがわかった。ママは体を弓ぞりにして、田畑は激しく腰をうちつけていた。月明かりのなかにほの見える、男女のからまったすがたは、なぜかわたしをおびえさせた。わたしは布団を頭からかぶって耳をふさいだ。それが毎晩つづいた。ふたりがからみあわないのは、ママが生理のときと、風邪で高熱をだしたときぐらいだった。

わたしが小学校を卒業して、中学生になると、家族はひっこした。ママがまたスナックで働くようになって、家計に余裕ができたのだ。わたしは自分の部屋をもらった。弟と妹ふたりは、まだ小さかったので両親と寝た。田畑はママが出勤すると、弟と妹を風呂にいれて寝かしつけた。わたしがベッドで横になってスマホで音楽をきいていたら、部屋のドアがあいて田畑が入ってきた。なに？　とわたしがきくと、田畑は無言でベッドに乗って、わたしにのしかかった。声をあげようとしたら、田畑は大きな手でわたしの口をふさいで、いうこときかないなら離婚する、ママはかなしむだろうな、おまえも下のふたりも施設行きだ、といった。わたしの体から力がぬけていった。田畑は愉しむように一枚ずつわたしの衣服をぬがせて裸にした。そして自分も下着をとって、ゆっくりと体をあわせてきた。硬いこぶしのようなものを性器に押しつけられ、そのあたまが少しずつ入ってきて、いっきに貫かれた。裂かれるような鋭い痛みが頭のてっぺんまではしった。わたしは初めてだった。田畑はママにするように激しく腰をうちつけた。痛みと怖さで吐き気がした。その夜、田畑はわたしのなかに入ったまま二回はてた。満足すると、血のついたシーツをはがし、洗面所であらって乾燥機で乾かしてもってきた。衣服を身につけたわたしが身構えると、これ、敷くだけ、とわたしをベッドからおろして、シーツを敷いて出ていった。その日はママが帰っても二人はからみあわなかった。

　そのあと、週に何度か田畑は下の子供たちを寝かしつけてから、わたしの部屋にきた。田畑は、ときにコンドームもつけずにわたしを抱いた。わたしが十四歳になったある日、生理がとまった。妊娠したと思って田畑に相談した。田畑は、そうか、とつぶやいたきりだった。わたしはお腹が大きくなるのを苦心してかくした。どうしていいものかわからない。だんだん自分の体が自分のものではなくなってゆく。わたしは中学校で孤立していた。嫌がらせを受けたこともあった。友達と呼べる仲間はひとりもいなかった。だれにも相談できない。スマホで出産の仕方を調べて、赤ん坊が産まれたら、臍の尾を切って、胎盤を捨てることまでは知った。でも、そのあとは……。もう一度、田畑に産まれた赤ん坊をどうしたらいいのか相談したら、それは自分で考えろ、俺は仕事があるから、と突き放された。陣痛がきたとき、授業中だったので、教師に体調不良をうったえて早退した。家に帰って自転車で野鳥の森公園の公衆トイレへいった。便器にうつ伏せになって、痛みをこらえながら、どれぐらい経ったか。ぬるっとなにかが出て、おぎゃあ、と泣いた。わたしは思わず真っ赤な肌をした小さな生きものの口をふさいだ。泣かないで。泣かないで。そう思いながら強く口をふさいでいたら、小さな生きものは動かなくなった。わたしは鋏で臍の緒をきって、臍の緒がついたままの小さな生きものと、あとから出てきた胎盤を用意していた黒いビニールのゴミ袋にいれた。

家にもどって田畑が帰るのを待った。赤ん坊を殺した、と告げたら、田畑は、そうか、とつぶやいて、まだあるのか？　ときいた。部屋にゴミ袋があることをおしえると、田畑はそれをもってこさせて、あとの始末はしとく、と家を出た。その夜、わたしは一ミリも食欲がわかなかった。部屋でずっと寝ていた。数日後、ママが出勤して、下の子供たちを寝かしつけたら、田畑はわたしの部屋へ入ってきた。もう嫌だ、わたしは赤ちゃんを殺した、わたしはパパの娘だよ、とことばんだ。すると田畑は笑いながら、俺とおまえは血のつながりはない、男と女だ、今度孕んだら、ちゃんと始末してやる、といった。その後、やはり妊娠した。わたしは古い病院へつれてゆかれて、年老いた不愛想な医者に分娩台へのせられ、赤ん坊をかき出された。そういうことが二度あった。その少し前から、ママが酔っぱらって帰ることが多くなった。昼間でも安いワインを水のように呑んだ。わたしが学校から戻ると、酔って洗面所で吐いていることもあった。見かねたわたしが、そんなに呑んだら体に悪いよ、というと、わたしの体、わたしの自由、と叫んだ。わたしを見つめる憎しみのこもった眼を見て、この人は知ってる、と感じた。知っていて、田畑の自由にさせてる。田畑にこわされたわたしの心は、ママにすりつぶされた。生まれてこなければよかったとおもった。

四度目に妊娠したとき、田畑は、もう堕ろす金はない、といった。産んだらすぐやっちまえ。わたしの思いは、もう、ひとつしかなかった。わたしはツイッターで、女子中学生、十五歳、わたしを好きなようにしたい人、募集！　と投稿すると、夏の街灯に群がる蛾のように男たちから反応があった。わたしは何人かの男に身を売って五万円かせいだ。それでこの地獄から逃げる。

その日、わたしは学校が終わっても家へ帰らなかった。市立図書館で雑誌を読んで時間をつぶし、閉館になったら野鳥の森公園へいった。暗い森のなかにいると、なぜか落ち着いた。生きた樹木の匂いがして、愛らしい虫の音がきこえた。このままずっとこうしていたかった。ちょうど十時になったとき、ツイッターでメッセージがとどいた。いま野鳥の森公園に着きました。どこにいます？　わたしは返信した。公園の入り口から十メートルぐらい下です。スマホのライトをつけます。しばらくして明かりのなかにスコップと脚立を担いだ若い男のすがたが見えた。ここに穴を掘ってください。五万円は？　穴を掘ってわたしがなかに入ったら渡します。男はわたしがスマホのライトで照らすなか、そこに穴を掘り始めた。相当の力仕事らしく、だんだん男の息が荒くなって、額や顎から汗がしたたり落ちた。小一時間ほど掘ると、男は脚立をのばして穴のなかへおりていった。それからも掘りつづけて、男が手をのばしても届かないぐらいになったところで、これでいい？　といった。ちょっと……わたしは男の手を借りて脚立に足をかけ、穴へ入ってみた。頭の上にまるい星空が見えた。星はぼんやりしている。横坐りしたら、やわらかな土の冷たい感触がした。ペパーミントキャンディーでも口へ入れたように心がすうっとしずまった。ここがいい。わたしは立ち上がって、男に五万円渡した。わたしが合図したらうめてくださ い。男は脚立をのぼって穴から出ていった。わたしはスマホのライトをけした。さっきのように横坐りして、制服のスカートのポケットからカッターナイフをとり出し、かりかりと刃を出して、左の手首をずぶっときった。闇のなかで黒い血があふれた。うめてください。男は掘りあげた土を上から落とした。ばらばら頭から土をかぶった。だんだんわたしの体がうまってゆく。穴を掘ったってわからないようにしてください。男は無言で土を落とす。

わたしはあふれる血を感じながら、自分のなかの汚れたものが、すべて出ていく気がした。右手を子宮のうえに当てて、今度はいっしょだよ、とささやいた。穴はどんどんうめられてゆく。わたしは土のなかにうもれる。やがて土はわたしのすがたを隠した。男は掘りあげた土を穴のなかへ放りこむ。穴はうまった。わたしはあたまのうえで男が土を踏み固めているのがわかった。男は上着の袖で額の汗をぬぐい、周りから落ち葉や木切れを集めてきて、穴のうえに散らした。わたしは、ありがと！　と叫んだが、それは男にはきこえなかった。男はスコップと脚立をかついで足早に野鳥の森公園を去った。土にうもれたわたしは真っ暗ななかで、静かに息をつぎながら、子宮にいる赤ん坊のことを考えていた。今度は、もっといいところに生まれてこようね。いっしょに生まれてこようね。……お花に、いっしょにお花に生まれ変わろう。わたしの意識は少しずつぼんやりしてきた。夢見ているような心地になった。だんだん気が遠くなり、やがて意識が途切れた。母胎とともに亡くなるはずの赤ん坊は、そのあともまだ生きていた。若い母親の意識が失われたことも知らずに臍の緒から栄養をとって、呼吸をつづけていた。あくびをする。のんびり手足を動かす。ここは赤ん坊がいちばんやすらげるところだった。彼女の息がとまった。心臓の鼓動もとまった。赤ん坊は、それでもまだ、生まれ出ることを待って、準備をととのえていた。

武志のいちばん最初の記憶は、せまく薄暗い部屋で、ヘップサンダルを作っている曾祖母・金多恩の姿だ。強い接着剤のにおいがしていた。場所は大阪の猪飼野だ。曾祖母は貼工をしていたという。曽祖父は土方だったらしい。祖父の金道賢は商才があって、小さいながらヘップサンダルの工場をもった。彼と祖母の金書玄は民準と勝民という年子の兄弟をもうけた。祖父は二人の息子を日本人の学校に入れて、日本の教育をうけさせた。民準は大学で上京し、勝民は大阪の大学に入った。その後、兄弟の人生は大きくかわった。民準は、東京の大学で自分の家族と同じ済州島に出自のある女子学生・朴知宇と出会って同棲した。一年もしないうちに知宇は身籠って、彼らは学生結婚した。やがて長男の友珍が産まれた。若夫婦は子供ができたことをきっかけに、日本への帰化を決めた。そして、民準も知宇も友珍も東京の調布へ転籍した。お互いの家族には反対するものが多かった。知宇は実家と疎遠になった。しっかりやれよ、とはげましたのは、民準の父だけだった。家業は勝民が継ぐことになった。民準は木元正、知宇は木元洋子、友珍は木元武志となった。知宇は実家からの仕送りが途絶え、学費が払えなくなったので、大学を中退した。民準は父の理解があったので、実家からの仕送りと、家庭教師のアルバイトをいくつか掛け持ちして、学費と生活費を捻出した。大学を卒業すると、中堅の証券会社に採用された。戸籍謄本に父母の名は残ったが、名門大学の社会的な地位と、本人が帰化していたことで会社は彼の出自を大きな問題と見なさなかった。

正は株の売買のやり方を身につけて、入社から十年目、予定通り辞表を出した。上司には遺留されたが、起業するので、と言ったら、うちをもうけさせるぐらいの商売しろよ、と肩をたたかれた。彼の銀行口座には、株でもうけた事業のための資金がたまっていた。それで調布に会員制のバーを開いた。カウンターだけの小さな店だが、床はピカピカに磨きあげられ、上品で物静かなバーテンダーがシェイカーを振る。客はたいていひとりできて、黙って酒を呑み、ときおりバーテンダーと話して帰る。株でいい思いをさせてやった人々に案内を出すと、ぽつぽつとやってきて、口コミで客がふえた。調布に本格的な高級バーがなかったこともあって、地元の客もついた。開業四年目で、やはり調布に会員制のフレンチレストランを開いた。一日にとる客は三組と限定して、腕のいいシェフに美食家が悦ぶ料理を作らせた。やがてレストランも馴染み客がついて、なかなか予約のとれない店として知られるようになった。三軒目の店は、ハンバーガーショップだった。ここは家族連れがきらくに足を運べる店にした。マクドナルドやモスバーガーと競合しないように、価格をやや高めにした。パテも、バンズも、ソースも、すべて手作りで、ハンバーガーをきわめるようなものを出した。バーやフレンチレストランとちがって、軌道にのるまで時間はかかったが、安いだけのハンバーガーに飽きた客がついた。道賢の商才は、確実に息子へうけつがれていた。

このころ武志は大学に入って、父の勧めで経営学をまなんだ。正は武志のあとに弘子という女の子に恵まれたが、長男の彼にあとを託すつもりでいた。武志も子供のころからハンバーガーショップには出入りしていたので、悪くない仕事だと思った。大学を卒業して、三軒の店の経営を手伝い、そろそろ身をかためる時期になったとき、父が、おまえの戸籍謄本にある両親の名は日本名だ、大坂の実家のことは誰にも言ってはならない、と約束させた。武志はそのころつきあっていた二つ年下の凛子に、自分の出自をうちあける機会をみはからっていたので、肩の荷がおりた気がした。しかし心の奥には、うしろめたい思いが残った。やがて二人は結婚して、男の子をひとり、女の子をふたり、さずかった。凛子は、夫の両親と仲がよく、しょっちゅう子供をつれて武志の実家へ通った。彼らは孫を可愛がった。子供たちもじいじとばあばになついた。凛子に武志の祖父母のことを訊かれたときは、うちの両親は親の反対をおしきって駆け落ちしたから、それぞれの親族とは縁をきったらしい、とこたえた。いまどき勘当？　と彼女は言った。曽孫の顔見せてやれば喜ぶんじゃない？　親が嫌がるからさ、と武志は言った。俺もどっちの祖父母とも会ったことがないんだ。二年後、深夜に父から電話があった。猪飼野の祖父が亡くなったという。葬式には行かないといけない。翌朝、凛子には急な仕事で泊まりになると言って、父母と新横浜で待ち合わせて大阪へ向かった。通夜と告別式をすませて、父母の家へ帰ったら凛子と子供たちがいた。彼女は実家の鍵をわたされていたので、買い物帰りに立ちよったのだった。喪服姿の三人を、何やら物珍しそうに見ていた。知り合いの葬式へ行ったんだ、と武志はあえて落ち着いた口調で言った。黙ってうなずいた凛子は、お泊りする、とさわぐ子供たちと三人で帰った。まずいよ、と武志は父に言った。大丈夫さ、と父は着替えをはじめた。

マンションへ戻ったら、凛子は子供たちを風呂に入れて、寝かしつけていた。武志は冷蔵庫から缶ビールを出して呑んだ。子供たちが眠ったあと、言い訳を考えていた武志が話しかけようとしたら、凛子は疲れたから寝ると夫婦の寝室へ行った。それからも凛子は武志親子が葬儀に出かけたことについて触れることはなかった。武志も様子見することにした。そのあいだに両親は、そろそろ楽に暮らしたい、と武志に三軒の店をまかせて、医者や看護師の常駐する高齢者向けのマンションへひっこした。半年ほど経って、出入りの業者と呑んで夜遅くマンションへ帰った武志は、部屋がなんだかがらんとしている気がした。寝室に行くと、凛子の姿がない。子供部屋には、子供たちの姿がない。凛子の携帯に電話してみたら、この番号は現在使われておりませんとアナウンスがながれた。凛子の実家に電話してみたが、来ていないという。武志は居間のソファーへ坐りこんだ。喉がカラカラに渇いていた。缶ビールをとろうとして、ダイニングキッチンの冷蔵庫の前まできて、マグネットで封書が貼ってあることに気づいた。金友珍様へ、と表書きにあるのを見て、全身にじわっとあぶら汗のようなものが滲んだ。凛子の字だった。封書をあけてなかの手紙を読んだ。

金友珍――これがあなたの本名ですね。私は、あなたが自分の出自を打ち明けてくれていたら、あなたが朝鮮人であっても結婚していたでしょう。でも、あなたはそれを隠していました。もう、あなたと結婚生活を続けていく自信がありません。後日、離婚届を送ります。私と子供たちのことを少しでも思ってくれているのなら、サインして市役所に出して下さい。

武志は怒りや哀しみや驚きやさまざまな気持ちで躰が熱くなった。その夜は冷蔵庫にある缶ビールをすべて呑みほして明け方ごろすこし眠った。朝になってミニクーパーで両親のマンションへ行った。手紙を見た父は、どうやって武志が友珍であることにたどりついたのか訝しがっていた。母は、凛子ちゃんの実家は？　ときいた。武志は首をふった。なんでこんな思いしなきゃならないんだろうね、と母はため息ついた。やがて離婚届がとどいた。武志はそれを持って凛子の実家へ行った。定年になって年金暮らしの義父母は、そろって迎えてくれた。しかし凛子の話になると、たがいに顔を見合わせるだけで、離婚を思いとどまらせようという意志が感じられなかった。どこにいるか教えてほしいと言っても、本人が嫌がるから、と口をつぐんだ。武志は離婚届を出さなかった。妻に金友珍という名をつきつけられて、心のどこかが地震でできた断層のようにずれてしまい、なにをするにも気力が萎えて、モダモダした不快さがずっと消えなかった。店をスタッフまかせにして、昼間から強い酒を呑むようになった。二、三カ月そういう生活が続いて、武志は離婚届にサインして市役所へ出した。帰り道、不動産屋に寄って、三軒の店を居ぬきで売る相談をした。繁盛店だったから買い手はすぐ見つかって、武志は手元に入った金で新しいビジネスを始めるつもりだった。思いついたのは自販機だ。まったく未知の仕事だったが、なにも考えずに躰を動かして働きたかった。目的は頭のなかをカラッポにすることだった。ネットで自販機ビジネスについて調べ、コンサルタントがいることを知ったが、すべて自力でやるつもりでいたから、アマゾンで自販機ビジネスの本を数冊注文した。自販機の設置場所を探し、土地の所有者に使用料を払い、あとは自分で品揃えをきめて、定期的に自販機を回って商品の補充をすればいいことがわかった。百台の自販機を買った。いちばん大切なのは設置場所だった。武志は、日野市、多摩市、八王子市の住宅地図を買い込んで、口にくわえたボールペンでしるしをつけながらミニクーパーで走った。高層マンションや団地などの集合住宅、人通りの多い繁華街、バス停やタクシー乗り場の近く、パチンコ屋や商店の店先、駅の周辺などが、設置場所としてはいいのだが、すでに自販機が並んでいるところが多かった。そこで武志は大通りや繁華街などに面していて、ちょっとひっこんだ場所を探した。そういう場所は、自販機の全部ではないが、一部が、歩いている人の眼に入る。ためしに、まず、一台を所有者に許可を得た場所においた。広い幹線道路が通っていて、何本か細い枝道がある。その角に第一号の自販機はすえられた。この日は、初夏の暑さも手伝ったのか、一日で七千円ほどの純利益が出た。翌日は五千円ほどだった。三日目は六千円ほど。

武志は、地図にしるした土地の所有者の家を調べて一軒ずつ交渉した。うまくいくことも、断られることもあった。そのときは代替地を探した。そして、百台の自販機をすべて設置し終えたのは翌年の春だった。このあいだに彼の心持ちも変わっていて、なるようになるさ、と考えはじめた。家族のために苦労して働くのは、もう、うんざりだった。自分ひとり気ままに好きなことをしながら、自販機に食わせてもらおう。武志は、自販機の一台ずつに女の名前をつけた。夕陽がきれいな大通りにいるのは茜、ガラス張りのビルとビルのあわいにいるのは瑠璃、風がよく通る丘の上にいるのは風子——最初のころひとりで商品の補充と自販機のメンテナンスをやっていたが、そのうちだんだん面倒になって、オペレーション会社にゆだねた。また、昼間から酒を呑むようになった。週に一度だけ酒を口にしない日があった。木曜日だ。その日は朝からミニクーパーで都心へ出かけた。たどりつくのは、大久保のコリアン街だった。そこにはいちばんの稼ぎ頭の自販機がいた。武志は、彼女の働き振りを見に行くのだ。ごちゃごちゃと軒をならべる焼き肉屋から少し離れたところに立っている自販機——彼女の名前は張梨華と言った。

COS:
cos:mura

始まりはペットボトルだった。日曜ごとの草野球の試合が終わり、マネージャーが配ったアクエリアスを飲むために蓋を開けようとするのだが、固くてまわらない。隣で汗を拭いていたチームメートが、疲れたか？ と笑いながらペットボトルをとって開けてくれた。僕は、何回か右手を振って、そんなにポンコツじゃないんだけど、とペットボトルをあおった。そのときはあまり気にならなかった。数日後、勤めが終わってまっすぐアパートへ帰り、暑い一日だったから、夕食の前にシャワーを浴びた。シャンプーのボトルを手にして、髪にかけようとしたら、腕があげにくい。肩をまわして、腕を上げ下げし、なにか重いものを持ったか、思い出してみる。ふと、草野球での出来事が浮かんだ。どちらも右手だ。筋肉か筋の故障かも知れない。週末の金曜に整形外科で診てもらった。レントゲンには異常が見られない。疲労かも知れませんね、と若い医師は告げた。ゆっくり躰を休めましょう。ひとつしかない躰なんだから、いたわってやらないと。土曜と日曜は、どこへも出かけずに家ですごした。一人用の小さなソファーへ寝そべって、左手でスマホをもてあそびながら、右手を握っては開くことをくりかえした。

それから二週間して僕は、また整形外科へ行った。疲れはとれましたか？ と訊く若い医師に症状がよくならないことをうったえた。医師は僕の右手を両手でたしかめ、右腕をあげるようにうながした。右腕が途中までしかあがらない様子を見て、少し表情が変わった。紹介状を書きますから、神経内科で診てもらってください。どういう病気の可能性があるのかたずねると、……

ALSです、と医師は秘密を打ち明けるように言った。聴いたことのない病気だったので、詳しく教えてほしいと言うと、これはあくまでも可能性の問題だ、と前置きして、全身の筋肉が動かなくなる病気であることを説明した。紹介状を書きますので、待合室でお待ちください。診察室を出た僕は、スマホをとり出して、ALSと入力した。そこに現れた情報はまちまちだったが、共通しているのは、人によって進行の速さはちがうけれども、たいてい一、二年のうちに全身が動かなくなって寝たきりとなり、発症してから五年ほどで死を迎えることだった。僕の頭のなかでは、まさか、と、もしかして、のあいだを、考えの振り子が激しく揺れつづけた。整形外科を出て、まっすぐに指定された脳神経外科へ行った。初診なのでずいぶん待たされ、ようやく名前を呼ばれて、いくつもある診察室のひとつへ入った。四十代ぐらいの顎髭をたくわえた男の医師で、どうしました？　と見かけによらず優しい物腰で尋ねられて紹介状を出した。彼は鋏で丁寧に封筒を切って、紹介状を読みはじめた。症状はいつからですか？　医師は紹介状に目を落としたまままきいた。一カ月近くになる、とこたえると、紹介状をデスクに置いて診察がはじまった。私の手をにぎってください。腕をあげてください。ちょっと私の目を見てください、右を見てましょう、はい、次は左です、僕は言われるままに躰を動かした。食べたものがのみ込みにくいとか、しゃべりづらいとか、ないですか？　ない、とこたえた。それで一段落したのか、医師は腕を組んで、お仕事は休めますか？　ときいた。僕は個人で司法書士の事務所を開いているので、休めないことはないが、長い休みは顧客に迷惑がかかる。一週間、お休みをとってください、検査入院しましょう。

ＡＬＳの確定診断は難しい。患者に応じてさまざまな検査をし、いくつかの似た病気の可能性を排除して、ようやくＡＬＳだろう、という診断にいたる。医師の話をききながら、僕はどうやって仕事をまわしていくか考えていた。事務員はひとり。司法書士も僕ひとり。近々に〆切のある案件をひとまず片づけて、それからあちこちに連絡を入れてと、仕事の段取りを考えた。そして、ふと、何のために？　と思った。自分は不治の難病で、余命も短いかも知れないのだ。僕は、可能性としてはどれぐらいで……と口にしていたが、自分が話しているとは思えず、誰か他人の言葉をきいているようだった。医師は眉根を寄せて、それは検査してみないと分かりません、とこたえた。しばらく沈黙があった。隣の診察室から女の看護師がやってきて、なにかメモをわたした。医師はうなずいて、ちょっと待ってもらって、といった。三日待ってもらえますか、と僕は言った。いいですよ、と医師はパソコンのキーボードを打った。入院の手続きをして事務所にもどった僕は、事務員に検査入院のことを話し、自分がいないあいだの指示を出して、優先順位の早い順から仕事を片づけていった。深夜になっても事務所の灯は消えなかった。夜明けごろにようやく一段落して、ソファーへ横になって目を閉じた。浅い眠りがつづいて、気づいたら事務員がきていた。あら、お泊りですか。サンドイッチでも買ってきましょうか。僕は洗面所で顔を洗って、またデスクに向かった。そういう状態が三日つづいて、ひとまず急ぎの案件を整理し、一度アパートへ着替えなどをとりに帰り、母の携帯に電話した。検査入院？　どうして？

母は驚いていた。わからないんだ、だから検査入院さ。

初日は、血液検査のほか頭と脊椎のMRIを撮った。二日目は針筋電図で、腕の筋肉に針をさされて、痛い思いをした。三日目は髄液検査で、腰から髄液をとるといわれ、看護師の手にした長い針のついた注射器の大きさに、見ただけで痛くなった。四日目は末梢神経伝道速度の検査で、手足に電極を貼りつけられて、電気を流される。これも痛みがともない、腕や足の筋肉がぴくぴく動くのが気味悪かった。五日目の嚥下機能と呼吸の検査は楽だった。見舞いにきていた母は、検査が終わるたび、不安げな様子で、大丈夫？　大丈夫？　とくりかえした。すべての検査の結果が出たところで、父母も呼びよせられ、顎髭の医師から資料が配られた。それを読み上げた医師は、最後に、ＡＬＳですね、と告げた。そして、病気の進行によって躰になにが起きるのかを詳細に話した。そのあと僕と父母は狭い事務室に案内され、医療コーディネーターから、行政でうけられるサービス、自宅に必要なもの、生活をサポートしてくれるボランティアの募集方法などの話をきかされた。僕の耳には、必要な情報がまったく入ってこなかった。僕の頭のなかでは、なぜだか行きつけのスーパーで流れている店名をくりかえすＢＧＭがぐるぐるまわっていた。父はずっと苦いものを口にふくんでいるような表情をし、母が真剣にメモをとっていた。

病気の進行は早かった。だんだん足の動きが鈍くなり、やがて歩けなくなった。僕はアパートを引き払って、実家に移った。半年ほど車椅子での生活をしたが、そのうち手から力が奪われ、ちゃんと坐っていることができなくなった。僕はベッドで寝たきりの暮らしになった。ものが呑み込めなくなって胃ろうの手術をし、息ができなくなって人工呼吸器をつけた。ときどきすでに嫁いだ妹が手伝いにきてくれたが、父母は僕の介護で疲弊し、母はストレスで突発性難聴になった。それなのに、この時期から痰の吸引のため二十四時間の見守りが必要となり、市や都と嫌になるほど交渉を重ねて、日中は四人の常勤ヘルパーを、夜間は大学生を有償のスタッフとして雇うことができた。発症から一年半が過ぎたころ、動くのは眼球だけになった。そのあいだもパソコンと視線入力のできる機器を使い、事務員と連携して仕事はしていたが、じかに人と面談することができないので、だんだん顧客が減ってゆき、事務所を閉めなければならなくなった。躰が自由に動かなくなり、余命も長くはない、とわかってから、僕の生活の芯になっていたのは、まだ働けるという自負だった。それができなくなって、生きていることが嫌になった。いますぐにでも呼吸がとまればいいとおもった。もどかしいことに自分で死ぬこともできない僕は、ただ呼吸をする人形だった。僕の魂は、こわれた器にとじこめられている。ここは自分のいるところではない！　と魂は叫んでいた。

ある日、夜間の介護をしている由紀ちゃんが一枚の絵を持ってきた。子供がゴッホのひまわりを真似たようなつたない絵だ。これ、ヒロさんと同じＡＬＳの患者さんが描いたんですよ。彼女はパソコンのスイッチを入れると、Ｗｉｎｄｏｗｓのペイントを選んでディスプレーに映した。視線入力で描けるんですよ。点描画です。ペイント３Ｄをクリックして……。由紀ちゃんがなにか期待した眼差しでじっと僕を見つめているので、しかたなく目の前の視線入力装置に目を遣った。鉛筆のアイコンを選び、色はオフホワイトにし、点を打つ。簡単でしょ？　彼女がいった。僕は社交辞令で瞬きをした。これから長い夜がはじまる。僕は由紀ちゃんが壁に貼りつけた、つたない絵を見ながら、ぽつぽつとディスプレーに点を打った。もともと絵は好きだった。中学、高校は美術部にいた。しかし画家になろうとは思わなかった。自分の能力は、いちばん自分がよく分かっている。大学は法学部に入って、弁護士などよりは敷居のひくい司法書士の資格をとり、三十になるまでに事務所を開いた。父母はどちらも公務員だったので息子の堅実さを喜んだ。あとは身を固めることだな、と父はいった。まだいいわよ、と母はいった。しかしALSがすべてを修復できないほど壊した。ぼくの人生は廃墟同然だった。

ALSは、容赦なく僕の大切なものをひとつずつ奪っていった。そのたびごとに心が削られた。僕の胸のうちには、まだ乾いていない傷の瘡蓋がいくつもあった。事務所を閉めたら、もうなにも残っていない。発症したとき死ぬことは、まだ遠かった。病気の進行につれて、身近に感じるようになった。いまはその息遣いが分かる。早く連れて行ってくれと思う一方で、まだ死にたくない気持ちもひそんでいた。死にたい。死にたくない。死にたい。死にたくない。ヒロさん、そろそろ寝ないと。由紀ちゃんに声をかけられて、ずっと点描画を描いていたことに気づいた。なに、これ。あ、雲。僕はオフホワイトの点で記憶にあったジョン・コンスタンブルの雲の輪郭をえがき、半分ほどなかを塗りつぶしていた。壁の時計を見たら二時だった。五時間も描いていたことになる。あとは明日、と由紀ちゃんがいった。寝ましょ。翌朝、由紀ちゃんに起こされて、すぐパソコンに向かった。不思議なことに雲を仕上げたいとおもった。あとから考えると、まだ自分にできることがあるのか確かめたかったのかもしれない。昼過ぎまでかけて雲をひとつ描いた。点描画を描いていると、すぐに時間が経つ。自分と向き合うことを避けられる。病気の進行に怯えて落胆している時間が、絵を描く時間に変わった。僕は、ALSを発症してから、初めて失うのではなく、得ることができそうなことに気づいた。そうおもうと躰のなかに、森林で深呼吸をしたときのような、澄んだ豊かなものが広がっていった。僕はオフホワイトの稚拙な雲を見ながら、久し振りになにかを成した満足をあじわっていた。

それから毎日、僕は絵を描いた。ひとつの点がいのちそのものであり、いのちがひとつの点そのものだった。パソコンのディスプレーは、ぽつ、ぽつ、ぽつといのちで埋められていく。ジョン・コンスタンブルの雲の模写はとてつもなく手間だった。青い空を埋めようと生動している白いかたまり。空を、雲を、ぽつ、ぽつと描いていく。二か月かけて半分。さらに二か月かけて、模写は仕上がった。そのとき僕は青い空と雲のあいだを飛んでいた。頬に風をうけ、両手を伸ばし、ときに宙返りをまじえ、上昇し下降し、自在に飛んでいた。真っ青な空を存分に呼吸して肺が青く染まり、白い雲のまぶしさに目を細めた。そこにあるのは、僕だけだ。間に合ったのだ。

路上で殴られ 高齢女性死亡

東京・渋谷

16日午前5時5分ごろ、東京都渋谷区幡ケ谷2の歩道で、60代とみられる女性があおむけに倒れているのを通行人が発見し、警視庁代々木署に通報した。搬送先の病院で死亡が確認された。近くの防犯カメラには、約1時間前に男がバス停のベンチに座っていた女性に近づき、物が入ったポリ袋のようなもので頭を殴る様子が映っていた。同庁は女性の身元の確認を進めるとともに、傷害致死容疑で男の行方を追っている。

同庁によると、女性の後頭部にはこぶがあり、17日に司法解剖して死因を調べる。女性は路上生活者とみられるという。防犯カメラには男が暴行を加える前に、女性の様子を見ている姿が映っており、同庁は女性を狙って現場に来たとみている。

【鈴木拓也】

スコッチの酔いが醒めて、小腹がすくと、週に一、二回は、どうしてもシゲのこしらえた味噌汁がほしくなる。そういうとき武志は、ミニクーパーに乗って、代金代わりの食料品と大きめのポットをもって、彼のいる場所を探した。たいていは高幡駅の裏で、『ビッグイシュー』を売っている。彼の姿を見たシゲは、来たな、という笑みをうかべて、少し待てるか訊く。やることのない武志に待てないはずはない。雑誌を買ってくれる客の流れが一段落したところで、シゲは店仕舞いして、ミニクーパーの助手席に乗る。それからシゲのハウスへもどって味噌汁作りがはじまる。しかし今日は駅裏にシゲはいなかった。武志はハウスのほうへミニクーパーを走らせた。

シゲのワーゲンの傍らに簡易テーブルが開いてあって、シゲは謄写版にローラーをころがしていた。隣で、髪の長い、シゲとよく似たパッチワークのワンピースを着た娘が、刷ったばかりの印刷物を整理して、ホチキスで留めてゆく。足元には薄茶色のラブラドールレトリバーが横たわっている。ミニクーパーを止めたら、シゲは彼に気がついて、ローラーをもった手をあげた。

「悪いな、ちょっと待っててくれ」とシゲは作業にもどった。

「それ、ガリ版だよね」

シゲはちょっと横を向いてうなずいた。額についていた細かな汗の粒が一筋の流れになって落ちた。

「詩集作ってんだ」シゲは服の袖で汗をぬぐい、作業にもどった。

武志は娘の足元に横たわっている犬の頭をなでた。犬は穏やかな眼を向けて、ハアハアと舌を見せ、尻尾をふった。娘が手を止めて、彼のほうを見ているので、君の犬かい、ときいた。彼女は黙って鳶色の瞳を向けているばかり。色白で、大きな切れ長の眼の、美しい娘だった。化粧はしていないようだったが、肌が輝いている。

「その子、耳が聴こえないんだ。カヲルって言うんだ」シゲは作業をつづけながら言った。

カヲルは、小さなリメイクショップのお針子をやっていて、休みの日には、シゲの仕事を手伝ってくれるという。彼の着ている服は、カヲルがデザインして縫ったものだった。武志はワーゲンから簡易イスを出して坐った。ほかのハウスの住人は出払っているようで、人の気配がなかった。頭上の高幡橋を走る車の音のほかには、シゲがローラーをころがし、カヲルがホチキスを止める音しか聞こえなかった。時間がかかりそうなので、出直すよ、と立ちあがりかけたら、もう終わる、とシゲが言った。タケちゃんに話もあるんだ。それからしばらくして作業が終わった。シゲはペットボトルの水を飲んで、すぐ作るよ、と簡易テーブルにつんだ冊子をよこした。それにはシゲがいつも書いている、死んではいけない、というメーセージのこめられた詩が並んでいた。シゲは謄写版やローラーをワーゲンにつんで、味噌汁の材料をとり出し、さっそく作ってくれた。いつも通りの味に舌と胃がよろこぶ。娘も簡易イスに坐って味噌汁を飲んでいる。

「タケちゃんさ」と向かいの簡易イスに坐ったシゲが口を開いた。「商売やってたんだよな」

「まあね」いつもと違って真剣な眼差しを向けるシゲに、「話って、そのことかい？」と訊いた。

「事業所を立ちあげてくれないか」

唐突な話だった。味噌汁の椀をもった武志の手がとまった。

「どういうことだい？　俺はもう面倒なことが嫌になって……」

話だけでも聴いてほしいとシゲは身を乗り出した。自分は、なかば、いまの暮らしを好きでやっている。しかし不満がないわけではない。ガリ版作りの詩集作りをやめるつもりはないが、ほかにも本を出したいと思う。それには出版社を興す必要がある。

「待ってよ、俺に出版社を立ちあげろっていうの？」

シゲは手を出して武志をさえぎって、最後まで聴いてくれ、と言った。俺は世間から見ればホームレスだ。ここのハウスに住んでいる者も、みなそうだ。彼らのなかには、俺と違って社会へ復帰したい者もいる。でも、この生活からいきなり会社勤めはきつい。そこで就労継続支援事業所として、出版社を立ちあげたい。働くのはホームレスばかりではない。障害があって、普通の勤め人ができない者も対象にしたい。どこにも行き場のない連中に生きるためのたまり場――生きだまりをつくってやりたい。自分には、少なくない障害者の知り合いがいる。就労継続支援事業所は、設立が認められれば、雇用者に助成金が出る。だから、事業の経費はそれでまかなえる。俺が率先してやればいいのだが、住所不定のホームレスは事業所の主体になれない。

「ほんとうは、シゲさんが事業主体で、俺は立ちあげを手伝うだけってことかい？」

シゲは頼りなげな表情でうなずいた。

「違うの？　俺にも働けってこと？」

「タケちゃんの生活のペースを乱すことはしない。あんたの暮らしは、いままで通り。ただ……」

武志が黙って言葉のつづきを待っていたら、困ったら助けてほしい、と言った。武志は味噌汁の入ったポットのフタを閉じて立ちあがった。

「あんたにしか頼めない！」シゲは頭をさげた。

娘はシゲの様子になにかを感じたらしく、鳶色の瞳を武志に向けた。

「俺は、いまの暮らしを変えるつもりはない」

武志はミニクーパーに乗ってハウスの並びをあとにした。車が走り去るのをじっと見守っていたシゲは、やっぱり、だめか、とつぶやいた。ハウスのひとつからタイの王子が這いでてきて、ミソスープ、と言った。シゲは彼のほうをむいて、恨めしそうに、王子様のお力でなんとかなりませんかね、と言った。ミソスープ、と王子がくりかえした。

日曜になると、武志はミニクーパーで万願寺の両親のマンションを訪ねた。サ高住と呼ばれる彼らの住居は、ていのいい老人ホームだった。住んでいるのは六十歳を過ぎた高齢者ばかりで、警備会社の見守りや医師や看護師の常駐など、老いたものが安心して暮らせる環境が整っている。

武志の両親は2LDKの広い部屋にいた。チャイムを押すと、はい、と母の声がきこえて顔を出した。父は車椅子に坐って窓際から外を眺めている。

「お願い」

母が買い物のリストを書いたメモを渡した。父はそれで気がついたのか、こちらを見て、片手をあげた。いつもながら土偶のような、生気のない表情をしている。武志はメモを確認しながら外へ出て、ミニクーパーを近くのスーパーマーケットへ走らせた。父が大腿骨を折って、うまく歩けないようになるまで、買い物は夫婦の気晴らしだった。それが去年の一月に父が部屋でころんで大腿骨を折った。手術して、リハビリも重ねたが、歩くたびに強い痛みがあり、車椅子を使うようになった。そのころから父は気力が萎えて、食事のほかは、ベッドでテレビを見ていることが多くなった。寝た切りになるといけないからと、ときどきマンションの介護スタッフがきて車椅子に坐らせてくれる。母は共同スペースで隣人たちと話でもしようと誘うのだが、父は嫌だという。二人が買い物に出られなくなってから、週に一度、武志がマンションへ通うことになった。スーパーマーケットに着いたら、メモを見ながら買い物カゴへ必要なものをほうり込んでいく。レジへ行くときには、いつも二つの買い物カゴがいっぱいになっていた。それをレジ袋につめて、またマンションへ戻る。母がハーブティーとクッキーを用意して待っていた。父は失ったものを探してでもいるように、さっきと同じ格好で窓の外を見つめている。武志はダイニングテーブルで母と向かいあってお茶を飲んだ。

「ずっと、あれ?」

武志は父のほうを顎で促した。母はちょっと目を見張って首をふった。そして、だんだんひどくなってきた、とささやいた。お茶を飲みほした彼は、父のほうへ歩いて行って、

「父さん、外の空気吸わないか?」と言った。

父はひどく不愉快な顔つきになり、

「用が済んだら帰りなさい」と言った。

「お父さん、そういう言い方……」

母が椅子から立ちあがったら、父は、寝る、と車椅子をベッドのほうへ動かした。ヘルパー呼んでくれ。武志は、まだ何か言おうとしている母を手で制して、また来るよ、と部屋を出た。


翌週の日曜の夕暮れ、両親のマンションから南平台の家にもどった武志が、ミニクーパーをガレージへ入れて玄関への階段をあがりかけたら、ドアの前にしゃがんでいた学生服の少年が立ちあがった。夕陽が眩しいのか顔をくしゃっと崩し、ドアに長い影を伸ばしている。

「……一志か?」

もう六年も会っていないので、少年が息子だと分かるまでに数瞬の間があった。別れたときはまだ小学校の三年生だった。

「どうした?」

一志は足元に置いてあったリュックを肩にかけて、ドアを指さした。武志はポケットから鍵を出した。少年はあちこち見回しながら居間へ入った。

「ママには言ってきたのか?」

一志は俯いて深呼吸し、マ、マ、ママ、に、にー、とみだれた語調で口をひらいた。ひどい吃音だ。武志は驚いたのをかくして、平気なふりをして耳をかたむけた。息子は時間をかけて、母親には何も言っていない、と伝えた。

「腹減ってないか、飯食いに行こう」

一志はおずおずとついてきた。ミニクーパーの助手席に乗った彼は、ずっと黙っていた。武志も、あえて話しかけなかった。息子が母の家を出てきた理由をいろいろと考えた。彼女は美容整形医と再婚して、娘をひとり産んでいた。義理の父親とうまくいっていないのだろうか。それとも学校で何かあったのか。ひどい吃音のせいで嫌がらせを受けているのではないか。ミニクーパーを高幡駅の近くにあるコインパーキングにとめて、焼き肉屋のモランボンまで歩いた。武志は適当に肉と白飯を注文した。店員が持ってきた肉をトングにはさんで、焼けたそばから一志の取り皿へ入れてやる。彼は白飯のうえにタレのからんだ肉をのせ、すがすがしい食欲で食べた。いつか武志の頬は笑みでほころんでいた。久し振りの楽しい食事だった。焦げた網を何度かとりかえ、肉を幾皿か追加して、父子で満腹になるまで堪能した。これだけ食欲があれば、一志は大丈夫だと思った。しかし母の家を出てきたのには、必ず、何かわけがある。父親としては、それをとり除いてやらねばならない。

家に帰って一志に風呂へ入るようにうながすと、彼は素直に浴室へ行った。そのあいだ、武志はリュックを探って、息子のスマホをとり出し、凛子の携帯番号を探した。母と表示された番号にかけた。二、三度呼び出し音がきこえ、すぐに彼女が出た。

「どこにいるの？　なんで電話に出ないの？」

六年ぶりに聴く元妻の声は、彼になんの感慨もあたえなかった。

「一志は風呂だよ」

一瞬、間があって、

「……あなた」と凛子は言った。

「そう」

「何があったか知らないけど、今夜はうちに泊める。明日、詳しい話を聴く」

あなたの家にいるのね、と凛子は確かめて、ひとつ溜め息をついて、今夜はお願い、と電話をきった。武志は息子が気づかないように通話記録を消した。しばらくして一志は上気した顔であらわれた。

「おまえの部屋は、そのままだ。そこで寝な」

う、ん、と彼はうなずいて二階の子供部屋へあがっていったが、すぐ戻ってきてリュックを持っていった。

翌朝になって紅茶とトーストとゆで卵の朝食を用意して一志を起こした。彼は自分の歯ブラシを持ってきたらしく、洗面所で顔を洗い、ダイニングテーブルについた。外は曇っていて部屋がうす暗く、テーブルの上の電灯をつけた。昨日の焼き肉屋での食事のときと同じで、二人とも何

も話さなかった。食べ終わってから、

「話を聴こうか」と武志は言った。「何があった？」

一志は首をふった。話したくない、ということらしい。

「学校はどうする？　休むのか？」

一志はうなずいた。しばらく沈黙があった。外から学校へ行く子供たちの声がきこえた。一志はポットに残った紅茶をカップに注いで飲むと、また俯いてしまった。

こ、こ、こーこに、お、お、おい、て。俯いたまま一志が言った。それからチラッと顔をあげて、父親の様子を見た。

「パパはいいよ。でも、ママがなんて言うか……」

あ、あ、あーの、う、ちー、には、か、か、か、かえ、かえーら、ない。一志の声も目もあらわな怒りを表していた。彼は立ちあがって、二階の子供部屋へ駆けあがっていった。武志はゆっくり階段をあがり、子供部屋をノックして、ママと話したいから携帯番号を教えてほしい、と言った。しばらくしてドアの下からメモが押し出された。彼は下へおりて、凛子に電話をかけた。何回目かの呼び出し音のあと、はい、と彼女の声がきこえた。

「俺だけど……」

「これから一志を迎えに行くから」

「帰らないって言ってるけど」

「学校もあるし、迎えに行く」電話はきれた。

武志はまた二階の子供部屋へ行って、ママが迎えに来るって言ってるぞ、と告げた。

い、い、いー、やだ。

「お父さんは一志の好きにすればいいと思う。でも、ママを説得するには、何があったか知らないと話ができない。話してもかまわないところだけ、メモに書いてくれ。ここで待ってる」

武志は壁にもたれて廊下に坐った。十数分もたっただろうか。ドアの下からノートを破ったメモが押し出された。そこには箇条書きで、なぜ、帰りたくないかがしるされていた。
●僕は無理に中学受験させられた。朝から晩まで勉強で心が苦しくてこんなどもりになった。
●岡田は、うちは医者の家系だから、僕も医者にするっていう。それが岡田とママの結婚の条件だった。
●僕は医者になんかなりたくない。それに僕は成績が悪い。岡田は種がちがうとだめかと言った。
種がちがうとだめか、のくだりで、武志は顔が熱くなるのを感じた。どんな状況で言ったのか分からないが、最悪の言い草だ。下に降りて居間のソファーでメモを見て考えていたら玄関のチャイムが鳴った。ドアを開けると、六年前よりも若々しい感じのする凛子が立っていた。

「一志は？」

武志は手にもったメモを差しだした。彼女は気味の悪い虫でも這っているようにそれを見つめていたが、一志と話をさせてほしい、と言った。

「そこに書いてあることは本当か？」

「とにかく話をさせて」

凛子は武志の脇をすり抜けて強引に家へ入った。甘く複雑な強い香水の匂いがした。武志といっしょに暮らしていたときは、こんな香りはさせていなかった。カズ君？　カズ君？　うえにあがってあちこち探しているので、仕方なく、子供部屋にいることを教えた。凛子は階段を駆けあがり、子供部屋のドアをノックした。

「カズ君？　いるんでしょ？　ママの話を聴いて」

しばらく沈黙があって、ワーッと吠える声がひろがり、次から次へとなにか物をドアにぶつける音がした。武志は凛子の腕をとって、

「今日は帰ったほうがいい」と言った。

彼女は唇を噛みしめてうつむき、心を決めたように顔をあげて、

「あなたからうちへ帰るように説得して」とせまった。

「一志の様子見て分かるだろ？　いますぐどうこうできる状態じゃない」

凛子はなかば昂った表情で、落ち着いたら電話して、と言い置いて帰った。吠える声は泣き声に変わり、物をぶつける音も続いていたので、ママは帰った、と伝えたら、物をぶつける音はや

んだ。泣き声もくぐもったようになった。ベッドの枕に顔をおしつけているのが想像できた。

「あとで飯食いに行こう」武志は息子に声をかけて下へ降りた。


おれがそのバラックを見つけたのは、小雨の降る夕暮れのことで、ともかく濡れたくなかったから、出入り口を探して入ろうとしたが、なかなか見つからなかった。上を走るアスファルトの道路の擁壁に、藤壺みたくぴったりはりついた錆びたトタン屋根の平屋で、裏には小さな山がある。母屋の窓のある壁面も、隣に建てられたトタン張りの物置きも、前の空き地から這いあがってきた植物におおわれ、人が住まないようになってからの長い時間をしめしていた。おれは出入り口を探すのを諦めて、トタン屋根の軒先の下へ身を寄せて尻を地面につけないようにしゃがみ、雨が止むのを待つことにした。ときおり水音をふくむタイヤの軋む音を立てて車が通ってゆく。おれは寒気がとまらず、拾ってきた新聞紙を何枚も体に巻きつけた。いつか道路の街灯の明かりがついて夜になろうとしていたが、雨は止みそうになく、かえって雨脚は強くなりつつあった。

誰だ、おまえ。

うつらうつらしていたおれが、人の声で顔をあげたら、二人の少年が立っている。どちらも傘をさしているので、顔ははっきりと見えない。

ここで、なにしてる。

雨宿り。

ひとりが傘を捨てて、おれの腕をつかみ、勝手なことするんじゃねぇ、と引き立てた。もうひとりが手で制して、なかを見たか、ときいた。出入り口が分からなかったから見ていないと答えた。おまえ、腹減ってんだろ？　おれはうなずいた。飯食わせてやる。兄貴、とおれの腕をつかんでいるほうがいった。入れてやれ。少年はおれの腕を離して、物置きのトタンをめくり、懐中電灯をつけ、顎で入るようにうながした。なかは工具やなにかの部品などが雑然とちらかっていて、埃っぽい臭いがしたが、マットレスや毛布や缶詰やパンがあって、人の住みかであることを証していた。坐れ。おれは床に敷かれた古びたマットレスの上に坐った。兄貴と呼ばれる少年は、ツナ缶をあけ、二枚の食パンといっしょに差し出した。おれが戸惑っていたら、食えよ、とすすめた。おれは缶詰からツナを一枚の食パンの上に出し、もう一枚を載せてサンドイッチにして食べた。窓から車のヘッドライトの光が入ってきて、彼らを照らした。二人の少年は、おれが食べるのを黙ってみていた。やがて兄が口をひらいた。おまえ、名前は？　キクジロウ。俺はタロウ、こいつは弟のジロウだ。

　その夜、おれはバラックに泊まった。おれの母の記憶はぼんやりしている。呑んだくれの父にいわせると、おれを生み捨てて出ていったらしい。父は働きもせずにいつも朝から酔っ払っていて、気に入らないことがあると、おれを殴ったり、蹴ったりする。そのとき必ず、おまえは俺のガキじゃねぇ、という。あの女が間男のなにを孕んでできたんだ、だから、できそこないだ。それをいわれるたびに、おれは、自分は生まれてきてはいけなかったにんげんだ、と思った。おれは十四歳になったが、小学校も中学校も、ほとんど通ったことがない。小学生の年齢になったとき、役所からスーツ姿の男女が現われ、息子さんが学校にきてないんです、このままだといっしょに暮らせませんよ、といった。父はおれを小学校に通わせると約束した。おれが施設に入ってしまえば、一人親の受けられる支援金がなくなる。生活保護で暮らしている父は少しの損もしたくなかった。父はどこからか中古のランドセルと教科書などを手に入れ、おれを小学校へ通わせる準備をした。あー、めんどくせぇ。初日の朝は担任が迎えにきてくれた。やさしいおばさんの先生で、山崎のり子といった。家を出ようとしたら、キクジロウ君、靴は？　ときかれたが、おれは靴を持っていなかった。外に出るときは、父が履きふるした大きなサンダルをつっかけていたのだ。のり子先生は登校の道を、少し遠回りして靴屋に寄り、紺色のスニーカーを買ってくれた。おれが喜ぶよりも驚いたのは、人に親切にしてもらったことがなかったからだ。のり子先生は、日曜になるとおれを自宅へ招いてくれた。よく手入れのゆきとどいた小さな庭があって、庭に面した掃き出し窓のところにベッドが置いてあり、枯木のように老いた男が寝ていた。先生のお父さんよ、とのり子先生はいった。それからホットケーキを焼いてくれた。ふわふわの生地のうえに、とろりとした蜂蜜をかけたその食べ物は、これまでに食べたどの食べ物よりもおいしかった。夢中で食べ終わると、のり子先生は自分の皿にあった分をおれの皿にうつした。おれはそれもすぐに食べてしまった。気持ちが昂揚していた。おれは椿の木に花が咲いているのを見つけ、先生、待ってて、と裸足で庭へおりて、木にのぼった。花をとってのり子先生に見せようと手をあげたとき、足を滑らせて地面へ落ちた。キクジロウ君！　のり子先生は駆け寄って、おれを抱きあげた。背中を打ったので少し息が苦しかった。大丈夫？　頭は打たなかった？　おれはうなずいて、大丈夫、とこたえた。先生は体のあちこちを調べて、大きな怪我がないようだと分かり、良かった、と抱きしめてくれた。髪から花に似た匂いがして、やわらかく温かな胸の奥から伝わってくる鼓動が、おれの鼓動と重なった。哀しくもないのに、おれの眼からは涙がふきこぼれた、そのあとのり子先生はジュール・ベルヌの『海底二万マイル』を読んでくれた。やさしい穏やかな声を聴いているうちにおれは眠ってしまい、眼醒めたときにはのり子先生の背中のうえにいた。あら、起きた？　どこいくの？　あなたのおうちよ。途端におれは、父の顔を思い出して、胸が重苦しくなった。帰りたくない。また、いらっしゃい。おれは家へ送りとどけられた。ドアを開けると同時に、どこほっつき歩いてるんだ！　と父が怒鳴りながら現われ、息子を負ぶっているのり子先生を見て、誰？　ときいた。のり子先生が事情を説明すると、ドアを開けたまま黙ってなかへ入っていった。

数年後の春、のり子先生は定年で学校を辞めることになった。クラスの生徒たちに挨拶して、おれは残るようにいわれた。のり子先生は一度職員室で荷物をとって教室にもどると、ついてきて、と歩き出した。まっすぐ体育館の倉庫に入り、跳び箱のうえに坐って、キクちゃんも坐って、といった。これからいうこと、よく聴いてね。キクちゃんは、これから大変なことがたくさんあるかもしれない。のり子先生はおれの眼をじっと見つめ、なにかあってもやけを起こしたらだめ、必ず先生に連絡して、といった。自分だけで解決しようとしないで。のり子先生の眼の奥の強い光は、鋭いつるぎのようにおれの心を射抜き、思わずおれはうなずいた。のり子先生はおれを抱いた。

のり子先生のような教師は、どこにもいなかった。おれがクラスメートからバイキンと嫌われても、誰も守ってくれなかった。家では父に殴られ蹴られ、学校ではバイキンあつかいされ、おれはどこにもゆくところがなかった。のり子先生は、長男夫婦と同居するので遠くへ行ってしまった。電話番号は教えてもらったが、電話をかける小銭さえなかった。おれは朝になると、家を出て学校へは行かずに市立図書館で本を読んだ。腹が減ったら、公園の水道で水を飲んだ。夕暮れになって家へ帰り、酔っ払って寝ている父が食べ残した残飯を食べた。中学生の歳になって、父はどこからか古着の学生服を手に入れ、そら、とおれに渡した。でも、おれは学校へ行かなかった。図書館で本を読み、公園の水を飲んで、父の残飯を食べた。ある夕暮れ、家に帰ったら父が風呂場で裸のまま倒れていた。揺り起こそうとしたが、電池のきれたおもちゃのように動かなかった。胸に手を当てたら心臓が止まっていた。息もしていなかった。おれは父をそのままにして家を出た。小雨がふっていて、急にひどい寒気におそわれた。体中ががくがく震え、まるでなにかの悪いスイッチが入ったようだった。

起きろ。

眼醒めると、リュックを背負ったジロウが立っていた。ついてこい。歩きながら、これからおまえはキクだ、いいな、と命令するようにいった。着いたのは人気のない公園で、公衆トイレのかたわらにタロウが待っていた。端からやれ。ジロウはリュックをおろし、大きなハンマーをとり出して、大便器の洗浄レバーに振りおろした。ばきっと音を立ててレバーが根元から折れた。ジロウはハンマーを差し出し、やれ、と命じた。おれはいわれるまま、隣の便室のレバーにハンマーをたたきつけた。一回では折れなかった。二回、三回とたたきつけて、ようやく床にころがった。ジロウは二本のレバーをリュックにしまった。昼のうちおれたち三人は市内の公園の公衆トイレをめぐり、合わせて八本のレバーを盗んだ。夜になると、彼らのほかにも四人の少年が合流し、市のはずれにある道路の、側溝の鉄製のふたを盗んだ。これはかなり重いので力仕事だったが、七人で三十枚盗んだ。獲物はバラックに運び入れ、翌日になると軽トラックに乗った坊主頭の男が現われて持ち去った。それが兄弟の稼ぎになるらしかった。

兄弟は、日によって猟場をかえた。ある日は消防団の倉庫にしのびこんでチェーンソーやバッテリーを盗み、ある日は自販機から現金を盗み、ある日は道を歩いていた年老いた女からバッグを盗んだ。現金以外の獲物は、いつも坊主頭の軽トラックの男が引きとっていった。実入りのいい仕事をしたとき、タロウは気前がよく、ファミレスで好きなものを食べさせてくれた。おれの着ている服が汚いからと、ユニクロでジーンズとパーカーを買ってくれた。頭もさっぱりしてこい、と格安の床屋へ行かせてくれた。そして、小遣いだ、と二千円くれた。それはおれが生まれて初めてもらった小遣いだった。小躍りしたいくらいうれしいのを我慢していたら、タロウはおれと肩を組んで、おまえは俺の二番目の弟だ、とささやいた。おれは鳥肌がたつほどたかぶった。その日の夜、おれは公衆電話からのり子先生に電話をかけた。のり子先生からもらったメモはずっと持っていた。呼び出し音が鳴っているあいだ、胸がどきどきした。もしもし。聞き覚えのある声がして、のり子先生だと思ったら、声が出てこなかった。もしもし？　どなた？　キクジロウです。小学校で……。キクちゃん？　元気？　はい。いま中学生でしょ？　学校はたのしい？　……はい。……俺、兄弟ができたんです。そうなの。新しいお母さんができたのね。お父さんもお元気？　一瞬の間があって、あいかわらず酔っ払ってます、とこたえた。受話器の向こうで笑い声がきこえた。おれは温かで穏やかな気分になっていた。もうなにも話すことはなかった。兄弟とやっている稼ぎ仕事のことは黙っていた。じゃ……。なにかあって電話くれたんじゃないの？　ちがいます。のり子先生の声がききたくて。俺も元気でやってること知らせたくて。ほんとに、それだけ？　はい。そうか、ありがとうね。また、いつでも電話ちょうだい。はい。……じゃ。

受話器をかけたあと、おれはぼんやりと電話ボックスのなかで立ちつくしていた。のり子先生に嘘をついた後悔が、一滴の墨汁が水にひろがるように心をうめていった。いまの稼ぎ仕事も、のり子先生が知ったらなんというだろう。ほめられるはずはない。おれは、もう一度のり子先生に電話して、なにもかも話してしまいたかった。そんなことができるわけもないのに、そう思って受話器を見つめていたら、また体中ががくがくふるえて寒気が始まった。

（ひっきりなしに車が走る
頭の上には首都高速
車道は怖いけど歩道は安全
ホテルを過ぎる
マンションを過ぎる
空室はあっても
わたしのための部屋はない）

シゲの本名は成宮重夫だった。佃島の小さな佃煮屋の次男に生まれた。表が店で、家族は作業場につづく四畳半と六畳の部屋で暮らしていて、シゲが近所の産婆に取りあげられたのは、奥の六畳間だった。産道からすべり出たとき、あっ、と産婆が声をあげたのを母の梅子は憶えている。産湯で躰を洗われ、抱かせてもらったら、左の手首から先がなかった。こういう子はね、たくさんお宝を持ってるんだよ、と産婆が言った。かわいがっておあげ。梅子はなんとも言いようのない心地で、赤ん坊の木の棒のような腕を見つめていた。店から見にきた夫の正蔵は、かたわじゃねぇか、とそれが妻の罪であるような言い方をした。夫の言葉が胸にこたえて、急に涙がわいた。そして、赤ん坊がひどくいとおしく思えた。

保育園に入るようになると、どうしておれの左手はないの？　母ちゃん、つくってよ、と言うようになった。梅子は、重夫の左手はね、右手があれば十分だから、ないんだよ、とこたえた。でも、みんな、左手あるよ。おれだけない。ほしいよ。みんなは、右手だけじゃ生きていけないんだ。だから、左手があるのさ。でも、ほしいよ。左手がほしい、ほしいとぐずる重夫をなだめる梅子は、心のなかで涙を流しながら詫びていた。父はシゲに冷淡で、あからさまに跡継ぎと決めた良一をかわいがった。ほしがると、高価な鰻の佃煮をご飯の釆にやった。シゲは一度も鰻の佃煮を食べたことがなかった。父がいないときを見計らって、母にねだったが、味が濃すぎてうまくなかったので、それからは兄を羨ましいとは思わなくなった。ただ、父へのいびつな感情は消えなかった。

ある日、シゲが顔に青い痣をこしらえ、破れた長ズボンの膝から血を流して、裏口から帰ってきた。ちょうど洗濯物をとり込んで畳んでいた母は、驚いてなにがあったのかきいたが、シゲは唇を固くむすんで、母ちゃん、おれ、空手ならう、と言った。つよくなりたいんだ。父は、佃煮屋のせがれが、なんで空手だ、と嘲笑った。母は、息子の身に起きた出来事が推測できたので、夫の反対を押しきって近所の道場へ入門させた。シゲは懸命に道場で稽古にはげんで、小学校の三年生で黒帯になった。このころから彼は、近所の子供たちのあいだで、荒々しく目立つようになり、障害があることでからかうものがいなくなった。小学校では、三年生から音楽の授業でリコーダーが使われるようになったが、シゲは片手で使える特性のリコーダーを母に買ってもらい、クラスメートから羨ましがられた。そして学業の面でも、いつもクラスの上位にいた。左の手首から先がないことは、シゲにとって、だんだん障害ではなくなりつつあった。彼のなかでは、身に障りがあっても、健常のものには負けないというのが、信念になった。

しかし、自分が障害者であることを思い知らされる時期がやってきた。中学の成績は三年間を通じて、学年で一桁の成績をまもって、難関とされる進学校へ入った。父からは高校を出たら働けと言われていたが、シゲは一橋大学の経済学部に合格した。合格の通知を父に見せると、大学へやる余裕はないぞ、と言われたが、彼はもとから進学するつもりはなく、数日のうちに入学を辞退して就職先を探した。そのとき片手の不自由なことが妨げになった。どの会社や工場を訪問しても、内定が出ない。面接で落とされるのだ。当時はどの会社にも、いまのような障害者枠はなかった。家業の佃煮屋は、すでに兄が継いでいた。シゲを従業員として雇う余裕などない。彼には縁談が持ちあがっていて、さらに家族が増えることになっていた。シゲは店に佃煮の材料を卸している築地市場の卸問屋でアルバイトを始めた。仕事が終わっても、毎日帰りが遅いので、母がなにをしているのかきくと、ちょっと考えがあるんだ、と言った。兄が結婚して、二人の子供が生まれ、シゲも二十代の終わりになるころ、父が、そろそろ家を出ろ、と言った。あと二年待ってほしい、と彼はこたえた。三十になったら、自立するから、と。父は不服そうにしたが、いつもはおとなしい母が、シゲもあんたの子供だよ、と退かなかったので、話はそのままになった。

二年後、シゲは八王子に質素な小料理屋を出した。同時に結婚した。誰もが驚いた。どこにそんな資金があったのか。いつ妻になる女性を見つけたのか。築地でアルバイトをしているとき、先輩に連れていってもらったスナックで、カウンターのなかで働く民江と出会った。色白で、切れ長の一重の目と少し厚めの唇を持った彼女に惹かれて、シゲはひとりで店へ現れるようになった。民江と話をするのが愉しみだから、いつも長居をするが、もともと酒は強いので、どれだけ呑んでも崩れない。民江もお金を落としてくれる上客だから話につきあう。そうしているうち、互いのプライベートなことまで話題にのぼる。ある日、店のママが泊りがけで実家へ出かけ、民江だけになったことがあった。ほかの客が帰って、そろそろ店仕舞いをするころ、シゲは、小料理屋を出したい、そのための貯金をしている、と打ち明けた。腕のいい板前さん、なかなか見つけるの難しいよ。料理は俺がやる。民江は驚いた表情になった。シゲはカウンターのなかへ入り、ちょっと外へ出て、後ろ向いてて、と彼女を後ろ向きでカウンターの椅子に坐らせた。なにやら料理をする音が続いて、やがて、いいよ、とシゲが言った。カウンターの上には、刺身とイカバター、ラーメン二つが載っていた。これ……。そう。シゲは右手に包丁を持っていた。食べてみて。民江はおそるおそるラーメンのスープを吸った。おいしい。だろ？　刺身を箸でとり上げて、じっくり見たが、きれいに切ってある。イカバターもうまい。どうやって？　民江がきくと、俺とつきあってくれたら、教える、とシゲはカウンターから出た。右手でラーメンの麺をすすった。あたしね、と民江が言った。自分の店、持ちたいんだ。そうだろうと思った。どうして分かったの？　民ちゃんさ、酒作ったり、つまみ出したりするとき、いろいろ工夫してるだろ？　俺、そういうの、ちゃんと分かるんだ。民江は口元に笑みをうかべ、そんなこと言ったお客さん初めて、とうれしそうに言った。シゲはジャケットの内ポケットから銀行の通帳を出した。見てもいいの？　見てほしい。預金は二百万円を少し超えていた。俺と一緒に小料理屋やらないか？　それって……。そう、プロポーズさ。民江は通帳をカウンターの上に置いてラーメンを食べ始めた。ふたりは黙って、シゲの作った料理を食べ終えた。時間ちょうだい、と民江が言った。いろいろ考えたい。もちろん。今日、明日、返事もらおうとは思ってない。じっくり考えて。

　シゲが料理を作って、銀行の通帳を見せた夜から、ひと月ほどがすぎて、民江が昼間に外で会いたい、と言った。指定されたのは銀座の三越にあるカフェだった。銀座ときいて、シゲは一着

しかないスーツを着た。待ち合わせの時間にカフェへ着くと、すでに民江は窓際の席で待ってい
た。クリーム色のツーピースに白いハイヒール。化粧は、いつもより薄い。近づくと、かすかに
柑橘系の爽やかな匂いがした。そうしていると、スナックで働いている娘には見えない。OLの
休日風だ。コーヒーを注文してウェイトレスがさがったら、民江は傍らのシャネルのバッグから、
銀行の通帳を出した。見てもいいの？　民江はうなずいた。預金額は三百万になっている。シゲ
ちゃんとあたしのお金を合わせたら、小料理屋が出せる。それって……。そう、プロポーズの返
事。教えてちょうだい。どうやって料理作るの？　シゲは秘密を明かすように声をひそめて、足
を使うんだ、と言った。足？　そう。俺は左手の手首から先はないけど、両足はそろってる。だ
から、厨房は見えないようにする。なかには不快に思う客もいるだろうからな。今度、見せて。
いいよ。そうだな、民ちゃんちで、なにかおいしいもの作るよ。

小料理屋は「たみ江」と名づけた。民江は、まんまじゃないの、と恥ずかしがったが、どこか
喜んでもいた。白木のカウンターと四畳半の座敷だけのこじんまりした店だったが、シゲが全国
の銘酒を取り寄せ、その酒に合った料理を作るのが評判になり、ぽつりぽつりと馴染みの客がで
きた。それでも客足には波があって、経営が軌道にのるには四年かかった。少し余裕ができたこ
ろから民江は子供を望むようになった。シゲはどちらでもよかった。子供は好きでも嫌いでもな
い。民江の熱意にうながされて、翌年に広重が生まれた。民江の実家は栃木にあるのだが、小さ
いころに母親と死別しているので、赤ん坊をみてくれる人がいない。客が集まるのは宵のころか

らなので、保育園に頼ることはできない。八王子に夜も対応してくれる施設はなかった。相談の末に、広重が一歳になるまでは、民江が店を休んで世話をし、手伝いの娘を雇うことにした。馴染みの客にいい娘がいたら紹介してほしいと声をかけて置いたら、高校を卒業して、家が貧しいので大学へ行く道が開けず、働き口を探している娘がいた。馴染みの客につれられてきた娘は杏《あんず》と言った。アーモンド形のくっきりした二重の眼、高い鼻、小さな唇をしていて、俯くと長いまつ毛が眼もとに憂いのある影を落とす。歳を重ねたら艶っぽい女になりそうな気配があった。言葉の受け答えは、はっきりしていて、利口そうに見えた。君なら昼間の勤めでもやってけるんじゃないのかい？　とシゲがきくと、本当はアパレル関係の仕事がしたいのだが、何社か面接をうけてだめだったという。アパレル関係で働きたいなら、専門学校へ行ったほうがいいって言われました、と杏は俯いた。

　翌日から杏は店に出た。最初は声が小さく、オドオドしていて、客に注文を何度も訊き返したり、料理の運び先を間違ったりして、シゲを心配させたが、一週間もするうちに慣れてきた。シゲは厨房の仕事に専念できるようになった。赤ん坊と一緒にときどき店の様子を見にきた民江は、いい娘《こ》がきてくれたね、と言った。杏は、翌年になって民江が店にもどっても、そのまま雇うことにした。それは事故のようなものだった。どしゃ降りの雨の夜、シゲが民江を車でアパートまで送っていくことになって、不意に彼はラブホテルの入り口に車をつっこみ、しばらくして、ベッドの上で杏に腕枕をして古い天井を見つめていることに驚いていた。店を出るときには、まったくその気はなかった。杏はされるがままで嫌がらなかった。近くにあった二つの磁石が、なにかのきっかけでピタッとくっつくように、二人は引きあった。家に帰ったシゲは、赤ん坊を寝かしつけた民江の顔をまともに見られず、疲れたから寝ると布団に入ったが、翌日、店にあらわれた杏は普段通りでなにも変わらなかった。民江とも平然と話をしていた。二人の仲は、広重が小学校へ入っても続いていた。いつのことだろう、民江が気づいたのは。ある朝、広重を小学校へ送り出してから、杏にはやめてもらったから、と言った。あ？　理由は、あんたがいちばんよく知ってるはず。あたしは、出ていかないわよ。出ていくなら、あんた。シゲは無言でぬるいお茶を飲んだ。その夜、杏は店にこなかった。民江がひとりで切り盛りした。シゲは黙々と厨房で働いた。

それから何日か経った午後、仕込みをすませて煙草を吸おうと外に出たら、少し離れたところのガードレールに、ランドセルを背負った広重が腰かけていた。彼は俯いてスニーカーの先で、地面になにか描いている。なぜ、アパートへ帰らないで、店のほうへきたのか。自分に用があるのだろうか。声をかけようと近づいたら、パッと顔をあげて、お父さん、と口を開いた。どうした？　腹が減ったか？　広重はなにか言いたそうにしたが、首を振って、やっぱりいいや、と言った。アパートへ帰って行く小さな後ろ姿を見ながら、しばらく広重をかまってやれなかったな、と思った。それから数時間後だった。シゲの携帯が鳴って、民江がなにやら大声でわめいている。とにかく帰ってきてくれ、というのが分かったので、急いで車を走らせた。家の玄関には制服の警官がいて、シゲを見ると、帽子の鍔に手をかけて挨拶した。部屋では、ハンカチで顔をおおった民江が泣いている。どうした？　広重が電車に飛びこんだ。シゲは民江の口にした言葉が理解できなかった。警官に、どういうことですか？　と訊くと、つい先ほどご子息が電車に轢かれて亡くなりました、とこたえた。え？　まだシゲはよく分からなかった。広重とは、さっき別れたばかりだ。さっきっ、とシゲはなにかで喉をつまらせながら、会ったんです、店の前で話したんですよ、と言った。警官は、お気の毒です、と頭をさげた。

広重は駅のホームの壁を背にして立っていて、電車が入ってきたら、勢いよく走り出して、スーパーマンのように飛びこんだ——即死だった。それからのことは慌ただしくて、自分の身の上に起きたこととは思えない。民江は泣いていたが、シゲは涙も出なかった。ちぎれた手足を縫い合わせて、棺に入った広重は、右頬に擦り傷があったが、顔はきれいだった。通夜があり、翌日に告別式があり、小学校の同級生が担任の教師と参列してくれた。シゲは子供たちの顔を見ながら、なぜ、あの子ではなく、うちの広重なのか、とぼんやり思った。一日置いて、町内の自治会長が風呂敷包みを持って訪ねてきた。それはガリ版だった。広重君は絵が上手でね、と老人は言った。自治会の告知なんかに挿絵を描いてくれたんですよ。将来は漫画家になりたいって言ってました。それは、シゲの知らない息子の姿だった。これ、形見に。広重君、自分で漫画雑誌を作りたがっていましたから。シゲは息子も持ったはずの鉄筆をとり上げ、意外に持ち重りのするその道具を見つめた。いつか鉄筆のかたちがぼんやりとにじんできた。

（指が冷たい
首が寒い
わたしの最期は凍死だろうか
お金があれば餓死も凍死もすることはない
何度数えても所持金は八円
これでは飴玉さえ買えない
何も買えなければお金と見做されない
わたしは人と見做されているのか
交番を過ぎる
警察署を過ぎる
イチョウの葉っぱが降りしきる
黄色い葉っぱがお金ならいいのに
パンならいいのに
葉っぱは葉っぱ
八円は八円
東京は東京）

武志は昼前に子供部屋のドアをノックした。返事はない。まだ寝ているのだろう。夜はずっとゲームをしているらしい。数日は様子を見ていたが、こういうことが続くとよくない。もう一度、強くノックした。なに？　というくぐもった声がきこえた。昼飯に行こう、と武志は言った。しばらく沈黙があり、い、いいーや、とこたえた。だめだ。お父さんと一緒に暮らすなら、この家のルールを守りなさい。なかで人の動く気配がして、ドアが少し開いた。

「な、なに、……ル、ルールって」

寝ぐせのついた髪がはねていて、目が充血している。

「一日に一度は、一緒に飯を食うこと」

面倒そうな表情になった一志は、

「いつ、…そ、そん――な、ルール、が、き、……きまったの」

いまだ、と武志は言った。早く着替えろ。東京でいちばん旨いラーメン屋に連れて行ってやる。

武志がリビングのソファーでテレビを見ていたら、しばらくして灰色のパーカーにジーンズの一志が不服そうな顔で降りてきた。武志はミニクーパーの助手席に彼を乗せて八王子の青葉まで走った。駐車場に車を停め、玄関で手を消毒して店に入ると、香ばしいスープの匂いがして、カウンターだけの店内には、一つずつの席を遮断するように透明なプレートが立っていて、人々がうつむいてラーメンを啜っている。奥のスペースには、マスクをした人々が並んで順番を待っている。武志は券売機で特性つけ麺を買った。一志をふり返ると、中華そばを指した。列の後ろについて待っているあいだ、一志はスマホでゲームをしていた。彼らの順番がきてカウンターの席に坐った。五分もしないうちにつけ麵と中華そばがきた。武志は箸入れから二人分の箸をとって、一志にもわたした。彼はレンゲをとってスープを一口飲んで、黙ってラーメンを眺めている。

「どうだ」武志がきいた。

一志はこたえるよりも先に麵をすすり始めた。武志は自分のつけ麵に取りかかった。少し太めで、腰があり、かすかな甘みがひそんでいる。チャーシューの脂が浮いたつけ汁にひたしてすすり込むと、舌のうえでサッパリした麵と濃い汁がからみ、いい塩梅の味になる。いつも通りうまい。一志も手がとまらない。十分もしないうちに二人は食べ終わった。順番を待っている人々がいるので、コップの冷水をひと息に呑んで、すぐ席を立つ。車に戻ったら、

「よ、よーく、……く、くる、の?」と一志がきいた。

「ラーメンが食べたくなったら、ここだ。旨かったろ?」

「……うん」思いなしか一志は機嫌がよく見える。八王子から日野にもどると、ミニクーパーは、家へ向かう道からはずれて、高幡駅のほうへ向かった。

「か、か、かーえ……ら、ら、ないの」

「ちょっと」

高幡駅の参道にあるコインパーキングに車をとめた。そこから少し歩いて古びた木造の建物の一階にある喫茶店へ歩いた。梅雨がすぎて、暑い夏がおとずれようとしていた。空の青さは眩し

く、空気は熱っぽかった。風がない。一志は、こ、ここ、こーこって、といった。そうだ、ひょうたん島。覚えてるか。武志は小学生だった息子をつれてときどきここの店へきた。ここは二階がアンティークショップで、三階が古着屋になっている。三つの店ともオーナーは同じで、彼の飲み仲間だった。

「青葉のラーメンのあとは、ここのフレンチロースト」と武志は言った。

二人は窓際の席にすわった。一志はコーラをたのんだ。うまい苦みのあるコーヒーをすすり、手帳をだして考えたことをメモする。ひとまとまりの用件を書き終えて、息子を見ると、窓から上を見あげている。

「どうした?」

武志は自分の持っているメモに、電線にとまってるカラスと何回も目が合う、と書いた。見ると、黒い艶のあるカラスが尖ったくちばしを向けてガラス玉のような目で見下ろしている。彼は笑いながら、おまえがエサに見えてるのかもな、といった。

「連中も生きるのに必死だ。本来は人間と動物は棲み分けができるのに、人間は動物の縄張りをうばってきた。人里に熊や猿があらわれるのも、そのせいだ」

あいつもナワバリうばわれたのかな。

「かもな」武志はコーヒーをひと口ふくみ、味わいながら喉の奥へ流しこんだ。「人間は自然を荒らし過ぎたよ。台風の数がふえてるのも、そのせいだ」

「へ、へー」一志はカラスを見ながらいった。

武志は久しぶり息子にものを教えるこころよさを味わいながら、手帳にペンをはしらせて、「駅裏に『ビッグイシュー』を売ってるシゲって男がいる」といった。「その人にこのメモを渡してきてくれ」

一志は面倒そうな表情でメモをうけとり、席を立ちあがった。駅ビルのエスカレーターをあがって、駅ビルの構内を過ぎて裏へでると、ベンチをすえた小広い場所で、白髪頭を坊主にした男とほっそりとした色白の若い娘が『ビッグイシュー』を売っていた。娘の足元には大きなラブラドールレトリバーがうずくまっていた。ときどきすぐ横の道路を車がゆっくり走りすぎた。小さな子供を乳母車に乗せた若い母親が通る。ベンチの後ろのほうにある家からタンドリーチキンの匂いが漂ってくる。武志は満腹なので鼻についた。昼過ぎなので電車を使う人はあまりおらず、男と娘はぽつりぽつりと階段やエスカレーターで降りてくる人に、雑誌をかざして、コロナの特集号ですよ！　ためになりますよ！　と呼びかけている。一志が近づくと、やさしい笑顔になって、『ビッグイシュー』を差しだした。

「シ、シー、シーゲさん？」

「ああ、シゲは俺だけど……」

「あ、あ、あーの、こ、これ」

一志がメモを差しだすと、シゲはうけとって書きつけてある文字を読み、

「君は、タケちゃんの家族?」ときいた。

一志はうなずいた。男はじっと彼を見つめ、それから娘をふりかえって、手話でなにか話しかけた。彼女は手話でこたえ、犬のリードを持った。シゲは『ビッグイシュー』の入った段ボール箱をベンチの端によせて、ふたを閉じ、

「行こう」と言った。

ひょうたん島に入ると、窓際のテーブルには椅子がふたつ増えていた。

「悪いな、商売の最中」武志がいった。

シゲは苦笑いして、そんなに繁盛してねぇよ、と言った。そして、武志の向かいに腰をおろした一志を顎でしめして、

「息子さんかい?」と訊いた。

「そんなところだな」

「学校は休みかい?」

いや……。武志は黙って窓の外を見ていた。

「君、名前は?」シゲが訊いた。

一志は一瞬緊張した表情になり、か、か、か、とどもりはじめた。武志はあえて助けなかった。

「か、か、…かずーし」彼はコーラを一口飲んだ。

「かずし君、この子はね、カヲルちゃん。耳が聴こえないんだ。この犬は聴導犬のラブ」

シゲがカヲルを顎でしめした。ラブはサーモンピンクの舌を出して気持ちよさそうに目を細めている。一志は顔をあげた。自分のことが話題になっているのが分かるのか、カヲルが一志を見て笑顔になった、まるでゆっくり花が開くように。一志は眉間にしわを寄せて、またうつむいてしまった。

「シゲさん、あの事業所の件だけど……」

「手伝ってくれるの？」シゲは勢いよく椅子の背もたれから身を起こした。

条件がある、と武志は言った。

「事業所をつくるのは、息子だ」

一志はパッと顔をあげて、目を丸く見開いた。

「そ、そ、そー」

武志は一志の肩に手を置いて、

「もちろん、大人が出て行かないといけない場面では、俺がサポートする。でも、作業の中心は、こいつだ」と続けた。そして息子には、この仕事をするのが、おまえがうちで暮らすための条件だと言った。

一志はまた眉間にしわを寄せて、怒ったような表情で父を見ている。なにをどう言えばいいのか分からないのだ。それにこんなとき吃音は意思を伝える邪魔になる。否定するにしても、話さなければならない。彼は父の誘いに乗ったことを悔やんでいた。人と関わるのが嫌になったから引っ越してきたのに。

「それから、運営の責任者は、実質的にはシゲさん、お宅。俺は名前を貸すだけ」武志が言った。

一瞬、間があったが、シゲは坊主の頭をかいて、

「まあ、事業所さえできりゃ……」と言った。

「一志、この人は出版社を立ちあげようとしてる。おまえ、学校に行かないんだったら、手に職つけろ。本の作り方、覚えろよ」

シゲは不服そうな一志に目を向け、やさしい眼差しで、

「ゆっくり考えてよ」と言った。「事業所つくるのに、けっこう時間かかるんだ」

シゲはカヲルに向かって手話でなにかを伝えた。すると彼女はラブを立たせて、一志のほうへけしかけた。犬は喜んで、彼の太股に前脚をおくと、サーモンピンクの舌で顔を舐めまわした。

「や、や、……やめ、て」

「事業所ができたら、こいつも働くんだぜ」シゲが笑った。「犬は嫌いかい？」

「い、いぬーは、に、に、にんげん、じ、じゃない」

こいつは特別な犬なんだよ、とシゲはささいた。犬だけど、ただの犬じゃない。カヲルのパートナーなんだ。

ピーッとカヲルが指笛を吹いた。ラブは足早にカヲルの元へもどって、お坐りをした。彼女を見あげる目は、とても利発そうだった。

（「幡谷趙谷原町」のバス停は
店を閉めたあとのクリーニング店の前（丑三つ時にまた開く）
ここなら迷惑にならないし
バス停の屋根の蛍光灯が切れてて
薄暗いのでほっとする
かたわらのイチョウに「おやすみ」という
イチョウは黙って葉っぱを降らせる
葉っぱのようにわたしも散るのか）

同居している息子の彰から浮かぬ顔で人に会ってくれ、といわれて嫌な気がした。自分には二人の子供があって、彰の下の妹梨花はすでに嫁いで子供も生まれ、穏やかで誠実な夫と居心地のいい家庭を築いていた。彰は大学を中退してからアルバイト暮らしで、実家から自立する気配はまったくなかった。長男なので期待をかけて、小学校のころから進学塾へ通わせ、MARCHと呼ばれる大学付属の中学に入れてやったが、最初から成績は悪く、高校にあがるとき担任の教師から、このままでは進級があやぶまれる、案じられた。なんとか高校へは滑りこんだものの、大学への推薦枠からはずれ、Fランクの大学を受験し、一年もたたないうちにやめてしまった。それからはカフェで働いたり、交通誘導員をやったり、小遣い稼ぎ程度の仕事をしている。郷里の国立大学を出て、国家公務員試験を受け、国税庁で定年まで勤めあげた自分は、息子を見ていて、歯がゆい思いがしてならなかった。それが自分の友人のコネで大手の自動車会社の整備士の見習いとして採用されることになり、ひと息ついたところだったのだ。彰があんな顔をするときは、ろくなことがない。大学への推薦を受けられなかったと報せたときも、三流大学を中退したいといったときも、同じ顔をしていた。自分は、いったい誰が来るのかきいたが、彰は、来週の日曜の二時、としかいわなかった。

その日になって、彰は落ち着かなかった。玄関のチャイムが鳴ったとたん、飛びあがるようにして迎えに出た。四十代の、頭を丸刈りにし、黒いTシャツを着て、金の太いチェーンをつけた、柄の大きな男があらわれ、後ろから細面の痩せた色黒の女がついてきた。彰君のお父さん？　と男は大きな声でいった。そうですが……。男は六畳間の座卓の前に、どすっと音を立ててすわり、後ろの女をうながした。彰君から話は聴いてもらってますか？　男にいわれ、隣で正座している彰を見たら、うつむいて黙っている。なんだ、まだいってないのか？　彰は、かすかにうなずいた。これ、と男は隣の女を顎でうながし、私の妹です、といった。妊娠してます。彰君の子供です。自分はふいに喉になにか詰まったような感じになり、声が出なかった。お父さん、どうしましょうね。彰、と息子によびかける自分の声は情けないことにかすれていた。本当か？　彼は無言でうなずいた。ばんと男は手のひらで座卓をたたいた。俺の妹が誰にでもしっぽを振るすべたに見えるかね。男はじっとこちらを見つめて低い声でいった。金か？　いくら出せばいい？　考えがめまぐるしく動いた。妹はバツイチです。小学生の娘がいます。だからって、もてあそばれては困る。……どうすればいいですか？　と自分はきいた。それを相談するのにお邪魔したんですよ。妙案が……。えっ？　男が大きな声をだした。妙案が浮かびません。男はひとつ重々しく息を吸って、男と女がくっついた。自然のことです。子供ができた。これも自然。普通そうしたらどうしますか？　妙案が……。男は笑って、単純なことじゃないですか、結婚すればいいんですよ。結婚？　自分は彰を見た。彼はさっきから石の地蔵のように動かない。

妹さんは、それでいいんですか？　自分は声をしぼりだした。楓は、それでいいといってます。……黙っている女に代わって、男がこたえた。きょうはお父さんに認めてもらいにきたんです。……ちょっと時間をくれませんか。急なことで頭がついていきません。男はふいに顔つきを変え、ほかにどうやって責任とるんだよ、とそれが地と思われる乱暴な言葉遣いになった。顎で女をしめして、赤ん坊は日に日に育ってるんだよ、おろせってのかい、と自分をにらんだ。いや……時間をいただければ妙案が……。ばんと男はまた座卓をたたいた。なんだ、妙案、妙案て。結婚するか、子供を始末するか、ほかになにがある？　楓にシンマになれってか？　ばんと男は座卓をたたいた。自分が殴られているような気がした。とにかく今日のところは一度引きとっていただいて、彰ともよく話し合いますので、お互いが納得のいく結論を見つけましょう。自分の額には汗がうかんでいた。ばんと男は座卓をたたいた。俺に無駄足を踏ませるってか。いや、お話はよく分かりましたので、こちらも気持ちの整理をして、誠意のあるお返事をいたします。誠意？　男が笑った。男と女が寝た、赤ん坊ができた、結婚して責任とる、それ以外の誠意があるってか。申し訳ないですが、今日のところは……自分は畳に手をついて頭をさげた。いつ？　はっ？　いつ誠意のある返事をくれる？　……一週間お待ちください。楓、それでいいか？　男は隣の女にきいた。いいわ。初めて聴く女の声はしゃがれていて、耳に不快な感じをあたえた。……楓さん、おいくつですか？　自分は恐る恐る女に訊いた。女は一瞬男の顔を見て、彼が黙っているので、こちらに向き直り、三十五です、とこたえた。娘さんは？　九歳です。身上調査、終わり！　男は話をさえぎった。そして、ゆっくり立ちあがり、お父さん、誠意のある返事まってますよ、といった。

二人が帰ったあと、自分は台所で水を一杯飲んだ。喉がはりつくほど渇いていた。それから六畳間に彰を呼んで、事の次第をきいた。彰は自分が準備した職場でまじめに働いていた。先輩に連れられて近くの食堂で昼食をとるようになった。そこは整備士のたまり場のようになっていて、いつ行っても知った顔が何人もいた。楓はその店で働いていた。ずいぶん年上のようだし、容姿も特にすぐれたところがなく、彰は女として見たことがなかった。ある日、代金をはらって店を出ようとしたら、楓が彰のポケットになにか入れた。見ようとすると、あとで……と意味ありげな目付きでささやいた。茶封筒には、映画のチケットが一枚入っていて、いっしょに観に行きませんか、とメモがあった。予定もなかったので誘いに応じた。そういうことが何度かあり、映画のあとに居酒屋で呑んだ。それほど呑んでもいないはずなのに、楓はひどく酔っ払い、帰りにどこかで休みたい、といった。二人はホテルに入った。部屋のドアを閉めたとたん、女は彰にからみついて、口づけし、彼の手を自分の胸と股間に持ってゆき、ジーンズのジッパーを開けて、ペニスをにぎりしめた。楓の激しく巧みなリードで事が始まり、事が終わった。それから二人は月に何度かホテルで会うようになった。

俺、結婚なんかしたくない、と彰はいった。じゃあ、どうする？　二人の頭には、丸刈りの太い金のチェーンをつけた男が、ちらちらしていた。一週間たって、男から自分の携帯に電話があった。返事を聴きましょうか。サウナにでも投げこまれたように全身の毛穴から汗がにじんだ。息子と娘さんは、年もずいぶん違いますし、彼に小学校の娘さんの父親になるのは荷が重いです。自分は考えていた台詞を押し出した。一億。はっ？　子供を始末して、妹の心の傷を癒すのに、一億。男の声は冷静だった。自分は口が渇いて、言葉がうまくでなかった。ひとつ咳払いし、深呼吸していった。無理ですよ。一億なんて大金は……。家屋敷売ってでも金つくりやがれ！　男は怒鳴った。無理ですよ。自分の声は哀願の響きをおびていた。だったら責任とって結婚だな。彰と話します。あ？　話したんじゃないの。もう一度よく話し合います。あ、そう。で、今度はいつまで待てばいい？　二、三日ください。明後日、また電話する。……逃げられると思うなよ。電話が切れたあと、自分の携帯は手汗でぬれていた。

それから三週間あまり、自分の家の傍らの道路に引っ越し業者のトラックが停まって、家のなかへ家具を運びこんでいた。その日から自分と彰夫婦との同居が始まった。楓の兄は上機嫌で、近所の鮨屋から特上の握りを出前してもらい、持参した獺祭をあけた。酒がなくなると、彰がスーパーへ買いに走って、宴はえんえんと続いた。男は酔いつぶれて、そのまま寝てしまった。そして、その日から自分の家に居ついた。俺のマンションは建て替え中だから、そのあいだだけ置いてほしい、というのが男の言い分だった。男はどういう仕事をしているのか、昼まで寝ていて、ときどき携帯が鳴ると、どこかへ出て行く。自分は男と顔を合わせるのが嫌で、たいてい自室で本を読んだり、音楽を聴いたりしていた。そのうち楓が家の模様替えを始めた。夫婦だけの部屋ならかまわないが、趣味の悪い壁紙や家具で家全体をすっかり様変わりさせた。半年を過ぎても、男が家を出る様子はなく、我が家のように勝手にふるまった。自分の家なのに、だんだんいるところがなくなっていった。自分はほとんど六畳の自室にひきこもって過ごした。ある日、男があらたまって話があるという。畳のうえに虎の毛皮を敷いた居間で、男は彼専用の、高価そうな革のソファーにすわり、分厚いガラステーブルに書類を投げだした。お父さんもいい年だから、そろそろ考えたほうがいいと思ってね。それは自分の家の権利書で、見ると、家と土地の名義人が彰になっている。そのときようやく自分は、男のねらいが分かった。しかしさすがにそこまでの身勝手は許せない。私はまだ六十代です。死に支度をする齢じゃありません。自分は書類を押し返した。男はあっさり、あ、そう、じゃ、この件は、またゆっくり、といった。

それからというもの、家には男の仲間らしい連中が毎日やってきた。若い者もいれば、男より年上の者もいて、昼間から酒を呑んで大騒ぎした。カラオケまで持ちこんで大声で歌うので、自室にいてもうるさくてしようがない。ひどく癇に障る。自分は家にいるのが嫌になって、昼は散歩をすることが増えた。あるとき市の共同畑で作物を育てている人々を見かけた。自分は畑仕事に興味はなかったが、立ち働いている人々の楽し気な様子に、ふと庭を造ってみようかとおもった。自分以外の誰も足を踏み入れることのできない、美しい庭を。書店で庭造りの本を何冊か買ってスターバックスで読んだ。一坪もあれば、いい庭ができることを知った。それから土地を探した。できるだけ実家から離れたところがいい。自転車に乗って浅川の両岸にある畑をもった家をさがした。日野にはけっこう農地がある。一軒家と一軒家にはさまれた広い畑で、あまり作物の植わっていないところがあった。左手の家に訊いたら、右手の家の畑だという。その家の家主は八十を過ぎた老人で、子供たちは畑を継がないし、わたしもひとり暮らしで、もう畑はやってない、といった。交渉のすえに、奥まったところの一坪を安く借りることができた。その日のうちにホームセンターでジョウロやスコップや移植ごてや軍手や長靴を買ってきた。自分はそれらの道具を、嫁やあの男に見つからないように納屋にかくした。

翌朝は食事を取ってすぐ自転車に道具を積んで出かけた。家主に挨拶して、借りた畑の四隅にポールを立て、ビニール紐でかこった。長靴にはき替えて、スコップで土を三十センチばかり掘り返してゆく。長いあいだ使っていない畑なので、仮死状態の土をよみがえらせるところから始めなければならない。慣れない作業なので、腰にきた。家主の老人はなにもいわずに眺めていたが、やがて家へもどった。休み休み、小一時間ほどかけて一坪の畑を掘り返した。それから老眼鏡をかけ、しゃがみ込んで、埋もれていた古い根や枯葉などをとり除き、ビニール袋へ集める。コップに苦土石灰を入れて、全体にまく。また、スコップをもって、土の上下を入れかえる。いつの間にかすでに昼を過ぎていた。これから二週間は、土を日光に当てて消毒する。自分は近くのコンビニでのり弁を買ってイートインで食べた。体を動かしたせいか、とてもうまかった。二週間のあいだ自転車で毎日庭を見にきた。ここになにを植えようか。華やかな薔薇のような花がいいか。凛とした桔梗のような花がいいか。日光で白く乾いてゆく土を見ながら心を遊ばせた。そこは確かに自分だけの小宇宙だった。そして、ふと子供のころにふるさとでスイカズラの蜜をすって遊んだことを思い出した。蜜の味の記憶と郷愁があいまって、胸の奥に甘やかななにかが生まれた。自分はホームセンターに自転車を走らせてスイカズラの鉢を買った。

二週間後、自分は早朝から庭へ行ってスイカズラを植えつけた。ちょうど家主の老人が犬の散歩で出てきて、なにを植えたのか訊かれ、スイカズラです、とこたえたら、うん、うん、とうなずいて、老犬といっしょに歩いていった。自分は植えつけた苗をしばらく眺めて帰った。

その直後、苗の根が急速にのびて、深く地中へもぐり、日野台二丁目の家々の下をはしり、日野市水道局の水道管の上をすべり、東京ガスのガス管の上をすべり、東京電力の電気ケーブルの下をはしり、日野台三丁目の畑の下でうろうろしている青大将や土を掘っているもぐらのとなりをまっすぐつきぬけ、甲州街道のＮＴＴの電話線をくぐり、フレッツ光のインターネットケーブルをくぐり、日野ケーブルテレビのアンテナ線をくぐり、東京都の信号機のケーブルをくぐり、多摩平六丁目と大坂上四丁目のあいだをつきすすみ、みみずやだんご虫をけちらしながら多摩平七丁目の傾斜地をのぼり、天明年間の茶碗のかけらを迂回し、野鳥の森公園の少女が眠っているところまでたどりつくと、根は坐ったままのその体に頭から足までぐるぐる巻きついて、繭のようになった。そして、夜のうちに苗木は見る見る高くなり、楕円形の葉がしげり、その脇から次々に薄紅色の蕾がつき、それがふくらんで白い花がひらいた。ふつうのスイカズラよりも花の数は多く、四つならんで可憐にさいてあった。朝焼けの日の光が白い花弁をそめた。

きれいな花になれたね。

〈被告死亡　自殺か〉渋谷区バス停・64歳ホームレス殺人〝46歳ひきこもり犯人〟は「窓から見える景色が僕の全世界なんです」

「お母さん、ごめんなさい……こんなことになるとは思っていなかった」

11月21日午前3時。東京・渋谷区の笹塚交番に出頭した中年男は、隣に寄り添う齢80の母に対し、すがるように頭を垂れた。

路上生活をしていた大林三佐子さん（64）が渋谷区幡ヶ谷のバス停前で倒れていたのは11月16日早朝のこと。間もなく外傷性くも膜下出血による死亡が確認された。その5日後、傷害致死の疑いで逮捕された吉田和人容疑者（46）は、犯行動機をこう語った。

「自分はボランティアでゴミ拾いをしていて、彼女が邪魔だった。（犯行）前日の散歩の途中、『「お金を渡すからバス停から移動してほしい」と話をしたが、聞き入れてもらえなかった』……

約30平米の部屋で母と2人で暮らしていた吉田は、町内ではクレーマーとして有名だった。

「彼は自分のルールやルーティンを乱されると、急にスイッチが入る。ある日、ガレージにシャッターを取り付けたところ、『勝手に外観を変えないでくれる!?　うちの窓から見える景色が僕の全世界なんですよ』と怒鳴り込んできた」（知人）……

「俺は20代後半からひきこもっている。ここの家しか（居場所が）ない」

そう語る吉田と意思疎通を図ろうと、知人は数回、「近所の居酒屋で飲もう」と誘ったが、吉田は「出るのが億劫だ」と話し、一度も誘いに応じなかった……

石を詰めたペットボトルを女性に

一方、広島出身の大林さんは今月2月頃まで杉並区内のスーパーで試食提供係のパートをしていたという。

「所持品の中には、実弟などの連絡先が書かれた小さなメモ書きが残されていました」（社会部記者）

日課である早朝3～4時の散歩の途中、吉田は笹塚駅近くのマンションの屋上に上り、夜景を眼下に見た。バス停でうずくまる小さな背中は、我が道を〝乱す〟異物に映ったのか。路上に戻り女性に歩み寄ると、石を詰めたペットボトルを握る右手に力を込めた――。

（『週刊文春』２０２０年12月3日号）

「パッ、パ、ぼ、ぼくー、事、事、事業―所な、なん、て……」

家に帰って文句を言い出した一志の言葉をさえぎって、武志は自室からｉＰａｄを持ってきた。そして、ネットで調べれば、たいていのことは分かる、と手渡した。言葉を喉につまらせて窒息しそうなほど顔を真っ赤にし、さらに言いつのろうとする息子に、向こうの家には帰らない、学校へも行かない、それなら働くんだな、と言い置いて、また自室にもどった。ドアを閉めて、スコッチを一口呑み、カーテンと窓をあけた。空は鈍色の雲が低く垂れ、なまぬるい微風がふいている。蒸し暑い夜になりそうだった。一志をどうすればいいのか、これからのことはわからない。妻子にすてられてから、いろいろなことを曖昧にしてきた。はっきりと自分の置かれている立場と向き合うのが面倒だった。できれば、これからものらりくらりと生きてゆきたい。ところがそうもいかなくなってきた。血のつながった息子を投げ出すことはできない。まず、一志をどうするか。ひとまず、仕事をあたえて、若い欲望を発散させる。おそらくシゲの望む事業所を立ちあげるには、一年はかかるだろう。そのあいだに一志の身の振り方をきちんと決める。もう、向こうには帰したくない。弁護士を立てて親権を手にする。凛子は抵抗するだろうが、連れ合いは、ほんとうなら一志を引き取りたくなかったはずだ。男が望んでいたのは凛子の身一つだけだったのだから。凛子もすでに娘二人がいるうえに、連れ合いとのあいだにまた娘ができて、母性は満たされている。一志への執着は、時間とともに薄れてゆくだろう。微風に小雨が混じり、庭の木々の葉がぬれてゆれる。武志は窓を閉めて、ベッドへ腰を下ろし、スキットルをかたむけた。

ノックの音で眼醒めた。いつの間にか眠りこんでいたらしい。

「パ、パ、パー」一志の声がきこえた。

「入っていいよ」

ドアを開けて入ってきた一志はiＰａｄを持っていた。立ったままディスプレーを見ながら、シゲの言う事業所には、Ａ型事業所とＢ型事業所があって、まず、それをどちらにするか決めなければいけない、それから会社をつくる必要がある、と説明した。武志はベッドの隣を掌でたたいて、腰かけるようにうながし、iＰａｄを手にとった。一志は不平を言いたげに、口をとがらせていたが、父がディスプレーをスクロールして、彼のたどりついたサイトの情報を読むのを黙って見守っていた。

「なるほど」しばらくして武志は言った。

スコッチのにおいがするのか、一志は眉をしかめた。武志はスキットルを手にしたが、呑まずにサイドチェストへもどして、

「行こうか」と言った。

一志はいぶかしそうに父を見あげた。

「聴きに行くんだよ、Ａ、Ｂ、どっちがいいのか」

「い、い、いーま、か、から?」

窓の外はすでに夜の気配がしていた。

「ケ、ケ、ケータイ、か、かけれ、れーば」

武志はシゲの携帯番号を知らなかった。

「ついでに飯食ってこよう」

武志はベッドに腰かけている息子を追い立てるように部屋の外へ出した。ミニクーパーでシゲのハウスを訪ねると、テーブルの上にガスコンロを置いて、鍋でなにかを煮ていた。二人が車からおりたら、卵雑炊、食べるか？　と言った。武志は首を横に振って息子をうながした。彼は訥々と作業所の種類を訊いた。少年が苦心してでこぼこの言葉を口から出すのを辛抱強く見守っていたシゲは、それなら決まってる、B型だ、とすぐにこたえた。俺の仲間には一日働くのが難しい連中が何人かいるからな。いいか？　と武志は息子に言い、一志はうなずいた。二人が車に戻ろうとする後ろから、卵雑炊、うまいぞ、とシゲの声が追ってきた。武志は振り向かずに手を挙げて、ミニクーパーを出した。次は会社をつくるんだな、と武志がハンドルを操りながら言うと、一志はうなずいた。じゃ、飯を食って作業に入ろう。父子は高幡駅の近くにあるモランボンへ入った。

自宅に帰った一志は、父のパソコンとプリンターを借りて、会社の作り方を検索し、必要な資料を印刷した。そのあいだ武志はベッドへ横になって彼の作業を見守っていた。「パ、パ、パーパ」。一志が資料を見ながら、会社の種類は株式会社か合同会社がいいと思うが、どうだろうか、と訊いた。おまえはどっちがいいと思う？　しばらく考えて合同会社がいい、とこたえた。じゃ、そうしよう。次は商号だった。会社に名前をつけなければならない。武志がサイドチェストの時計を見ると、十一時をすぎていた。一志は机にむかって、考え考え、なにか書きつけている。武志は起きあがって、息子の肩を叩いた。あとは明日にしよう。彼は素直にうなずいて、資料をもって自室へ行った。武志は、フーッとため息をついて、スキットルの蓋をあけたが、しばらく呑み口をじっと見つめ、台所へ行くと、なかのスコッチをシンクに流し、空になったスキットルを水道の水ですすいだ。武志は知らなかったが、一志は自室で商号を考えつづけていた。ベッドへ寝そべって、おもいついた名前をぽつりぽつりとしるしていった。そのうちだんだん瞼が重くなってきて、メモを机において、パジャマに着替えた。歯を磨くのが面倒になり、そのままベッドへ入った。目をつぶると、手がペニスに伸び、ゆっくりしごいた。頭のなかには白い乳房がひろがっている。それはやわらかく、いい匂いがする。傍らのティッシュケースから数枚ぬきとって、ペニスの先をつつむ。手の動きがだんだん早くなり、凛子の裸身がうかんだ。このあと彼は一匹の精虫になって、母の隧道をすすみ、子宮におちつく。誰にも言えないが、これが眠るための儀式だった。母の子宮に帰ると、心が透きとおって静かにおさまるのだ。しかし次の瞬間、凛子が継父に抱かれている姿があらわれた。またた。吐き気がする。あの男が、巣をうばった。なぜ、母は、あんな男を選んだのだろう。大人の事情は分からない。けれど、あからさまに自分の種から生まれた娘と、種のちがう一志を差別する。しかも言葉にして、それを言う。吃音になったのだって、あの男のせいだ。急にペニスが萎えて、憎しみがどろどろと満ちてくる。ふとカヲルのアーモンドのかたちをした目がおもいうかんだ。少しひらいた薄紅のくちびるが見えた。それから真っ白な腕と脚。一志は意地になって手を動かす。ペニスが勃ちあがり、やがて白濁したしずくがあふれた。彼は溜め息をついて、濡れたティッシュペーパーをくず入れに捨てた。それから不愉快な気持ちを切断するように瞼をとじた。

翌日、トーストとハムエッグの朝食をすませた父子は、商号の案をつくることに取り組んだ。父はとりあえず百個の社名を考えるように言い、息子はリビングのソファーに寝転んで、ノートへ思いつくままにメモしていく。そのあいだ武志は向かいのソファーでピーナッツをつまみながら、障害者の作業所についての本を読んでいた。彼は障害者が働くとはどういうことなのか、自分なりの考えをまとめておきたかった。具体的な作業は息子と一緒に進めてゆくつもりだが、雇用主としての心構えを持たないことには、どこへ着地をすればいいのかわからない。名義貸しだけだとシゲには言ったものの、人の生活がかかっているのだから、無責任なことはできなかった。昼近くになって、ソファーで、腹這いになったり、仰向けになったり、知恵をしぼっていた一志が、フーッと息をはいて立ちあがった。

「できたか、百個」武志が訊いた。

一志はうなずいて、腹を押さえ、ひ、ひ、ひーるめ、めし、といった。武志はずっとピーナッツをつまんでいたので、それほど空腹ではなかったが、

「鰻、食うか?」と言った。

一志はピーナッツをひとつかみとって、口へ放りこみ、うん、とこたえた。二人はミニクーパーで高幡不動の参道にある鰻屋へ行った。店は昼時でこみあっていた。二人はしばらく待って、空いた奥の席へ案内された。鰻を焼く香ばしいにおいがただよう。武志はにわかに腹が減ってきた。白焼き、蒲焼きを注文して、ビールが呑みたいのをこらえて、つまみの白子、あん肝をたのんだ。店員が水を置いていくと、一志はノートを開いて差し出した。細かな文字で数ページにわたって商号がしるされている。最後のページに大きく丸でかこんだ社名があった。

合同会社あすなろ――それが一志のお勧めらしい。チラッと顔を見たら、父の気持ちをおしはかっているような表情になっていた。

「あすなろ、か……」

「ど、ど、どー?」

武志は、ノートを閉じてテーブルに置き、腕組みをし、目を閉じた。店内のざわめきが遠ざかる。頭のなかで、あすなろ、という商号を看板や名刺や本の奥付などのうえにしるしてみる。ありがちだけれど、障害者の施設の名称としては悪くない。何よりわかりやすい。小学生でも理解できる。

白子とあん肝になります、と店員の声がして武志は目を開けた。テーブルに料理が置かれる。父の顔をうかがっている一志に、うん、とうなずいた。

「悪くない」

箸をとってあん肝をひとつ口にした。やはり、ビールが呑みたい。考えてノンアルコールのビールを頼んだ。

「い、い、いいー？　き、き、きめ、きめーて、ても」

いいよ、と武志はビールをコップに注ぎながらこたえた。白子をつまんで、冷えたビールを呑んだ。一志は、恐る恐る白子を箸でとって口に入れ、意外そうな顔をした。うまかったのだろう。こいつも呑める口なのかな、と武志は思った。白焼きと蒲焼きが運ばれて、白飯といっしょに食べた。勘定をして店を出たら、

「次は何だ？」と武志は訊いた。

「じ、じ、じぎょー、ょー、も、もく、てーき」一志がこたえた。

「ほう。じゃ、考えてくれ」

二人はコインパーキングに停めてあったミニクーパーで家に帰った。一志はソファーに仰向けに寝転んで、またノートになにか書き留めていった。武志は向かいのソファーに寝転んで読書のつづきにもどった。

あたしはソファー（それは粗大ゴミのゴミ置き場に捨ててあったものだ）から起きあがり、落書きでよごれた冷蔵庫から、冷えた白ワインのボトルをとり出し、水を飲むようにがぶがぶとあおった。喉の渇きがおさまらない。もう一度、ボトルを口にあててあおる。それでようやくひと

息ついて、ダイニングテーブル（それもゴミ置き場にあった）の椅子に腰をおろした。自分の呼吸が聴こえるほど静かだった。カーテン越しに陽が射しこんで部屋のなかの埃をきらきら光らせる。子供たちは、めいめい勝手に学校へ行った。テーブルの上には食パンの耳や乾いたご飯粒や食べかすが残っている。いつも通りの朝だった。あたしはもう何日も穿いたままのスカートのポケットに手をつっこんだ。あれはあった。手を出して掌を見た。少し錆びのういた古い真鍮の鍵――それは下の娘がどこかで拾ってきたもので、ママ、これいいでしょ、と見せにきたとき、いいね、といったきりテレビを見ながらワインを呑みつづけた。その晩、夢を見たのだった。大きな古い屋敷があり、娘の拾った鍵で玄関のドアを開けたら、制服を着たメイドと執事がならんで、奥様、お帰りなさいませ、お食事の用意はできております、といった。なかへ入ったとたんに目が覚めた。あたしはソファーから起きあがって水道の水を呑んだ。翌日の夜は違う夢を見た。鍵を開けてドアを開けたら、真っ青な空とエメラルドグリーンの海が広がっていて、浜辺の真っ白な砂は裸足の足裏に心地よかった。海へ向かおうとしたとたんに目が覚めた。翌々日はまた違う夢を見た。ドアを開けたら、キムタク似の男に抱きよせられてフレンチ・キスをされた。体の芯が熱くなったとたんに目が覚めた。

娘は、きのこの山の空箱に宝物を入れていたから、こっそり鍵を手に入れた。それは一種のお守りだった。

子供のころのあたしはいつもお腹を空かせていた。一日に一つの菓子パンが食事だった。母親は留守がちで、無職の父親はあたしをエアガンで撃って、いたい！　と叫ぶと、気が狂ったように笑った。何年かしてスーツ姿の大人たちが現われ、あたしを家から連れ出した。それから児童養護施設に入った。そこにはあたしと同じような子供たちが何人もいた。空腹は満たされ、汚れた衣服は清潔なものに変わり、鋏で切られたざんばらの髪はちゃんと整えられた。あたしは児童養護施設から小学校へ通った。クラスの悪ガキからは、施設っ子、とからかわれ、教科書やノートを窓の外へ放り出された。それでもあたしは泣きもせず、逆に悪ガキを大きな木製の三角定規で殴りつけた。眉間が傷ついて血が流れ、悪ガキが泣いた。教師は施設に連絡をとって、よく躾けてください、と苦情をいった。あたしは迎えにきた職員にわけを訊かれると、施設っ子だから、といった。職員は溜め息をついた。学年が進むにつれて、あたしにはだんだんカミソリのような危うさがあらわれてきた。背丈が高くなって胸が盛りあがってきた。施設と同じように学校でも、女子の友達はできなかった。男子もあたしにはかまわなくなった。誰もがあたしはいないものとしてふるまっていた。中学生になってときどき学校を休むようになった。朝はきちんと施設を出るのだが、途中でどこかへ消えてしまう。学校から連絡があって職員が探しても見つからない。暗くなるまでには帰ってくるので、あたしがどこへ行っているのか、なにをしているのか、けして口にしなくても、そのままになってしまった。それは高校にあがってもつづいた。一週間のうち、一日、二日は姿を消す。最初のころは問題になったが、やはり、あたしの口の堅さと暗くなるまでに帰ってくることから、そのままになった。

あたしは施設でもらう小遣いを貯めて、黒いワンピースとアイライナーを買ったのだった。地雷系と呼ばれるファッションで歌舞伎町の東宝ビルに向かった。その周辺には、あたしと同じように家からも学校からもはじかれた少女や少年たちが、いくつかのグループになって地べたに坐りこんでいた。何人かは、チューハイのストロング缶を持って、煙草を吸っている。あたしがひとつのグループに近づくと、髪をピンクに染めた少年が手をあげた。あたしは彼の隣に坐った。少年はジャケットのポケットから薬瓶を出して手渡した。咳止めのブロン錠だ。あたしは薬瓶をあけて、二十錠ほど掌に載せ、一気に口へほうり込んでかりかり噛みくだいた。やがてうっとりした気持ちになってきた。なにもかもがどうでもいい。生きているのがたのしい。あたしは声をあげて笑った。そんな笑顔は施設や学校では見せない。少年は満足そうにあたしの肩に手をまわし、さいこー？　と訊いた。さいこー！　とあたしはうなずいた。立ちあがってくるくる回って見せた。ワンピースの裾がふくらみ、細身のあたしの姿は、まっ黒なこうもり傘のようになった。傘じゃねぇ？　傘だよ！　こんなたわいもないことで、みなが手を打って歓声をあげた。

少年はキリンと名乗った。少し首が長いから小学生のころから、そう呼ばれた。彼はそのあだ名が嫌いではなかった。キリン！　と声をかけられたら、もぐもぐ草を食む仕草をする。あたしはこの界隈では、キリンといちばん仲良くなった。キリンは中学を卒業して、パチンコ屋や建設現場で働いて、少し金がたまると歌舞伎町の安ホテルに泊まり、東宝ビルの界隈で過ごす。あたしが高校に入ったとき、お祝いのパーティーをしよう、とホテルに誘われた。いつも十数人が雑魚寝している部屋に二人きりだった。ブロン錠を口にほうり込んでストロング缶で流しこんだ。頭がパキッて二人は着ているものを脱ぎ捨てて裸になった。あたしは初めてだったが、キリンのみちびきで処女膜をやぶり、血を流した。痛みが心地よかった。何度も、何度も、した。気がついたら夜が明けていた。妊娠が分かったのは、それから四カ月後だった。施設の職員と話し合って、子供を産むために高校は中退し、キリンといっしょに暮らしはじめた。彼は、東宝ビルの界隈で知り合った先輩の紹介で、建設現場で働くことになった。あたしも産み月が近くなるまで弁当屋でパートをした。最初の子供は女の子だった。星と書いてきらりと名づけた。あたしはいい家庭をつくりたかったけれど、なかなか子供がかわいいとおもえなかった。赤ん坊を抱くと、母親や父親からうけた傷がうずく。キリンはすぐ建設現場をやめた。俺には無理だ、といった。それで歌舞伎町のホストクラブに雇ってもらった。翌年、また女の子が産まれた。月と書いてぴかりと名づけた。二人の子供の世話をしていると、いらいらする。すぐ手が出る。このころからブロン錠の量が増えた。いっきに八十錠をのむこともあった。酒も安いワインを一日に一本は空にした。片づけるもののいないアパートの部屋は、ペットボトルや食べ物のかすや総菜の発泡スチロールの容器がちらばって荒れた。

ある夜、キリンが慌てて外から帰ってきた。ドアを閉めて向こうの様子をうかがっている。どうしたの？　尾けられてる。誰に？　たぶんＣＩＡ。それからキリンは外へ出なくなった。仕事も行かない。部屋中のコンセントをばらして盗聴器を探した。そして、ある日、突然、姿を消した。あたしが持っていた金は八百九十一円だった。子供たちの食事さえまかなえない。考えたすえに子供をつれて児童養護施設へ行った。職員は事情を聴いて、母子家庭の親子が一時的に身を寄せられるシェルターを紹介してくれた。そこにいるあいだに生活保護の手続きをしてもらった。あたしはブロン錠とアルコールの依存症になっていた。役所から生活費が支給されるようになると、あたしたちはアパートへもどったが、あたしに家事や育児はまだ無理だった。児相の職員があらわれ、子供たちを保護し、あたしは精神病院へ入った。半年ほどして依存症から抜け出して、また親子で暮らせるようになった。しかしあたしは、どうしても子供たちがかわいいとはおもえなかった。またブロン錠に手を出した。安いワインも呑むようになった。同じことの繰り返しだった。

ひとつ違うのは、鍵を手に入れたことだ。どこの鍵なのかは分からない。でも、この鍵で開いたドアの向こう側が、本当に自分がいるところだ。どこにいても苦しいばかりの、この暮らしから抜け出せるかも知れない。きっと抜け出せる。いまあたしは仮の世界に生きているのだ。そんな気持ちは酒とブロン錠をのむほどに高まった。あたしは夜になると、ブロン錠とアルコールに押されて、子供たちを置いてふらふらとさまようになった。どこをめざしているのでもない。目的地は鍵が知っている。センサーのように鍵を突き出し、どこなの？　どこなの？　と幸せな気持ちで呟きながら歩いた。

あたしの世界、あたしの世界——街灯の明かりのなか、あたしは笑顔になっている。もう少しで、本当に自分があるべきところが見つかる。鍵が教えてくれる。その世界を開いてくれる。この鍵があるかぎり。

この鍵のある限り。

八王子の法務局の支局で合同会社「あすなろ」の登記を済ませたのは八月の最後の週だった。街は陽炎にゆらいでいて、夏の終わりらしい気配はまったくない。外へ出た武志は一志をうながして近くのカフェへ入った。彼がアイスコーヒーを頼むと、ぼ、ぼく、も、と言った。店内は涼を求める客でにぎわっていた。武志は夏バテなのか躰が重く、疲れていたので、ガムシロップを二個入れて、甘いアイスコーヒーを飲んだ。あ、あまー、く、ない？　だから、いいんだよ。しばらくすると汗が引いて、躰の重さも少しとれた。

「さて、これからどうするんだ？」

事業所となる建物を探して、きちんと施設を整える、と一志は言った。

「そうか。で、金は？」

「そ、それ、そーれ、は、シ、シゲ、さーんと……」

「じゃ、行こう」

武志が立ちあがると、一志は音を立ててストローを吸った。二人はミニクーパーで高幡不動駅まで行った。いつもの駅裏でシゲはカヲルといっしょに『ビッグイシュー』を売っていた。傍らにはラブが寝そべっている。シゲは駅の階段やエスカレーターから人が降りてくるたび、『ビッグイシュー』でーす、坂本龍一の特集ですよー、と声をかけていた。マスクをつけているので声がくぐもって、はっきり聴こえない。パラパラと道行く人々はチラッと見るだけで去ってゆく。

ミニクーパーが停まったのを見て、シゲは手をあげた。

「話がある」と運転席の窓から武志は呼びかけた。

シゲは雑誌を持ったままだらんと両手を下げ、顔をしかめて天を仰いだ。それからゆっくりとベンチに置いてある段ボール箱に『ビッグイシュー』をしまって、自分を見ているカヲルに手話で今日は終わりと告げた。

「車停めてきなよ。駅のサイゼで話そう」

武志は近くのコインパーキングに車を停めて、四人は駅ビルのなかにあるサイゼリヤへ行った。ラブはベンチにつないだ。彼は息子に仕事の進み具合を話すようにうながした。一志はジェスチャーを交えながら、合同会社の登記が終わったので、これから事業所を開設するための手筈を整えないといけない、と説明した。根気よく吃音の少年の話を聴いていたシゲは、彼がひとくぎり話し終えて、ほっとコーラに口をつけたら、武志のほうを見て、

「金の話だな」と言った。

武志はうなずいた。まず、事業所の建物を借りる必要がある、障害者のための特殊な施設なので、それなりに設備を整えないといけない、その資金をどうするのか？　それは最初から分かっ

ていたことだったが、武志はシゲが話題にするのを避けていたようだったので、彼自身の考えもあってあえて触れなかった。

「登記の費用は建て替えておいた。けど、あとは、そうもいかない。シゲさんの考えを聴こうか」武志がいった。

シゲは目を閉じて腕を組んだ。三人は彼を見守った。ありがとうございましたー、と店員の声が響いた。

「家も、店の権利も、ぜんぶ金に換えてカミさんにくれてやった。俺の手元にある現金は十万もない。俺の財産は、車だけだ」目を閉じて腕を組んだままシゲは言った。

「じゃ、どうする？」武志が言った。

シゲは目を開いて、テーブルに手を突くと、

「貸してくれ」と頭を下げた。「事業所ができれば助成金が出る。それで運営資金もまかなえるし、借金も返せる。俺が銀行で借りられたらいいけど、住所不定では無理だ。だから、それまで貸してくれ」

武志は隣の息子を見て、どうする？　と訊いた。一志は困惑した表情になって、口にくわえていたストローを噛んだ。やがていくらぐらいいるのか？　と父に訊いた。三百万ぐらいかな、と彼は答えた。シゲは二人のやりとりを、顔をしかめて見守っていた。カヲルはシゲを見ていた。

虫が良すぎるか……。シゲが小さな声でつぶやいた。

「ぼ、ぼくー、が、か、か、かり、るのーは、だ、だめ？」

武志は少しのあいだ息子を見つめ、

「いいよ。でも、必ず、返せよ」と言った。「借用書を書いてもらう。もちろん利子ももらう」

「いいのかい？」シゲは目を見開いて武志に訊いた。

「俺はシゲさんに貸すんじゃない。息子に貸すんだ」

シゲは手首から先のない左手も出して、両手で一志の手を握り、黙って頭をさげた。その日から親子は不動産屋を回った。障害者の事業所とする建物にはきびしい基準がある。何軒か内見したが、なかなかいい物件がない。四社目の不動産屋で廃業した小さな印刷会社を見つけた。内見に行くと、すでに機械類や仕事道具などは持ち出されていて、なかはがらんとしていた。しかし作業をするための場所があり、従業員のための休憩所や洗面所やトイレも整っている。間取り図をもらっていったん家にもどった。一志は障害者の就業施設に求められる作業室、相談室、多目的室などの配置を間取り図に描きこんで、武志に説明した。彼は翌日、シゲを誘って、また内見に行った。彼は一志の説明を根気よく聴いて、

「いいね」と笑顔で言った。「俺は、ここでいいと思う」

内見の案内に立った不動産屋の若い社員は、武志と一志の様子を伺うように、いかがでしょう？ と言った。父は息子に意見を求めた。彼はうなずいた。これで作業所は決まった。あとは、出版社を営むのに最低限、必要な設備をそろえることだった。それも武志は息子にまかせた。シ

ゲは、印刷から製本までできる出版社を考えていた。一志は、それぞれの作業に求められる機材を調べてリストを作成した。そのうちに秋がきた。空は高く澄んだが、暑さはなかなか去らなかった。

朝の通勤時、高幡不動駅の裏で『ビッグイシュー』を掲げていたシゲの携帯が鳴った。彼はすぐに出た。向こうは黙っている。

「いま、どこにいるの？」シゲが穏やかに訊いた。

カヲルが心配そうな表情で見つめている。寝そべっていたラブも起きあがった。

しばらくして、浅川の土手のベンチ、と少年らしい声が聴こえた。

「待ってなさい。すぐ迎えに行く。あ、電話切らないで」

シゲはカヲルに雑誌の後始末を頼み、話をしながら小走りで少年がいるらしい場所へ向かった。駅裏から小学校のある通りを過ぎて、土手へあがり、そのまま五、六分ほど行くと、ベンチに灰色のパーカーとジーンズの人が坐っている。俯いて携帯を耳に当てていた。

「いいよ、携帯切って」シゲはキクジロウの傍らに立っていった。

キクジロウは彼を振り向いて、まるでシゲが見えていないような、彼の向こうを見るような、力のない眼差しをむけた。そして、両手で自分を抱いてガタガタ震えた。寒い。寒い。

「おいで」

シゲは彼の脇に手を差し入れてベンチから立たせ、高幡橋の下にあるハウスへ連れて行った。

寒い。寒い。そのあいだキクジロウはうつろにつぶやいていた。その日は寒いどころか、初秋だというのにまた夏の暑さがもどったような気候だった。カヲルとラブがすでに待っていて、味噌汁をつくる用意をしていた。段ボールハウスからまるやんが出てきて、遭難者か、と言った。シゲはキクジロウを簡易イスに坐らせ、すぐに味噌汁をつくった。そしてあたたかいものの入った椀を差し出した。キクジロウは両手でそれをうけとって、一口すすった。二口すすった。寒い、という言葉が消えた。まるやんが、俺にもくれ、と言った。シゲは椀に味噌汁をよそって渡してやった。彼は一口呑んで、いいよな、朝の味噌汁は、と大きな声で言った。土手をマスク顔の年配の女たちが、なにかしゃべりながら歩いてゆく。

キクジロウは、あたたかいものを呑むことに集中していて、なにも聴こえていないようだ。やがて呑みおえてしまうと、もう一杯いいですか……と言った。いいよ。シゲがこたえるまでにカヲルがキクジロウの手の椀を持って、お玉で味噌汁をよそっていた。腹が減ってるんなら、なにか食べるかい？　シゲが訊くと、キクジロウは首を振って、これで……と言った。結局、キクジロウは四杯の味噌汁を呑んだ。寒いのはおさまったかい？　キクジロウはうなずいた。頭上からひっきりなしに車の通る音が振ってくる。ときどき電車の走る音も響いた。カヲルはキクジロウが透明な被膜につつまれて、この世から遮断されているのが分かる。それは伝えなくても、シゲも感じている。遭難者の多くは、蚕のように糸を吐き出して、自分の身を守る繭をつくっている。

キクジロウはそこになにか大切なことの答えがあるように、目の前のコンクリの地面を見つめている。シゲもカヲルも黙っている。ラブも寝そべって動かない。待っているのだ。キクジロウが繭のなかから出てくるのを。小一時間ほどして、

「これ」とシゲのつくった詩集をパーカーのポケットから出してキクジロウがいった。「おじさんがつくったんですか？」

「そうだよ。全部俺が書いた。冊子にするのは、この子が手伝ってくれた」

シゲは目でカヲルをうながした。キクジロウはゆっくりカヲルに目を向けた。

「……読んでくれたのかい？」シゲが訊いた。

キクジロウはうなずいた。そして、うつむいた。コンクリの地面になにかが滴った。涙ではなかった。血だった。彼は唇に歯を立てていた。

おれ、なんで生まれてきたんだろう……

キクジロウは自分でもどうしようもできないようにうめいた。シゲは彼の前にひざまずいて、すりこぎのような手を肩に置いて、もう片方の手で背中をなでた。キクジロウは唇から血を滴らせつづける。シゲは彼の頭を抱きしめた。ただ、抱きしめた。シゲの胸の鼓動が伝わってきて、キクジロウの鼓動に重なる。彼はずっと遠いむかし同じことがあったような気がした。

医師はデスクトップのパソコンの画面を示して、

「これ、糸屑みたいなの、遺伝子のなかにある染色体です」といった。「ここ、糸屑みたいなの

三本ありますよね。普通は二本なんです」

私はそれがどういう意味なのかはわからなかったが、孫が普通ではないことはわかった。

21トリソミーです。

医師から病名をいわれても、私はまだ詳しいことがわからなかった。けれど、娘は知識があったようで、

「それって、ダウン症のことですよね」と発熱でもしているような物憂い調子でいった。

「そうですね」医師は、飲み物はコーヒーでいいですか？　と訊かれたときのような軽い調子でいった。

娘は黙って立ちあがり、医師に頭を下げると、孫を抱いたまま診察室を出た。私はあとを追った。

「ダウン症って、ときどき聞くけど、あの障害のある子の……」

「うざい！」娘は大きな声で怒鳴って足早に歩きながら言葉をつづけた。「もう、帰って！」

待合室の人々は、長椅子に坐っている患者も忙しく動いている看護師も、こちらを振り向いた。娘は人々の視線をふりきるように病院の玄関を出てダイハツの軽ワゴンに乗りこんだ。私は車が走り去るのを見送るしかなかった。

その日から数日のあいだ、娘とは連絡がとれなかった。携帯に電話しても出ないし、アパートを訪ねてもドアには鍵がかかっていた。私も介護の仕事をしているので、娘につききりというわ

けにはいかない。スマホでダウン症について調べたら、育てるのが大変らしいとわかった。娘はシングルマザーだ。孫の父親については決して明かそうとしなかった。お母さんもシンマなんだから、わたしもシンマになるといった。私の場合は協議離婚だったので、娘の父親が誰かははっきりしているし、多少は元夫から養育費もとどいた。父親の分からない子を産んで育てる、娘のいうシンマとはちがう。娘は高校を中退するときも、キャバクラで働くといいだしたときも、私の反対を最後には押しきった。シンマになったのも同じだった。娘は言い出したら聞かないところがあるので、いつもはらはらしながら見守るしかなかった。

ママには迷惑をかけないから――これが娘の最後通告だった。でも、迷惑は十分かかっている。アパートを契約するとき保証人になったのも、悪阻が大変だったときお粥を作ったのも、出産のあとうちのアパートで体を休ませてやったのも、みんな私だった。

ありがと――かえってくるのは、そっけない感謝の言葉がひとつだけ。それでも親は馬鹿だからほだされる。ただ、今度のことはよく話し合わないといけない。いまのままでは娘が難破するのは確実だ。一瞬、親子心中という言葉が頭にうかんで胸のなかへ重いものを流しこまれたようだった。あの子の気性では、やけになったらなにをするかわからない。私は介護の仕事のあいまを縫って、コール音しか聴こえない、娘の携帯を鳴らしつづけた。

孫がダウン症と診断をうけてから二週間近くがたって、やっと携帯がつながった。でも、私が名前を呼んでも返事がない。ただ、娘が息をする音が聴こえた。私は名前を呼びつづける。

ごめん。

娘の声が聴こえて携帯はきれた。私の胸のうちに暗黒なものがひろがった。娘が詫びたことなど一度もなかった。なにか予想もつかないことが起きようとしている。いや、もう起きてしまったのかも知れない。私はなにも手につかない心地だったが、世話をまかされている人たちを放ってはおけないので、きちんと排泄物の処理をして紙パンツを履かせ、スプーンで細かくきりきざんだ野菜を口に運び、温かいお湯でしぼったタオルで背中を拭いてやった。そして、一日の予定をすべて終えて、娘のアパートへむかった。やはり、ドアには鍵がかかっている。管理人を呼んでわけを説明し、合鍵でなかへ入れてもらった。けれど、部屋はがらんとしていた。私はその場にぺたんと坐りこんだ。

それからどうやって自分のアパートへ帰ったのか。気づいたら見覚えのある建物の前に立っていた。近くの街灯の明かりで、ドアの前に毛布にくるんだ荷物らしいもののあるのが見えた。置き配だろうか。でも、なにも注文したおぼえはない。毛布を広げようとしたら、小さな人の手のようなものが伸びたので、ひっ、と変な声が出てあとずさった。荷物の中身は孫だった。

夫と離婚してからは、ずっと女手一つで娘を育ててきた。何の資格もなかったので、弁当屋、スーパーのレジ打ち、居酒屋の店員などで暮らしを立てた。どの職場でも特に落ち度はなかったけれど、店の経営が傾いたり、賃金が低すぎてやっていけなかったり、結局新しい稼ぎ仕事を見つけねばならなかった。それで介護士の資格をとった。日本の社会は高齢化している。介護を必要とする高齢者や障害者はいなくならない。それに報酬は十分とはいえないけれど、一人親のための支援金や、元夫からの養育費とあわせれば、私と娘の親子二人が生きていく分には、なんとかやっていける。もっとも余裕がある生活はできないので、娘にはいろいろと我慢させてきた。塾や習い事も通わせることはできなかった。それで娘が同級生たちと話が合わなかったり、さみしいおもいをさせたり、親として無力に感じることもあった。娘が変わったのは中学二年生だった。夏休みに入ってすぐ髪の色が金髪になった。びっくりした私が、どうして金髪？　と訊くと、みんなやってるから、といった。さらに言葉をつづけようとしたら、うざいんだよ、ばばあと罵った。娘からばばあ呼ばわりされて心がざくっと傷ついた。娘もおもいきった言葉を口にして興奮したのか顔が紅潮していた。それが初まりだった。しばらくして警察署から電話があり、万引きの現行犯で捕まって引き取りにいった。盗んだのはチューインガムやチョコレートやコーラや、頼まれれば買ってやれたものばかりだった。ひとのオートバイを無断で乗りまわして転倒し、全治二か月の大怪我をした。学校にはほとんど行かなくなった。帰りはいつも深夜で、朝帰りをしたときにはひどく酔っ払っていて、トイレへ駆けこんで、苦しそうに涙を流しながら吐きつづけた。卒業式は同級生よりも時期が遅れて、ひとりだけ校長室でだるそうに卒業証書をうけとった。都立高校に入って美容師になるからと一カ月で退学した。借金して美容師の資格がとれる専門学校へ入れてやった。なんとか卒業して都内の美容院に就職し、やっと落ち着いてくれるかとおもったら、父親のわからない子を身ごもって、立ち仕事は辛いとキャバクラで勤めるようになった。そのころには私も還暦をむかえていて、だんだん体の無理がきかなくなっていた。介護士の仕事は肉体労働なので、一日働いて家に帰ると、食事をして、風呂に入って寝るだけだった。そこへ身重の娘の世話が重なって、私は鬱状態になった。精神科で安定剤と睡眠薬を処方してもらって、どうやら孫の出産まで乗りきったのだった。

私は毛布にくるまれた孫を抱きあげ、迷子になった子供のような気持ちでしばらく立ちつくしていた。ダウン症の赤ん坊を抱く還暦の私、が俯瞰で見えていた。なんだか他人事だった。まわりに娘の気配はない。私はスマホをとり出して娘に電話した。コール音を聴いているうちに祈るような気持ちになってきた。次は出る。次は出る。でも、スピーカーから聴こえるのはコール音だけだった。留守電にもならない。

翌日、仕事のシフトを代わってもらい、市役所に電話したら児童相談所にまわされ、養育の準備がととのうまで緊急に面倒をみてくれる里親が見つかった。猶予は一か月半。私は衣類や育児用のベッドや哺乳瓶や粉ミルクや紙オムツや、必要なものを買いそろえ、その一方でうけいれてくれる保育園を探した。乳児が生活するための買い物は半日で終わったけれど、施設はなかなか見つからなかった。三週間を過ぎたころようやく市立保育園から入所の許可が出た。私は児相に連絡し、児相から職員が私のアパートを訪ねてきて、乳児の養育ができる環境にあるか確かめ、赤ん坊をひきわたされた。次の日から赤ん坊は朝から夕刻まで保育園にあずけて、私は介護の仕事をし、一日の仕事が終わると、お迎えにいった。

ダウン症の赤ん坊は生れつき体が弱い。心臓や甲状腺に異常のある子も多い。うちの子は幸いになかったけれど……。でも、なかなか首は坐らないし、手足に力が入らないのでぐにゃぐにゃしている。ミルクの飲みも少ない。遅れて一カ月検診に行ったとき、小児科の医師は、こういう子はよくかまってあげて、話しかけるようにと助言された。私は娘を育てた時分のことを思い出しながら、赤ん坊の世話をした。二度目の子育ては、心身ともに私を消耗させた。安定剤も睡眠薬も強い薬になり、睡眠薬をのんでも眠れない夜が増え、体力がおとろえた。仕事中もぼうっとしていることが多くなって、いろいろな間違いをした。高齢の男性からはスタッフを交換してくれ、と事務所に苦情をいわれ、上司から注意をうけた。赤ん坊が夜泣きすると、気分を変えてやるのに外を散歩した。そういうとき踏切の信号音が鳴っているのを聴くと、吸い寄せられるようにそちらへ行ってしまうことがあった。楽になりたい、楽になりたい――ひとりでにそんな言葉が思い浮かぶ。

黙れー！　赤ん坊を揺さぶりながら怒鳴ったことも何度かあった。疲れがとれない。朝起きられない。どこにいても赤ん坊の泣き声が聴こえる。いつも何かに追い立てられているようで身の置き所がない。精神科の医師にうったえると、しばらく赤ん坊と離れたほうがいいといわれ、児相に連絡をとって、また里親に面倒をみてもらった。そんなことを繰り返しながら、だましだまし育てているうちに、赤ん坊は私をママと呼ぶようになり、危ない足取りで歩くようになった。そのころからだんだんかわいいとおもえるようになった。もう自分の子供だと感じるようにもなった。保育園のお遊戯会で舞台に立ったとき、私を見つけて、ママ、と呼ぶのを聴いて涙がにじんだ。かわいさと不憫さで胸がふさがれた。三歳のころ急に吐き戻し、高熱を出した。保育園からしらされて、仕事のシフトを代わってもらい、小児科へ連れて行ったら髄膜炎と診断された。この子を押しつけられたときの私だったら、このまま死んでくれたら、とおもったかもしれない。でも、そのときは違った。自分の命に代えても、この子を守りたいと願った。点滴の管をつながれて、ママ、あたまいたい、と涙を流す顔を見ていたら、せつなくて、せつなくて、おもわずベッドに覆いかぶさって抱いた。ママ、あたまいたい。すぐ治るからね。ママが治してあげるからね。いいきかせながら、そっと抱きあげた。孫は点滴の管のついた腕を私の首にまわした。よし、よし。孫は顔を私に向けて、あたまいたいのなおる？　ときいた。治るよ、治る。目が合った。孫の瞳に私の顔が映っている。私の瞳にも孫の顔が映っているのだろう。その瞬間、不思議なことが起きた。私はぐんぐん小さくなって孫の姿になり、孫はぐんぐん大きくなって私の姿になった。いつの間にか二人がいれかわっていた。私はママに抱きしめられている孫だった。孫は私を抱きしめているママだった。ママの胸はやわらかくて、温かかった。

ママ。

大丈夫。

私の言葉に孫がうなずいた。やさしく頭を撫でてくれた。私はゆっくりと目を閉じた。えもいわれぬやすらかさが心に満ちていった。

災害級の大きさの台風が長崎県に上陸した。最低中心気圧は八九五ヘクトパスカル。海から押しよせる波は防波堤を超え、山では大雨で土砂崩れが起きて家屋を呑みこみ、道路を寸断し、息もできぬ風で看板や屋根が剝ぎとられた。人々は身を寄せ合って避難所へ向かい、逃げ遅れた者は行方が知れなくなった。台風は時速三十五キロほどでゆっくり日本列島を北上した。

やがて日野市でも雨風が強くなった。家でテレビを見ていた武志は、避難警報というテロップが流れたのを見て、ソファーから立ちあがった。二階の一志に声をかけ、彼が顔を見せたら、

「ちょっと出てくる」と言った。

息子は何か言いたそうな表情でうなずいた。こんな嵐なのにという言葉が読みとれたが、父はなにも言わずにレインコートをはおり、玄関のドアを開けた。吹き降りのなかガレージのシャッターをあげ、ミニクーパーを出した。ワイパーを最速にしても雨がしっかり払えない。北野街道は車が絶えない。しゃーっとタイヤに水しぶきをまきこみながら、走ってゆく。空には低く垂れこめた雲が流れ、雲の奥のほうで稲光のようなものが光る。どろどろと鈍い雷鳴がひびく。躰を前かがみにして、周囲に気をつけながら高幡橋の手前を左折し、坂をくだった。土手につきあたり、右折して高幡橋の下にあるシゲたちのハウスの傍らで停まった。四つあるハウスはどれも胴体のあたりを縄で縛ってあり、風で揺れている。頭上の高幡橋が傘になっているので雨は落ちてこない。武志はミニクーパーを降りて、シゲのワゴンのほうへ歩いた。車は前向きに停めてある

から、彼の姿は見えない。運転席まで行くと、シゲが気づいて窓をあけた。

「どうしたい?」

避難警報が出た、と武志は言った。ここは危ない。

ワゴンのなかにはシゲのほかにも、ハウスの住人四人がそろっていた。

「このワゴン、動くのかい?」

武志が訊くと、もちろん動くけれどガソリンがない、とシゲはこたえた。

「俺の車で避難所まで送る。ちょっと狭いけど、乗ってくれ」

男たちは顔を見合わせていたが、武志に急かされてワゴンを降りた。助手席に二人、後部座席に三人、四人乗りのミニクーパーに六人が乗った。後ろでしきりにタイの王子が咳をする。みな、平気な様子だったが、武志は気になってジーンズのポケットからマスクを出してつけた。高幡橋の下から出ると、また激しい雨が叩きつけてきて、天井に雨の当たる重い音が聴こえる。カーン、カーンと鐘を鳴らして消防車がゆっくり走っている。

避難警報が発令されました。避難警報が発令されました。

スピーカーから浅川沿岸の住民に向けてアナウンスを流している。

「この川は氾濫したことがあるのかい?」シゲが訊いた。

「むかし、あったらしい。……鯉がたくさんいるだろ?」

「ああ、うまく下処理しないと、生臭くて食えたもんじゃない」

彼らはこの川の鯉も食っているのかと内心驚きながら、ホームレスだから当然かと納得もし、

「あの鯉は、上流に鯉の養殖所があって、川が氾濫したときに稚魚が流れだして増えたらしい」

と言った。

それで……とシゲはうなずいた。北野街道から小学校のある脇道に入り、ぐるっと道なりに左折して南平体育館の前でミニクーパーを停めた。ここが避難所だった。ハザードランプを点灯して、シゲたちと入り口のほうへ走った。腕章をつけた若い男が立っていて、彼らの身なりを眺め、少し戸惑った表情になった。シゲのほかの四人は、伸び放題の髪と髭、ボロボロの衣服と、いかにもホームレスめいた格好をしている。

「ここ、避難所ですよね」あえて武志が言った。

ええ……市役所の職員らしい若い男は、そこに上司でもいるのか、屋内をふりかえって誰かを探すようだった。

「避難者です」武志が彼らを押しこんだ。

しかし咳をしていたタイの王子が尻込みをして、なかなか入ろうとしない。シゲが手をひっぱると、後ろへさがる。

「どうなさいました?」シゲが言った。「王子、早くお入りください」

タイの王子は咳こみながらひっぱられてゆき、周りの人々は露骨に迷惑そうな様子で彼らを見ていた。ちょうど建物の真ん中あたりまできたとき、タイの王子は大声で、

コロスナー！　と叫んでしゃがみ込み、頭をかかえた。コロスナー！　コロスナー！

シゲもしゃがみこんで、彼の耳元でなにかをささやく。けれど、タイの王子は叫びつづけた。奥から腕章をつけた年配の女性が駆けつけてきて、こちらへ、と声をかけた。シゲと武志がタイの王子を両脇からかかえて、女の案内するほうへ連れて行った。ステージの脇にあるドアを開いた。こちらへ。そこは倉庫だった。跳び箱やマットやバスケットボール、バレーボールのボールなどが乱雑に置いてある。シゲがなにかをささやくと、タイの王子は顔をあげて周りを見渡し、ようやく叫ぶのをやめた。また、咳をしはじめた。よろしいですか？　女が案じ顔で言った。どうも、と武志はこたえた。ドアが閉まった。ソーソーとヤマネコとまるやんはマットのうえで胡坐をかいた。シゲは跳び箱のいちばん上の段をおろして、そこへタイの王子を腰かけさせた。

「やれやれ」とシゲは溜め息をついた。「幻聴が聴こえたらしい」

「そうか……」と武志は言った。

「すまないね」シゲは武志に礼を言った。

「あとは、大丈夫かな……」

「水や食料は配給があるだろう、避難所なんだから」

「必要なら電話してくれ。調達する」

シゲは武志に向かって片手で拝んだ。

翌日は掃き清めたような青空が広がった。武志はキッチンでハムエッグをこしらえ、パンを焼いて、コーヒーを淹れた。一志に声をかけて、二人で朝食をとり終え、食器を流し台へ運んでいるとき、スマホが鳴った。彼は重ねた皿をシンクに置いて、スマホをとりあげた。見たことのない番号が表示されている。しばらく画面を眺めていたが、鳴りつづけているので、通話のボタンを押した。

「木元武志さんのお電話で間違いありませんか？」

男の声が聴こえた。

「そうですが……」

「こちら日野警察です。成宮重夫という男性をご存知ですか？」

武志は一瞬、不安な思いがした。

「ええ。友人です。彼がどうかしましたか？」

「あなたを身元保証人に指名したものですから、確認の連絡をさせてもらいました」

「彼がそこにいるんですか？」

「はい。えー、友人何人かといっしょです」

武志はなにが起きているのかよく分からなかったが、ひとまずシゲたちの身柄を引き取りにミニクーパーで日野警察へ向かった。ＪＲ日野駅の先にある本署の前の駐車場に車を停めて、受付の若い女の警官に用向きを告げると、窓際のデスクにいた男の警官が、ご苦労様です、と武志を建物の奥へ案内した。そこには留置場があって、タイの王子を除いたシゲたち四人がいた。彼を見ると、坐っていたシゲはゆっくり立ちあがり、申し訳なさそうな顔つきで、おはよう、と言った。ソーソーとヤマネコとまるやんも詫びるように頭をさげた。

「どうします？　連れて帰りますか？」

はい、と武志はこたえた。彼は受付にもどって書類にサインをし、四人をつれて警察署を出た。玄関に長い警棒を杖のようについた屈強な警官が立って、彼らを見ていた。武志は少しミニクーパーを走らせて、警官の見えないところで、シゲとまるやんを助手席に乗せ、ソーソーとヤマネコを後部座席に乗せた。車を出して、

「わけが聴きたいな」と武志が言った。

シゲは溜め息をついて、こうなった事情を語りはじめた。昨日、武志が帰ったあと、彼ら四人は倉庫で世間話をしながらすごしていた。すると、しばらくしてドアが開き、腕章をつけた若い男が、人数分のペットボトルとパンをかかえて持ってきてくれた。その途端、跳び箱に腰かけていたタイの王子がばね仕掛けの機械のように跳ねあがり、男に襲いかかった。

コロスナー！

若い男は、不意をつかれて後ろへ倒れ、壁で頭を打って意識を失った。シゲとまるやんがタイの王子を後ろからかかえ、動きをふうじた。上司らしい年配の女が慌てて入ってきて、倒れている若い男に声をかけ、反応がないので救急車を呼んだ。

「で、警察もきたってわけか」

シゲはうなずいた。

「王子様は？」

精神病院だ、とシゲがこたえた。今朝、連れていかれた。

救急搬送された市役所の職員は、脳震盪を起こして意識を失っただけで、ひと晩病院で過ごして、もう職場にもどっているらしい。

「なあ、あいつ、入管に持ってかれるのかな？」シゲが訊いた。

「多分……。強制送還だろうな」

「病院、面会できるかな……」

「気になるのかい？」

「日本に来たのは、それなりの事情があったんだろう。無理に帰らされても……」

「シゲさん、王子様が日本に来たわけ聴いてないの？」

俺が会ったときは、もう王子様だったから、とシゲはつぶやくように言った。話をしているうちに高幡橋の下の、彼らのハウスに着いた。シゲのワゴンはそのまま残っていたが、段ボールハウスは、丸ごと飛ばされたものもあれば、屋根がなくなっているもの、風の吹いた跡をなぞって歪んでいるものもあった。

「ひでぇな……」シゲが言った。

「手伝うよ」武志は台風の傷を眺めて言った。

ハウスを作り直すには材料集めからはじめなければならなかった。人手は多いほうがいいので一志も連れてきた。みなでミニクーパーに乗って、スーパーで段ボールをもらい、建材屋で木切れをもらった。どのハウスも生活に必要な道具はなかに残っていた。彼らは手分けして、それぞれのハウスを作り直していった。台風のシーズンなので、少々の雨風では壊れないように補強もした。昼になって武志はミニクーパーでコンビニへ買い出しにゆき、みなの分の弁当とお茶のペットボトルを配った。高幡橋が傘になっているので陽射しはさえぎられていたが、夏日かとおもうほどの暑さだった。腹を満たして仕事を再開し、すべての作業が終えたのは夕暮れに近かった。ハウスの周りに吹きよせたゴミも回収して、きれいに掃除したので、台風の傷はすっかり修復された。しかし住人がひとり欠けていた。

「面会、行くかい？」

武志は二本目のペットボトルのお茶を飲み干し、タオルで汗をぬぐって訊いた。

「そこまでタケちゃんに面倒かけれない」シゲが、ちょっと芝居がかった様子で顔をしかめた。

武志は苦笑しながら、窮屈だけど我慢してくれ、と言って一志を家に送ってからミニクーパーに五人を乗せた。

八王子の山奥にある精神病院に着いたときには宵闇であたりは暗くなっていた。受付で事情を申し出ると、今日の面会時間は、もう終わりました、と中年の男の警備員が迷惑そうな様子で言った。武志は免許証と名刺を出して、自分がホームレスではないことを証し、担当の医師に会わせて欲しい、とたのんだ。先生はお帰りになりました、と警備員は言った。武志は財布から五千円札をぬきとり、警備員の胸ポケットに押しこんで、五分だけ、面会させて欲しい、と言った。警備員は胸ポケットから紙幣をとり出し、こんなものは受けとれない、と返し、少し考えて、顔を見るだけですよ、と建物の奥へ歩きだした。妙にあっけらかんと明るい廊下をすすんでゆく。両脇には頑丈なドアのある病室がならんでいる。警備員が足をとめて、ドアのうえのほうの、鉄格子をはめこんだ小窓をあけた。タイの王子は拘禁衣を着せられて向こうの壁にもたれ、ボーっとどこかを見ている。

「王子様」とシゲが声をかけた。

反応はない。

「多分、なにか薬を……」と武志が言った。

シゲが舌打ちした。警備員は小窓を閉めて、終わりです、と言った。顔を見るだけ。

彼らは玄関に向かって歩いてゆく警備員のあとをついていった。受付の前を通りかかったとき、武志はさっきの紙幣を固定電話の下に差しいれた。警備員は見ないふりをしていた。

鹿島台の自宅にもどると、一志が、

タイの王子様は、タイでなにがあったんだろう、と訊いた。

「分からない」と武志はこたえた。「でも、日本に来なきゃいけない事情があったんだろうな、切実な……」

腹減ったな、鮨とるか？　と武志は言った。

「い、いーよ、お、お、おれ、貝だ、だめ」

「そうだっけ、貝だめだっけ」

一志は不満そうにうなずいた。


モヒンガーの匂いがただよってきたとき、おもいもよらないことが起きた。目から涙があふれたのだ。ボクは慌ててテーブルの紙ナプキンを手にとって頬を落ちるしずくを拭った。ひとりできてよかったとおもった。誰かといっしょだったらはずかしい。店員は気づいただろうか。わざと不機嫌な表情をよそおってうつむいていたら、ごゆっくりどうぞ、と料理を置いて行ってしまった。故郷の村の舗装された埃っぽい公道を先輩のバイクに乗せてもらって走ったことや、成人の祝いで初めて缶ビールを呑んだことや、さまざまなことが一瞬のうちに目の裏を流れた。帰りたいおもいと、このままでは帰れないというおもいが混じり合う。フォークを手にとって麺を口へ運んだ。とろみのある甘いスープがからんでうまい。本場のミャンマー料理を売り文句にしているだけあって、出汁にはなまずを使っているようだ。ただ、母のつくったモヒンガーと違ってトマトが入っていない。少し酸味があれば故郷の味になる。ボクはテーブルにあった酢を少したらしてみた。もう一度、麺をすくって口へ運ぶ。近いけれど、やはり微妙に違う。ボクは軽く失望している自分に気づいて意外だった。そんなに故郷を求めていたのか。

もう味の違いは、どうでもいい。ボクは素早く魚のすり身やゆで卵を食べ、麺をすすり込み、スープを飲み干して店を出た。熱気が肌にまとわりつく。暑さには慣れているが、東京は湿度が高い。べたべたする。ときどきすれ違う人々が大人も子供もマスクをしているのに気づいてポケットを探り、使い古して紙屑のようになったマスクをつけた。よけいに暑くなって息苦しいけれど、日本にいるのだからしかたがない。高田馬場駅に着いたころは霧吹きで水をかけられたほど全身に汗をかいていた。濡れたTシャツが腹や背中に張りついているのをつまんで風を入れる。喉が渇いたので駅のトイレに入って水道の水を飲んだ。ついでに顔や腕を洗った。隣の年配の男がちらっとこちらを見て、指先を水にさらして立ち去った。ボクは便室のトイレットペーパーを巻きとり、顔や腕を拭って外へ出た。駅の構内は発熱しているが、少し気分がよくなった。メモをとり出して、券売機で南千住までの切符を買った。二百六十円。あとはもう電話代しか残っていない。

メモを見ながら、東西線のホームを探し、茅場町で日比谷線に乗り換え、南千住駅に着いた。駅の構内を出たところに交番があった。しかしここで道を訊くわけにはいかない。素早く通り過ぎて小さな子供をつれた若い母親に、ナミダバシ、と言葉をかける。女は最初なにをいわれたのかわからないようだったが、もう一度、ナミダバシ、というと、ああ、泪橋ね、と後ろを振り向いて、腕をあげて向こう側を指し、まっすぐ、ここ、まっすぐ、といった。アリガトゴザイマス。ボクは陽にあぶられながら、まっすぐ道なりに足を運んだ。やがてnamidabashiと表示のある交差点があらわれ、角にセブンイレブンがあった。メモを確かめる。信号待ちの時間がひどく長く感じられ、汗のしずくが落ちた。横断歩道を渡って、セブンイレブンの出入り口にある公衆電話に十円硬貨を一枚入れた。五回、六回とコール音を数えていたら、八回目で、はい、と子供のようにもおもえる声が聴こえた。シゴトクダサイ。ボクは、この電話番号を教えてくれたイラン人からいわれた通りの言葉を繰り返した。シゴトクダサイ。受話器の向こうでは人が代わったらしく、ひくい男の声で、wait thereと聴こえて切れた。ボクはまた喉が渇いて、店内のトイレへ入ろうかとおもったが、ここにいないと永久に誰にも見つけてもらえない気がした。客が出入りするたび、自動ドアが開いて、一瞬涼しい空気が漏れる。ボクはそれを呼吸する。しばらくすると紺色のワゴン車が駐車場に入ってきて、公衆電話の隣に停まった。運転席の窓が開いて、太った男が顔を突き出し、顎で乗るようにうながす。ボクは驚いて指で自分を指す。男は煩わしそうにまた顎で、乗れ、とうながした。ボクは恐る恐る後部座先のドアを開けて乗った。エアコンがよく利いていて、ひんやりした空気につつまれた。男は入れ替わりに車を降りてセブンイレブンの店内に入り、レジ袋をさげて出てきた。運転席にのり込み、レジ袋をボクに渡した。冷えたミネラルウォーターと弁当が入っていた。アリガトゴザイマス。ボクは、ペットボトルをうなじに当てて冷やし、水をむさぼり呑んだ。そのうちにワゴン車は駐車場を出て、泪橋の交差点を南へ向かっていた。

ミャンマーを出たのは一年四カ月前だった。ボクの父親は、酒とギャンブルにのめり込み、体を壊して働けなくなり、とうとう死んでしまった。母親は手に職もなく、弟が二人、妹が三人いて、一家七人の家計をボクが支えるには、近くの農家から仕入れる野菜の行商だけでは無理だった。ミャンマーの平均年収は、日本円にして一万円と少し。日本に行けばアルバイトでも月に十万円は稼げるという。親戚中に借金をして日本への渡航費用を集めた。送り出し機関で三カ月のあいだ日本語や日本の生活習慣を学んで故郷を旅立った。成田空港の到着ロビーを出て、監理団体の若い男のスタッフに出迎えられ、車で一時間ほどかけて、江東区の端にある町の、狭い路地を入ったところに、seikousyaと看板のある建物に着いた。古い、木造平屋の、小さな会社だった。出入り口の引き戸を開けたら、作業台に向かっていたマスク顔の何人かがこちらを見た。壁際にはいくつかの機械が並んでいる。どこかにラジオがあるらしく、誰かがしゃべっている。コンニチハ、テインタインデス、シャチョウ、イマスカ? ボクは何度も練習してきた言葉を、正確に台本をなぞる役者のように話した。ひとりの女が立ちあがり、奥へ引っ込んで、薄い髪のほとんどが白くなっている、眼鏡をかけ、マスクをつけた年配の男をつれてきた。テインタインデス、ミャンマーカラキマシタ。あれ? 今日だっけ? 年配の男が女を見ると、素っ気なく、知りませんよ、と作業台にもどった。ほかの人々もそれぞれの作業にもどっている。社長は眼鏡をはずして、検品するようにボクの全身を眺め、こっち、と奥へ行った。そこには狭い事務室があった。ふたりはパイプ椅子に坐って向かい合った。パスポートとビザ、見せて。ボクが首をひねると、パスポートとビザ、と耳の遠い人にいうように、大きな声でいった。ボクは足元に置いたリュックからパスポートとビザを出して渡した。社長は眼鏡を上にずらし、手元のパスポートとボクを見比べ、本人だね、とうなずいた。

精工舎は手作業で製本をしている。職人たちはたいてい長く働いている者が多い。社長は来栖という男をボクの教育係に指名した。無口だが、温厚で、親切な人物だった。製本のやり方を、束折り、丁合、化粧裁ち、丸み出し、バッキング、背糊づけ、銀杏入れ、プレス機での締め、と丁寧にやって見せ、一冊の本を仕上げた。ボクは、憶えはいいほうだったので、手順通りに作業をすると、ときどき来栖が手を出して直し、二十分ほどかけて一冊が仕上がった。あとは繰り返し。分からなかったら聴いて。来栖は、作業台の空いた隙間にパイプ椅子を置いて作業のための余裕を作ってくれた。ボクは本文《ほんもん》が印刷された紙を持ってきて束折りにとりかかった。夕方の五時になると、職人たちは帰り支度を始めた。ボクはどうすればいいの分からず、ひとまず社長に声をかけられるまで作業を続けた。七時になっても、八時になっても、社長は事務室から出て来なかった。仕方なく、こちらから事務室へ行ってみたら、社長は部屋の隅のソファーへ横になって寝ていた。シャチョウ。遠慮がちに声をかけ、何度目かで目を開いた社長は、顔をのぞき込んでいるボクに、終わり？　といった。言葉の分からないボクが戸惑っていたら、社長は起きあがり、尾いて来て、といった。事務室を出たところの階段をのぼり、突き当りのドアを開けたら、そこは三畳間の畳部屋だった。窓はない。真ん中の簡易テーブルにはカップ麺とポットが置いてある。向こうの壁際にテレビ、隣に扇風機があった。ここ、君の部屋。ボクが首をひねると、

your roomといった。tomorrow seven。社長は会社を出て行った。ポットにはお湯が入っていた。腹が減ったボクはカップ麺にお湯を注いで食べた。それから一年四カ月、ボクは部屋代を差し引いた五万五千円を支給され、月の支出をぎりぎりまで抑えて、一万円を家族に送金していた。それが急にできなくなった。ある日、社長が会社へ姿を見せなくなり、行方を探している業者が何人かやってきた。彼らが仕方なく帰ったあと、職人たちは、飛んだね、と言い合い、それぞれが家に帰った。ボクはリュックひとつで会社を出た。それからあちこちに相談して、ようやく出稼ぎ外国人の支援をしているNPOに連絡がとれて、介護センターの仕事を紹介してもらった。ここは精工舎のようにボクたちを利用する会社とちがって、日本人に近い給料がでた。仕送りしても、貯金ができるようになってよろこんでいたら、三年間の在留期間が切れた。しかしここで帰国するわけにはいかない。介護センターが借りあげたアパートで同室のベトナム人のナムやバオもカネに困っているようだが、ボクだって借金をかえして、家を建てて畑を買う資金をたくわえなければならない。そこで精工舎で働いているあいだに親しくなった外国人コミュニティーのイラン人から、仕事がなくなったら、ここに連絡を取るといい、と電話番号と泪橋の交差点にあるセブンイレブンの住所を書いたメモをもらっていた。

太った男の運転するワゴン車が着いたのは山谷のドヤ街だった。男はボクをうながして、ドヤのひとつへ入った。受付で支払いをして、今日、ここで寝ろ、明日、迎えに来る、と出て行った。ボクの部屋は八人の相部屋で六畳間のそれぞれの壁に二段ベッドがあった。ベッドには下着や漫画雑誌やカップ麺などが雑然と散らばっていて、人は誰もいなかった。人の体臭や食べ物の混じり合った臭いがする。受付の男は、いちばん下のベッドを指差した。ボクは頭を低くしてベッドへもぐり込み、リュックを壁際に置いて横になった。まだ陽は高いが、疲れているのかそのうちに眠りこんだ。人の気配で眼醒めると、ズボンだけの半裸の男たちが何人か話し合っている。そのうちの一人がボクをのぞき込んで、あんた、新入りかい？　といった。ワタシ、テインタインデス。ミャンマーカラキマシタ。ほう。おい、ミャンマーからだってよ。あそこ、いま大変だろ？　そう、そう。軍隊が居座ってんだ。男たちはひとしきりミャンマーのことを話題にして部屋を出て行った。しばらくしてさっきの男がカップ酒を持ってきて、呑みな、と差し出した。アリガトゴザイマス。男は笑顔になって部屋を出て行った。ボクは腹が減っていたが、食べる物も金もないので、カップ酒に口をつけた。ボクは酒には強かったが、腹になにも入っていないので、すぐに酔っ払い、また眠ってしまった。

揺り起こされて眼醒めた。昨日の太った男がしゃがんでいた。仕事だ。ボクは慌てて男のあとを追った。ワゴン車のドアを開けたら、すでに後ろの席に二人、真ん中の席に一人、作業着姿の三人の男が乗っていて、日本人はひとりもいなかった。ボクは真ん中の席に坐った。隣には顎髭を生やした薄茶色の肌の男がいて、彼がのり込んできても、無言で少し横にずれただけだった。ワゴン車が走り出したら後ろから肩をたたかれた。振り向くと、陽気な笑顔の男が話しかけてきた。ワタシ、クォン。ベトナムカラキタ。キミハ？　テインタインデス、ミャンマーカラキマシタ。ヨロシクネ。ハイ。それからワゴン車は高速に入り、一時間半ほど走り続けて、埼玉の街中にあるコインパーキングに停まった。太った男は、下りようとするボクに、作業着、長靴、夜光チョッキ、安全帯、ラチェットを渡し、着替えろ、といった。戸惑うボクに手を貸したのはクォンだった。それからクォンを先頭にしばらく歩いて、駅の横断歩道の脇にある地下鉄の工事現場に通じる入り口を降りていった。その日、夕刻になって仕事が終わると、ボクたちは工事現場から小一時間ほどの飯場に運ばれた。プレハブの二階建てが二棟あり、三人に一室が割り当てられていた。ほとんどが外国人だった。飯場は寮と呼ばれ、三食の食事代と住居費の寮費を差し引かれたら、手元に残る現金は三千円ほどだった。ボクは二千円をミャンマーの家族に送金した。

深夜に寝苦しさで目が覚めた。躰が全体に怠い。キッチンの冷蔵庫からペットボトルを出して水を飲んだ。そのうち怠さがひどくなってきた。何だか全身の油が不足していて動くたびに手足がギシギシと軋むようだ。ふと、タイの王子がしきりに咳きこんでいたのを思い出して嫌な予感がした。体温計を探して熱を計ってみたら平熱だった。これから熱があがるかもしれない。常用しているバファリンを服んでベッドへもどった。なかなか眠れない。うとうとはするのだが、深く眠りに入っていけない。結局そのまま夜が明けてしまった。もう一度熱を計ってみたが、やはり平熱だ。スマホで調べたら、八王子駅の近くで無料のＰＣＲ検査をしている施設があった。九時になるのを待ってミニクーパーに乗った。まるで躰じゅうに重い鎖を巻かれているようだ。ようやく施設にたどりつくと検査キットを出され、白衣の若い男のスタッフに唾液を採取して渡した。結果は今日中にメールでお知らせします、とパソコンの前に坐っている若い女のスタッフが言った。何人かが検査キットで唾液を採取している。スタッフたちは事務的に作業を進める。お大事に、のひと言もない。車に乗ってひと息ついた。やたらと喉が渇く。自販機でエビアンを買って半分ほど一気に飲んだ。頭がボーッとしてきた。熱が出てきたか。鹿島台の自宅にもどったら一志が起きていて、どこへ行っていたのか訊いた。武志はマスクをつけたまま、お父さんに近寄るんじゃない、コロナかもしれない、と言った。彼は適当に食事をするように言い置いて、寝室へ閉じこもった。

ベッドへ横になってジョアン・ジルベルトを聴いた。ゆったり静かな音楽が欲しかった。怠さは抜けない。うとうとしていたらノックの音が聴こえた。

「ご、ごー、ごは、ごはん」と一志の声がしてなにかを置いた気配がした。

少し経ってドアを開けたら、廊下にお湯をそそいだカップ麺と買い置きのエビアンが盆に載せて置いてあった。あまり食欲はなかったが、熱いカップ麺をすすり、エビアンを飲んだ。スマホの通知音が鳴ったので見たら、ＰＣＲ検査の結果は陽性だった。かかりつけの内科に電話して、その旨を告げたら、病院の駐車場に着いたら電話をするようにいわれた。一志と接触しないようにラインで、お父さんはこれから病院へ行くから部屋を出るな、と送った。分かった、と返信があった。武志はミニクーパーに乗って京王線の南平駅の近くにある内科へ行った。駐車場から着いたと電話をしたら、透明な防護マスクと水色の防護服を着た女の看護師が現われ、抗原検査をされた。しばらくして、顔見知りの男の医師が防護マスクと防護服姿で出てきて、抗原検査は陽性だったからＰＣＲ検査をすると言われ、看護師に綿棒で鼻の奥を掻きまわされた。武志は解熱剤にカロナールを出すと述べる医師に、ラブゲリオを処方して欲しい、と言った。医師は、首をかしげて、重症化するようには見えないけどなあ、と言う。でも、あるんならラブゲリオ処方してください、と彼は言った。やがて看護師がラブゲリオの箱を持ってきて、服用の仕方を説明したあと会計をした。自宅にもどった武志はさっそく大きな赤いカプセルの錠剤四つを一つ一つ苦心して呑みこんだ。

夕刻になると、ラブゲリオが効いたのか、怠さがかなり軽くなった。彼は気になっていたシゲに電話して、コロナに感染したことを告げ、そっちは大丈夫かと訊いた。シゲは、平然とした様子で、俺はなんともない、そっちはご愁傷さまだな、と言った。あいかわらず熱はない。しかし十日間は家から出られない。息子にうつすといけないので、彼との接触もさけねばならない。厄介だな、と気が重くなった。その日から一志は一日に三回、食事の用意をして武志の部屋の前に置いた。カヲルが仕事を終えたあと、家に寄って一日分の食事を作り置きしていってくれるのだという。武志がトイレへ行くときは、ラインで連絡して部屋にこもらせた。そして、彼の手が触ったところは消毒させた。一日に一度は医師から病状を聴く電話があった。ラブゲリオのおかげで、よくなってきましたよ、と彼はこたえた。三日目には怠さがなくなった。そうなると、今度はなにもすることがないのが苦痛になってきた。武志は息子とラインでシゲから頼まれている事業所の詳細をつめた。文字のやりとりが面倒になると、テレビ電話で会話をした。そうしているうちにようやく隔離期間が終わり、武志はミニクーパーで高幡不動駅の裏へ行ってみた。シゲの姿はなかった。高幡橋の下のハウスのほうへ向かった。まるやんが土手でカップ酒を呑んでいた。

「シゲさんは?」

武志が訊くと、まるやんはワゴンのほうを顎でうながした。彼は車を降りてワゴンの運転席を覗いた。シゲがシートにもたれて目を閉じている。コンコン、と窓のドアを叩いたら、目を開けてこちらを見た。顔に生気がなく、肌は土気色に近い。ときどき咳をする。

「どうした?」

「多分コロナだ」窓のガラス越しにくぐもった声が聴こえた。

「熱は?」

シゲは首を振って咳きこんだ。

「熱はないのか?」

シゲは、また首を振って、体温計がない、といった。彼は咳をして辛そうに目を閉じた。まるで重いシャッターを無理に引き下ろすように。武志は助手席に乗りこんだ。

「いつからだ?」

四、五日前からかな……
額に手を当ててみると、かなり熱い。高熱があるようだ。

「飯は？」

シゲは目を閉じたまま、手元にあるペットボトルをつかんで、ちょっとあげてみせた。そのあいだも咳が出る。武志はスマホを出して119番にかけた。高熱の患者で、咳をしている、一週間近く、食事をせずに水だけ飲んでいる、意識ははっきりしているが、動けない。

シゲは、大袈裟にしないでくれ、と言ったが、本心から迷惑そうではなかった。武志はワゴンをおりて道路に立った。やがてサイレンを鳴らして救急車が着いた。ヘルメットをかぶった救命士がおりてきたので、シゲのほうへ案内した。若い男の救命士は、血圧や熱を計ったりしながら、もう一人の救命士と対応を話し合った。やがてスマホで電話をして、高熱の患者で、かなり衰弱しています、肺炎を起こしている可能性があります、受け入れを要請します、と言った。そこは病床がいっぱいで受け入れを拒まれた。次の病院も、次の病院も、病床が埋まっていた。結局、数十分のあいだ電話を続けて、ようやく受け入れ先が決まった。府中の都立病院だった。付き添いますか？　と訊かれて、武志はミニクーパーを道路の端に停めて、救急車に乗った。北野街道をぬけて、国立へ入り、都立病院へ行く道で、ふとシゲは目を開け、武志を見て、酸素マスクをはずし、俺は死ねない、あの子が、と握りしめた拳を胸にあてて、猛烈に咳きこんだ。救命士は酸素マスクをもどして、話をしないようにと注意した。武志はシゲの手を握ってやった。病院に着くと、彼はストレッチャーで運ばれ、武志はあとをついていった。処置室の前で救命士に、付き添いの方はここまでで、と言われ、壁際にある長椅子に腰をおろした。点滴のぶらさがった点滴ポールを押しながら年老いた患者が歩いてゆく。女の看護師が競争でもしているように隣を追いこしてゆく。しばらくして処置室のドアが開くと、救命士と三十代ぐらいの男の医師が出てきたので、武志は立ちあがった。医師は、

「恐らく、コロナです。肺炎を起こしてるようなので、ＩＣＵで対応します」と言った。

「助かりますか？」武志は自分でも思ってもみないことを言った。

医師は疲れた様子で、最善を尽くします、とどこかおざなりな言い方をして病棟のほうへ歩いて行った。救命士の後ろにいた女の看護師が、こちらで入院の手続きを、とうながした。住所不定で、保険も入っていない、ホームレス――それがシゲの身分だった。武志は自宅をシゲの住所にして、関係を伯父と甥にした。治療にかかった費用は、すべて面倒をみるつもりだった。手続きが終わると、ここは完全看護で、いまコロナで面会もできないから、今日は帰るようにと言われた。病状を知るにはナースセンターに電話するしかないが、看護師の手が空いているときにしか対応はしてくれない。武志は三回ワクチンの接種を受けた。それでもコロナに感染したが、重症にはならなかった。この国では多くの人がコロナウイルスからいためつけられている。コロナウイルスは人であれば誰にでも寄生する。そういう意味では平等だ。しかしシゲのようなワクチンの接種を受けられないホームレスたちは、この平等の枠からはみだしている。彼らがコロナに

感染するのは人災と言っていいのかもしれない。

武志は家に帰った。息子といっしょに事業所を開く準備を進めた。すでに不動産屋には手付けを打って建物の確保はできたし、設計士と打ち合わせをして改築の図面も引いてもらっている。あとは事業所に通う人々を募るばかりで、これはカヲルの友人たちも四、五人が開所をしたら入りたいと言っている。あとはシゲの友人や知人を加えれば、定員の二十人には達する見こみだった。武志は毎日、都立病院に電話をして、シゲの病状を聴こうとしたが、担当の看護師の手が空いているのは三度に一度ぐらいで、だんだんうっとうしがられているのが分かってきた。しかし実際に死者が出ているのだから、気になるものは仕方ない。患者の容態をつたえるのは病院の義務だと思ってしつこく電話をかけた。入院して四日目の午後、病院から着信があった。武志は不安な気持ちで電話に出た。シゲの病状が急変してエクモを使用するという。万が一にそなえて、この数日はすぐ連絡がつくようにしておいてほしいと言われた。彼は詳しい病状を聴きたかったし、面会にも行きたかったので、話をつづけようとしたが、素っ気なく電話はきれた。胸のうちに黒雲のようなものがわきあがった。

エクモといえば、コロナで死亡した志村けんのことがおもいだされた。彼も病状が急変してエクモを使用し、数日のうちに息絶えた。新聞もテレビもメディアは彼の急死のニュースであふれかえった。武志のスマホをにぎる手には自然と力がこもっていた。

シゲは小康状態を保っているようで病院からの連絡はなかった。武志は息子といっしょに事業所の立ち上げに必要な作業を着々と進めていた。シゲさんは、必ず、もどってくる、すぐ迎え入れることができるように、やれるだけのことはやろう、と彼は一志に言った。エクモをつけて四日目の朝、看護師から電話があって、医師から病状について説明があるので病院へこられるかという。武志はミニクーパーで都立病院へ向かった。受付の年配の警備員に医師と面談の予約があることをつげると、日焼けした人のよさそうな笑顔で、ちょっと待ってください、と内線をつないで、彼の来意を報せた。すでに用意ができているものと思っていたら、警備員はあちこちに内線電話をかけ、けっきょく十数分待たされ、ようやく担当の医師と連絡がとれて、ICUのある病棟を案内された。先生ら、もう、バタバタで、と警備員は申し訳なさそうに詫びた。そのあいだも患者やその家族らしい人々が何人も通りすぎてゆく。武志は通路を歩いて西棟のエレベーターに乗った。教えられた階でおりてナースセンターに着くと、そこでも白衣のナースたちが働きアリのように動き回っていて、誰も彼に声をかけようとしない。待ちかねて、すみません、佐々木先生に呼ばれたんですが、と大きめの声で言うと、何人かが手をとめてこちらを振り向き、佐々木ドクターどこ？　ICUでしょ、と言葉を交わし、マスクをつけているので年齢のよく分からない女の看護師が、お待ちください、と内線電話をかけた。女がICUとやりとりしているとき、若い男の看護師があらわれ、成宮さんのご家族ですね、と言った。そうです。佐々木先生に……。こちらへ。看護師は返事の途中で先にたって足早に歩きだした。武志はカウンセリングルームに通され、ここでもしばらく待たされた。マスクをとろうかと思ったが、病院なのでやめた。スマホをとり出してネットニュースを見ていたら、ドアが開いて、ついさっきまで病気と格闘していた生々しい空気をまとったままの、青いスクラブを着た四十代ぐらいの男の医師が入ってきた。武志が立ちあがって挨拶しようとすると、手でそれを制して、ドサッとテーブルの向かいの椅子に腰かけ、

「患者さんは麻酔で眠ってますが、まだ予断を許さない状態です。」と話しだした。「ただ、ひとつ山は越えたとおもいます」

「助かりますか」

医師は言葉を探しているような表情で、じっと彼を見つめて、

「エクモを使ってるということは、依然として重篤な状態だということです」と言った。

そして、二週間から一カ月ほどエクモで肺を休めて、回復傾向になったら人工呼吸器に替える、ただし、その後もしばらくはＩＣＵでの処置がつづく、と淡々と説明した。

「急変の可能性は、常にあります。それは覚悟をしておいてください。それと……」

医師は少しためらいがいに、成宮さんは保険に入っておられませんね、と言った。

いろいろ事情があって、と武志はこたえた。医師はコロナに関しては公費で治療できるが、人工呼吸器もはずれて、一般病棟へうつると、食事代などの費用が必要になってくると言った。それは大丈夫だと武志は請け負った。医師は水泳で息継ぎをするときのようにフイッと顔をあげて

ひとつ息を吸い、両手をテーブルについて立ちあがり、来院の礼を言ってあわただしく部屋を出ていった。

鹿島台の自宅にもどった武志は、二階の息子を呼んで、国立の紀伊國屋で買ってきた叙々苑の焼肉弁当を二人で食べた。

「シ、シ、シーゲさ、ん、ど、どう?」一志が箸を動かしながら訊いた。

「よくなってるらしい」

「ら、ら、しい、いーって……」

急変の可能性は常にある、と彼は医師の言葉をくりかえした。

夕刻になって武志はハウスに残っている三人を訪ねた。まるやんはあいかわらず土手に坐って、オレンジ色の西日に半身を照らされ、顔をしかめながらカップ酒を呑んでいた。ソーソーとヤマネコの姿が見えなかったので声をかけたら、稼ぎに行っているが、そろそろもどるだろうと言う。ソーソーは空き缶拾い、ヤマネコはガラ物拾い、と決まっていて、硬い稼ぎは空き缶だが、ガラ物はときに大金になる。真鍮のシャワーヘッドが、十万円で売れたというのが、ヤマネコの一つ話だった。それを貯えておけばいいのに、昔の癖が出て立川の競輪へ出かけ、帰ったときは無一文になっていた。しかし本人はそれほど気落ちもせずに、翌日からまた宝探しにはげんだ。

まるやんがコップ酒を呑みほして立ちあがり、

「今日は鮭が一本入った」と言った。「刺身とあら汁と白いおまんまだ。タケちゃんもいっしょにどうだい」

武志は少し考えて、息子を連れて来てもいいか訊いた。シゲさんと王子がいないから、一人も二人もいっしょだ、ついでにカヲルも呼んでやろう、とまるやんは土手を下りた。彼はミニクーパーで家に帰り、一志とカヲルとラブを乗せてハウスにもどった。簡易イスに腰を下ろして、シゲから料理を習ったというまるやんが、テーブルにのせたまな板で器用に鮭をさばくのを見る。艶々したサーモンピンクの切り身をひと切れずつ丁寧に重ねながら、これはうまいぞ、とまるやんは言った。脂がのってる。そのうち六人前の刺身ができた。ラブは鮭のアラをもらってしゃぶっている。まるやんは、隣のガスコンロの上で煮立っている鍋の蓋をあげて、スプーンであら汁をひと匙すくって味見し、なんどか納得したようにうなずいた。その隣のガスコンロの土鍋は白米を炊いているらしい。湯気がふわふわと立っている。夕陽の残照が雲の底を照らし、あたりに宵闇の気配が近づいたころ、使い古したエコバッグをさげたヤマネコがもどり、しばらくして大きなビニール袋を背負ったソーソーがもどった。ヤマネコはエコバッグから拾ったガラ物をとり出し、仕分けをした。ソーソーはテーブルの上の料理を見て、すぐにビニール袋を投げ出し、

「すげえな、きょうは」と言った。「刺身かよ」

まるやんは得意そうな笑みを浮かべて、

「もうじき飯が炊きあがる」と言い、鍋の蓋を取った。「あら汁もあるぜ」

ソーソーはうなり声をたて、テーブルの上の料理を呼吸した。ガラ物の仕分けが終わったヤマ

ネコもかたわらに立って、刺身は久し振りだ、とつぶやいた。

「よし」

まるやんが土鍋の蓋をとって、アルミの器に真っ白に光る白米をよそい、「まずはゲストから」と一志に渡した。

彼は亀のように黙ってチョコンと頭をさげた。

まるやんは、みなに白米とあら汁をくばって、テーブルの上の発泡スチロールの大皿に濃い醤油をたっぷり注ぎ、チューブのわさびをしぼりだした。その隣にはやはり発泡スチロールの大皿に刺身が円を描いている。

「やってくれ」まるやんの言葉が夕飯の合図になった。

武志は、熱いあら汁を一口すすった。よく出汁がでていて、自然の甘みがあり、腹の底にしみわたる味だ。土鍋炊きの粒だってモチモチする白米によく合った。刺身は脂の溶けるのがわかるほど熟していた。世間の人は、段ボールハウスで暮らしている彼らが、こんな贅沢な食事をしているとは思いもしないだろう。土手沿いの道に立っている街灯の明かりがともり、高幡橋の下にあるハウスのまわりは暗く、物が見にくくなってきた。ヤマネコが自分のハウスから大きな懐中電灯を持ってきて足元に置いた。夕飯を食う人々の姿が影絵のように土手やハウスや民家に映る。誰もが操り人形のように無言で箸を動かしている。

「あー、食ったー」

白米もあら汁もお代わりをしたソーソーが言った。ヤマネコはあら汁をすすりながら、口から小骨をとり出している。カヲルは仕上げのお茶を淹れている。ソーソーとヤマネコは自分のハウスから湯呑みを持ってきて注いでもらった。武志と一志には紙コップが用意されていた。香ばしいほうじ茶のかおりが立つ。

「タケちゃん、なんか用があったんじゃないか?」簡易イスでお茶を飲みながら、思い出したようにまるやんが訊いた。

「シゲさんのこと」武志はこたえた。

「悪いのか?」ソーソーが案じ顔でこちらを振り向いた。

「一つ山は越えたらしい」

「帰って来れるのかい」ヤマネコが訊いた。

まだエクモを装着していて、急変の可能性があることを武志はつたえた。みな、無言で車の走る音とお茶をすする音だけが聴こえる。

「……エクモって、あれだろ? 志村けんがしてたやつだろ?」ソーソーが訊いた。

武志がうなずくと、そんなに悪いのか……とソーソーはつぶやいた。彼がなにか言おうとしたとき、

「シゲさんは死なないよ」まるやんが言った。「死ねないんだ」

みな、手を止めて、彼の言葉のつづきを待った。

「シゲさん、写真持ってるだろ、子供の。あれ、死んだ息子のなんだ。朝は写真見て、お早うって声かける。夜は、お休みって声かける。あの子の魂はシゲさんの、ここにあるんだ」

まるやんは拳で胸をたたいた。

「だから、死ねない」

近くの居酒屋からにぎやかな笑い声が聴こえてきた。それがやんだあとは、静けさが際立った。車の走る音だけがひびく。そうだったな……ヤマネコがうなずいた。ソーソーは黙ってお茶を飲んだ。

それから三週間近くが過ぎて、シゲがエクモから人工呼吸に替わったと病院から連絡があった。武志が病状の説明を求めると、それはドクターでないと話せない、と言う。彼はまた病院へ行こうかとも思ったが、このあいだの医師の話からすると回復に向かっているわけだから様子を見ることにした。


一度あることは二度ある。そして、いつも訪問者は突然やって来る。玄関のチャイムが鳴ったのでドアを開けたら姪の美智が、オーバーサイズのトレーナーとジーンズを着て、キャリーバッグの取っ手を持って立っていた。なんだかわけのありそうな、こわばった表情をしている。

「伯父さん、泊めて」

武志はデジャヴでも見ているような気分で溜め息をついた。ある予感がした。

「……いいけど、ママは知ってるのか?」

美智は首を振った。武志はひとまず彼女をなかへ入れて、キャリーバッグのコロコロのところを濡れティッシュで拭いた。彼女はソファーに腰かけ、黙ったままそこになにか大切なものがあるように床を見つめている。二階の階段のあたりから一志が顔を出し、挨拶のつもりか、手をあげ、彼女もそれにこたえて、手をあげた。武志は向かいのソファーに腰かけ、

「わけを聴こうか」と言った。「話したくなかったら、別にいいけど……」

話したくて来たのだ、と美智は顔をあげて、とがめるような目付きで彼を見つめた。彼女はキャリーバッグのポケットから一枚の紙をとり出し、テーブルの上へ置いた。それは戸籍謄本だった。しかも原戸籍謄本だ。武志の祖父母の朝鮮名が記載されている。友達と海外旅行を計画していて、パスポートをとるのに戸籍謄本が必要で、区役所で手続きをしているとき、ふと曽祖父母の戸籍を見てみたいと思った。母の弘子は実家のことについて、すべて曖昧にしていて、曽祖父母は幼いころ亡くなったのでほとんど思い出がない、としか聞かされていなかった。それまで特に調べようという気もなかったが、このときはなにか直感のようなものが働いた。それで原戸籍をとり寄せたら……

「聴いてなかった」

武志は凛子の手紙を思い出した。もう、あなたと結婚生活を続けていく自信がありません。

戸籍謄本を手にとって、彼は久し振りに祖父母の名前を見た。

「伯父さんも、グルだったわけよね」美智はとがった声をだした。

「なんか悪事を働いたみたいな言い方は、あんまり愉快じゃないな」

「でも、知ってて、教えてくれなかった。それって、もっと愉快じゃない」

んーと一つ大きな息を吐いて、

「ママはなんて言ってる?」と訊いた。

彼女は首を振って、なんにも、とこたえた。

「教えて、私のルーツ。ひいおじいちゃんとひいおばあちゃんのこと」

「……このままだよ。君のひいおじいちゃんとひいおばあちゃんは、朝鮮半島からの渡来者だった」

「どうして日本へ来たの?」

「長い話になるな」

「いい。聴かせて」

美智がまっすぐな眼差しを向けて、伯父が語りだすのを待った。彼は仕方なく、朝鮮半島が日本の植民地だった時代にさかのぼって、自分が知っていることを話した。姪は村の長老から永らくつたわる伝説を聴く少女のような表情で耳をかたむけていた。武志が語り終わるまで一言も口をはさまなかった。ひと通り語り終えた彼が冷蔵庫からミネラルウォーターを出して、美智に一本渡し、自分も飲んだ。そして、曽祖父の最後の言葉をつたえた。

「きみのひいおじいちゃんは言った。日本は仮住まいだ。ほんとの国は、ここにある」と拳で胸をたたいた。「だから、きみのひいおじいちゃんは帰化しなかった。でも、同じ理由で、おじいちゃんとおばあちゃんの帰化は認めた」

美智はミネラルウォーターを一口ゴクリと飲み、ハーッと吐息をついて、ソファーにもたれかかり、向こう側をぼんやりと見た。時間はそろそろ昼になろうとしていた。

「腹減ったな。鮨でもとるか」

しばらくして鮨がとどいた。一志も二階から降りてきていっしょにテーブルをかこんだ。美智はずっと黙ったまま機械的に箸を動かしていた。不意にスマホが鳴った。画面には、シゲさん、と出ている。嫌な予感がして通話のボタンを押した。

「タケちゃんかい」意外にも元気そうなシゲの声が聴こえた。「ちょっとTV電話にしてよ」

武志がスマホを操作すると、画面にシゲの顔が映った。

「人工呼吸器もとれて、大部屋に移った。もう、大丈夫だ」

笑顔で話しているシゲの顔は、初めて会ったときのような、新鮮な印象があった。

「シゲさん、ちょっと痩せたか」

「病院食はうまくない」彼は声をひそめて顔をしかめた。

「でも、よかったな」

「ああ、来週には退院だ」

「そうか」

「ああ」

すこし間があって、

「世話になった。ありがとう」とシゲは表情をあらためて言った。「じゃ」

スマホを切ったあと、一志がカヲルから習った手話で、よかったね、と言った。それくらいの意味が分かるぐらいには、彼も手話を学んでいた。

「在日の人?」美智が訊いた。

「いや、違う。どうして?」

「なんとなく……」

この娘の頭のなかは、さっき自分から聴いたことでいっぱいなのだろうと思った。食事が終わって、鮨桶を洗い、玄関に出してもどったら、美智はソファーで寝落ちしていた。昨夜は眠れなかったのだろう。武志は妹に電話して、美智が来ていることをつたえ、今夜はうちに泊めると言った。弘子は溜め息をつきながら、なんでいまさらこんな思いをしなきゃいけないんだろうね、と言った。

翌日、買い物の日ではなかったが、武志は父母の暮らすマンションを訪ねた。あらためて聴いておきたいことがあった。母はうれしそうに紅茶や手製のクッキーを出してもてなしてくれたが、ベッドの父はあいかわらず不機嫌に黙ったまま寝ていた。彼はベッドの傍らへ椅子を持ってきて、

「父さん」と声をかけた。

父は返事の代わりに息子のほうへ目を向けた。

「聴いておきたいことがあるんだ」

彼を見ている父の目は、早く要件を言え、と言っていた。

「父さんと母さんが帰化した理由を教えて欲しい」

なにか話しかけて喉がつまったのか咳払いをして、

「決まってるじゃないか」とかすれた声をだした。「おまえと弘子のためだ」

「……そうか。父さんと母さんは、朝鮮籍でもよかったのか」

「くどい」

父はそれだけ言ってしまうと、シャッターを下ろすように瞼を閉じた。母が心配そうに見守っていた。彼は椅子を動かしてコーヒーテーブルのほうへもどし、母の淹れてくれた紅茶の残りを飲んで、クッキーをつまんだ。母は、紅茶にお湯をつぎ足し、向かいの椅子に腰を下ろして、紅茶のカップを口へ運びながら、

「父さんの言ってること、本当よ」と言った。「二人で相談したの。私たちがしたような思いを、子供や孫にはさせたくないって」

「そうか」武志はうなずいた。

彼は週末の買い物のリストをうけとってマンションをあとにした。家に帰って書斎からコピー

用紙を持ってきて、サインペンで書いた。

金友珍。

武志は階段をあがって二階の一志の部屋をノックした。少年がドアを開けて顔をだした。彼は事業所の立ち上げに必要な備品をリストアップしていた。

「ちょっといいか？」

一志は身を引いて父をなかへ入れた。武志はコピー用紙を彼の目の前に差し出し、「どうだ？」と訊いた。

「ど、ど、どーって、なな、なにーが？」

「これ、父さんのほんとうの名前なんだ」

彼は顔を突き出して、コピー用紙を凝視した。

「ど、どど、どーゆ、ゆーこと」

「木元武志は、仮の名前。本名は、金友珍」

一志は、まだわけがわからないようで、首をひねって考えている。

「父さん、本名を名乗ることにした。一志は、どうする？」

父さんは日本人ではなく、韓国人なのか、と彼は訊いた。ルーツはそうだ、と武志はこたえた。

「か、か、かっこ、いーい」

一志は自分も改名しようかなと言い出した。そうすれば違う自分になれるかも知れない。父は新しい名前をつけてやるから、少し時間をくれと言った。それからほぼ半年後、二人は日野市役所の窓口へ改名届をだした。

父・金友珍《キムウジン》、長男・金西準《キムソジュン》――市役所の玄関を出ると、微風が吹いて気持ちがよかった。景色はなにも変わらない。植木の向こうに車道があって車が走り、歩道を人が歩いている。しかし彼の内側では大きな変化があった。裁判所へ改名の申請をして、いろいろ手続を進めていくうちに、断層のようにずれていた心が元にもどって、あの不快さが消えたのだ。そして多くの目が自分を見守っているように感じる。それは温かいだけでなく、きびしくもあった。二人はミニクーパーで事業所へ走った。そろそろ開所式が始まる時間だった。

イメージの本

ひょうたん島の店内に入ると、奥の目立たない席に色褪せた茶色のTシャツを着た男の後ろ姿が見えた。シゲは、いらっしゃい、とマスターに声をかけられ、右手を挙げて男のほうへ行った。近づいた彼に気づいて、びくっと褐色の顔を上げたが、首から下げている携帯を示したら、少し頭を下げた。向かいの席に腰を下ろして、水とおしぼりを持って来た若い女の子にコーヒーを二つ注文する。彼女がカウンターのほうへ行ってしまうのを見計らって、シゲは上着のポケットからメモ帳とボールペンを出して、左手の先でメモ帳を押さえながら山谷に近い駅名と泪橋の交差点にあるセブンイレブンの住所を書いた。男にこの駅で降りてセブンイレブンへ行くように説明した。そこには公衆電話がある。そして電話番号をしるすと、メモを切り離して男に示し、Call this number. と言った。男は数字を見つめてシゲに眼を向けた。Say, シゴトクダサイ、とシゲは言った。Call this number Say, シゴトクダサイ。シゴトクダサイ、と男は低い声で言った。OK. シゲは言った。煙草の煙が漂って来て、男は一度咳きこんだ。女の子がコーヒーをテーブルに置いて、ごゆっくりどうぞ、とカウンターのほうへ引き上げた。マスターは常連客と煙草を吸いながら熱心に話をしている。

フロアにはジョン・コルトレーンのブルートレインが流れている。無言でコーヒーを飲み終えてシゲは立ち上がった。入り口のレジで会計をしているあいだ、男はまわりの様子を気にしているのか、あちこちに視線を泳がせた。ドアを開けて外へ出たら、シゲは男が歩き始めたのを制して、There is police officer over there. とささやき、反対のほうへ腕を引いた。男は慌てて下を向いて去って行った。戻りたいのに戻れない、その後ろ姿の、よろよろもつれるような足取りに、何か食わせてやればよかったかな、と彼は思った。

戻りたいのに戻れない人々は、ほかにもいた。今世紀にもいるし、前世紀にもいた。日本ばかりかヨーロッパにもいた。そのうちのひとり、七年後には心臓の衰弱で死を迎えることになる若者テオドールは、彼の考えを占めるひとつの問題を吟味しながら、やはり、ときどき足をもつれさせながらウィーンの街を歩いていた。


ユダヤ人たちの苦境は何びとも否定しないだろう。彼らが相当数住んでいる国々においては、彼らは多かれ少なかれ迫害を受ける。たとえそれが法律のなかには書かれていても、彼らにとって不都合なことに、ほとんどあらゆる場所で事実上廃棄されている。軍隊や、公的並びに私的な役職における中流の地位からしてすでに彼らの道は閉ざされているのだ。人々は彼らを商取引の世界から締め出そうと試みる。「ユダヤ人の店で買うな!」と。

議会や集会や新聞において、教会の説教壇や道路上、そして旅行の途上においても——ある種のホテルからの閉め出しのように——加えられる攻撃、それらの例は、娯楽の場においてさえ日に日に増えている。迫害は国家や社会層に応じて多様な性格をもつ。ロシアにおいてはユダヤ人の村々が放火するぞという脅迫のもとに金品をゆすり取られ、ルーマニアでは幾人かの人間が殴り殺され、オーストリアでは反ユダヤ主義者たちが公的な生活の全局面で暴威をふるい、アルジェリアでは扇動遊説家たちが出現し、パリではいわゆる良俗社会がユダヤ人にたいして冷たく門戸を閉ざし、社交界はユダヤ人との交際を断つのだ……。

私はユダヤ人たちにむかって次のように問いかけるだけで足りるのだ。我々が相当数で住んでいる国々において、ユダヤ人の弁護士や、医者や、技術者や、教師やあらゆる種類の会社員たちの置かれている状況がしだいに耐えられないものになりつつあるというのは事実なのか？　我々の富裕な人々にたいして下層民たちのありとあらゆる激情が煽り立てられているというのは事実なのか？　我々の貧しい人々は他のどんなプロレタリアートよりもはるかに辛い苦しみをなめているというのは事実なのか、と。

圧迫は至るところに存在すると私は思う。経済的に最上の層に属するユダヤ人たちのなかに、それは不快感を醸成する。中間層においては、それは漠とした重苦しい不安感となる。そして、最下層においては、むき出しの絶望となるのだ。

事実は、至るところで同じ結果に通じ、「ユダヤ人は出て行け！」というベルリン人たちの古典的な叫びに集約されるのだ。

私は今ユダヤ人問題をその最も簡潔な形でこう表現しよう。我々は本当に「出て行か」なければならないのか？　ではどこへ？　と。

パレスチナは我々の忘れられぬ歴史的な故国である。この名を唱えることは我々の民族にとっては、それだけで激しく人々を感動させる集合命令となろう。もしもサルタン殿下が我々にパレスチナを与えるならば、我々はその代償として、トルコの財政を完全に整理することを申し出るであろう。ヨーロッパのために我々はその地でアジアに対する防壁の一部を作り、野蛮に対する文化の前哨の任務を果たすであろう。我々は中立の国家として、我々の存在を保証せねばならないヨーロッパと連携するであろう。全キリスト教徒の諸聖地のためには、治外法権下という国際法上の形式が発見されるであろう。我々はそれら聖地の周囲を儀仗衛兵で囲み、この義務を果たすために我らの存在を賭けるであろう。この名誉ある警護は、我々にとって苦悩に満ちた千八百年来のユダヤ人問題の解決にとって大いなる象徴となるであろう……。

土地が我々に保証されたならば、直ちに領土取得船が底へ向かう。

船上にはユダヤ人協会、ユダヤ会社、そして地域グループの代表者たちが乗っている。

これらの領土取得者たちは、三つの性格を持つ。つまり、（1）土地のあらゆる自然的性質の科学的研究。（2）穏やかに中央集権化された管理運営部門の設立。（3）土地分配。これら三つの任務はたがいに関連しあっており、すでに十分に知れ渡っている目的どおりに遂行される。

一つだけまだ明らかにされていないことがある。すなわち領土獲得が地域諸グループに応じて、どのように進められるべきかという点である。

アメリカにおいては、新しい領地を開拓する際には、今なおごく素朴な仕方で占有が行われる。土地取得者たちは境界に集合し、一定の時間に突進を開始し、占有に取りかかる。新しいユダヤ人の土地では、そのようなやり方は不可能である。地方と都市の広場は競売にかけられる。それも金銭と引き換えではなくて、業績にたいして与えられるのだ。交通のためにどんな街路や橋や河川改修が必要かは、全体的計画に応じて確定される。それは諸地方の事情に応じて統合的に計画される。各地方の内部でも、似たような仕方で措置広場が競売に付される。地域諸グループはこれをきちんと実行する義務を引き受ける。諸グループは自主的な割当金から費用を支払う。協会は、地域諸グループが大きすぎる犠牲を払ったりしないように、事前に知ることができる立場にある。大きな共同体は彼らの活動に見合う大きな場所を手に入れる。かなり大きな出費は、ある種の寄付金によって償われる。つまり、総合大学、高等専門学校、専科大学、実験施設などと、首都に置かれる必要のない国立研究機関は、国じゅうに分散される。

取得されたものを正しく運営して行くことは、購入者自身の利害にかかわることで、必要とあれば地域分担金が損害の責任をもつ。我々が個人の人間の区別を無視しえず、また無視しようとも思わないのと同じように、地域グループ間の区別もまた存在し続けるのだから。すべては自然なやり方で組織的に区分される。すべての獲得された権利は保護され、新しい発展はいずれも十分の活動余地を確保する。

これらの事柄はすべて我々の仲間たちに明確に周知徹底されるだろう。我々は他の人たちを不意打ちしたり、騙したりしないように、自分自身をも欺かないのだ。……そのようにして、いまだかつてない成功のチャンスを具えたこの事業は、歴史上先例のない領土獲得と国家建設の形式となりうるのである。

ユダヤ人は神罰《ガルート》によって離散者《ディアスポラ》になったのだから、救世主《メシア》が現われて罪が許されないのに国家を建設するのは神意に背く、という批判もあった。テオドールはあらためて旧約聖書を開いた。するとと聖なる言葉は彼を励ました。主は、われわれに生きるべき土地を与えると約束してくださっているではないか。テオドールは確信した。神はわれわれの側におられる。自分が成し遂げようとしているのは、神の御業なのだ。私を通じて神がユダヤ人の国家を建設してくださるのだ。彼らの非難は神への反逆にほかならない。

時に主はアブラムに言われた。

「あなたは国を出て、親族に別れ、父の家を離れ、わたしがしめす地に行きなさい。わたしはあなたを大いなる国民とし、あなたを祝福し、あなたの名を大きくしよう。あなたは祝福の基となるであろう。

あなたを祝福する者を私は祝福し、あなたをのろう者をわたしはのろう。地のすべてのやからは、あなたによって祝福される」。

アブラムは主が言われたようにいで立った。ロトも彼と共に行った。アブラムはハランを出たとき七十五歳であった。アブラムは妻のサライと、弟の子ロトと、集めたすべての財産と、ハランで獲た人々を携えてカナンに行こうとしていで立ち、カナンの地にきた。アブラムはその地を通ってシケムの所、モレのテレビンの木のもとに着いた。そのころカナンびとがその地にいた。

時に主はアブラムに現れて言われた。

「わたしはあなたの子孫にこの地を与えます」。


『ユダヤ人の国家』を出版してからのテオドールは、シオニズム運動の象徴となった。そのせいで本来の仕事である文学のために、ほとんどペンを執ることができなかった。ユダヤ人の理想的な国家を建設するための政治活動がそれを許さなかった。テオドールはヨーロッパの財閥や政治家たちと精力的に交渉を重ねて、ユダヤ人の国家を建設するための準備をした。各地へ講演旅行に出向いて、ホテルに戻れば文学ではなく、政治のためにペンを執った。そのような生活は彼の躰を著しく消耗させて、医師から温泉療養を命じられた。病床でも仕事は彼を追って来た。彼の心臓は激しい働きに何とか耐えていたが、やがて肺炎を起こして、ウィーンのエドラッハにある病院で母と娘に何か話しかけようとしながら息絶えた。命を捧げたユダヤ人の国家を見ることはなかったし、それは彼の構想した無血の建設ではなく、おびただしい血にまみれた建設となった。

テオドールが亡くなった九年後、ウィーンで貧しい絵描きをしていた若者アドルフがミュンヘンに移り住んだ。彼が絵を描くようになったのはなりゆきだった。小学校を辛うじて卒業したあと、大学予備課程へ進むことを希望したが、成績が悪かったので実科中等学校へ入った。しかし二度の留年をして退学を命じられた。別の学校へ移ったものの、ここでも成績が振るわずに退校した。父が亡くなって遺産を手にした彼は、美術アカデミーを受験したが、結果は不合格だった。それでも風景画や絵葉書を描いて暮らしを立てていた。ミュンヘンに移り住んでから第一次世界大戦が起こった。アドルフは志願して兵士となった。軍隊では優秀な伝令兵として勲章を受けた。ドイツが戦争に敗れたとき、彼はその原因を、国家に背くユダヤ人などの仕業である、という説を信じた。つまづくのは石があるからで、ユダヤ人は戦争の遂行を妨げた最大の石とされた。戦後、軍隊の諜報部門に配属されて、ドイツ労働者党の調査を始めた。そこに居合わせた大学教授と論戦した。彼は生来の弁舌の才を活かして、見事な演説をし、党首に認められて党員となった。やがてアドルフは政治家として頭角を現してゆく。党内に派閥をつくって、党名を「国家社会主義ドイツ労働者党」（以下、ナチ党）とあらため、第一議長に指名された。アドルフは行動を始めた。ミュンヘンでクーデターを起こしたのだ。しかし素早く制圧されて彼は逮捕された。裁判にかけられると、一切の責任は自分にある、と弁明をせず、潔い態度に市民の人気が集まった。五年の懲役刑のあいだ、アドルフは政治活動を封じて、自伝『我が闘争』の口述に取り組んだ。

出所した彼はナチ党を再建した。当時の政権は経済政策に失敗して、失業者を増やし、社会には不満があふれていた。オーストリアに国籍のあったアドルフは、ドイツの国籍を取得して大統領選に出馬した。彼は現職の大統領の得票数一九三五万九九八三票に迫る、一三四一万八五一七票を取って、大きな存在感を示した。その後の国会議員選挙では、ナチ党は二百三十議席を得て第一党に躍り出た。やがて内閣を発足したアドルフは、議会を解散して、新たに国会議員選挙をおこない、全権委任法を通過させた。ナチ党のほかの党は結社を禁じられ、ナチ党は国家と一体と見做されるようになった。アドルフは政敵を粛正し、国家元首と首相を兼ねる立場を手に入れた。彼は総統と呼ばれた。

このころ思想家ヒューストン・スチュワート・チェンバレンは、アーリア人はほかの民族よりもすぐれている、という説を主張していた。アドルフは、ドイツ人こそが真のアーリア人で、世界を統治するためにふさわしい民族だと考えた。純粋物を取り出すには、不純物を取り除かねばならない。彼にとってそれはユダヤ人だった。ナチ党の、ユダヤ人に対する迫害はだんだん激しくなって、「ユダヤ人問題の最終解決」に至った。

これが人間か、考えてほしい
泥にまみれて働き
平安を知らず

パンのかけらを争い
他人がうなずくだけで死に追いやられるものが。
これが女か、考えてほしい
髪は刈られ、名はなく
思い出す力も失せ
目は虚ろ、体の芯は
冬の蛙のように冷えきっているものが。

列車はかなり大きな駅にすべりこんだ。貨車のなかで慄きながらなりゆきを待ちうけていた人びとの群れから、ふいに叫びがあがった。

「駅の看板がある——アウシュヴィッツだ！」

この瞬間、だれもかれも、心臓が止まりそうになる……。

男は今やわたしの目の前に立っている。長身瘦躯でスマートで、非の打ちどころの真新しい制服に身をつつんだ——要するにエレガントで身だしなみのいい人間だった。重なる寝不足にだらしない姿を晒していた惨めなわたしたちとは雲泥の差だ。男は心ここにあらずという態度で立ち、右肘を左手でささえて右手をかかげ、人差し指をごく控え目にほんのわずか——こちらから見て、あるときは左に、またあるときは右に、しかしたいていは左に——動かした……。
　夜になって、わたしたちは人差し指の動きの意味を知った。それは最初の淘汰だった！生か死かの宣告だった。それは時をおかずに執行された。（わたしたちから見て）左にやられた者は、プラットホームのスロープから直接、焼却炉のある建物まで歩いていった。その建物には――そこで働かされていた人びとが教えてくれたのだが――「入浴施設」といろんなヨーロッパの言語で書かれた紙が貼ってあり、人びとはおのおの石けんを持たされた。そしてなにが起こったか。

「もし〈生きるに値しない命の根絶〉をおこなうとしたら、すなわちユダヤ人やその他〈劣った人々〉つまり、精神薄弱者、病人、ロマたち、同性愛者などをガス殺することにしたら、人道的な方策をとるべきか、それとも結果だけが重要か？」第一のアプローチは「人道的な解決策」で、無臭のガスを使用するか、あるいはそれよりも、IGファルベンの工場で農業用・家庭用に倉庫の寄生虫除去剤および住居のシラミ駆除剤として大量に工業生産されていた、やや甘い香りのする青酸化合物を使用する、というものだった。この場合、ガス殺される者は何も感じず、自分が死んでいくことにも気づかない。ある瞬間に彼らは蝿のようにばたりと倒れ、それでおしまいだ。これが「もっとも人道的な殺し方」に他ならない。しかも「このやり方は殺害の実行者たちが感じる作業の恐怖を減じることができる」とのことだった。しかしこの方法は、ドイツ兵士にとっての、また付随して、ガス室の操作者たちや、「ゾンダーコマンド」、つまり同胞の死体を回収し焼却炉へ運ぶという拷問に他ならぬ作業を課された囚人たちにとっては、深刻なリスクを含むものであった。というのも自動的な集団死が完了した直後に、彼らがうっかりガス室に足を踏み入れてしまったら、気づかぬうちに死んでしまうかもしれないからである。そこである者たちは――この人たちの決定が採用されることになったのだが――「警告物質」の添加を強く主張した。それによって、ガスは強烈な苦痛を生じさせるものに変化するのだが、部屋の残留ガスの存在がわかるようにできるし、また、当然ガスが漏れることもあるのでガスの瓶を扱う際に臭気で知らせることができるわけである。兵士と徒刑囚どちらを選択するかという問題だと、反論の余地ない乱暴な議論を彼らは繰り返した。一方の安全と他方の安楽のどちらを優先するのか。もちろん懸命な選択がなされた。世界で一番人道的なやり方として自分たちの同胞を優先するという結論に至るよう、質問があらかじめ提示されていたのである。ガスを浴びる者は苛烈きわまりない苦しみを強いられることになったが、目的は彼らを殺しその死体を焼却することであったから、この不快さは問題とされず道義的にも容認されるとみなされた。感じやすい魂に安らぎを与えるために、ある術策が考案された。ガス室送りの死刑囚たちには、これからシャワーを浴びるのだ、と告げるという策である。

アウシュヴィッツはナチスの収容所のなかでも、最も広大で、最も忌まわしく、最も多くの死者を生んだ。たった四年間で一三〇万人の男性、女性、子供たちが炉に送り込まれた。およそ一日あたり千人で、その九〇パーセントはユダヤ人であった。つまり明け方から暮れ方までの間に、地図上から村が一つずつ、そのすべての家とそのすべての家族とともに消滅したことになる。

私は自分が囚人であることを学んだ。私の名は一七四五一七である。わたしたちは命名を受けた。これからは生きている限り、左腕に入れ墨を持ち続けるのだ……。

その手術は少し怖かったが、驚くほど早くすんだ。

みなはもっぱら彼を、登録番号下三けたをとって、〇一八《ヌル・アハツェーン》と呼んでいる。名前は人間にしか与えられないものだ。

不意に起床時間がやって来る。バラック全体が土台から揺らぎ、灯がついて、周囲のものがみな急に狂ったように動き出す。上掛けをはたいて、いやな臭いのほこりを雲のように舞い立たせ、ものすごい早さで服を着こみ、服をひっかけたまま寒い野外に駆け出し、便所や洗面所になだれこむ。多くのものが、時間の節約のため、獣のように、走りながら小便をする。というのも五分後にパンの配給が、パーネーブロートーブロイトーフリエーブーパンーレヘムーケニュールの配給があるからだ。その神聖なる小さな灰色のかたまりは、隣人のものは巨大に、自分のものは涙が出るほど小さく見える。これは毎日味わう幻覚だが、しまいには慣れる。

カポーが私たちの間に定期的に割りこんで来て尋ねる。

「まだ餌を食らっていないのはだれだ?」

ばかにしたり、ふざけて言っているのではない。立ったまま、口と喉がやけどするのもかまわずに、息をする間も惜しんで、がつがつとむさぼる私たちの様は、本当に「餌を食らう」という動物の食べ方なのだ。明らかに、テーブルについて祈りを捧げて「食べる」、人間の食べ方ではない。「餌を食らう」とは実にぴったりな言葉で、私たちの間では普通に使われている。

ラーゲルとは飢えなのだ。私たちは飢えそのもの、生ける飢えなのだ。

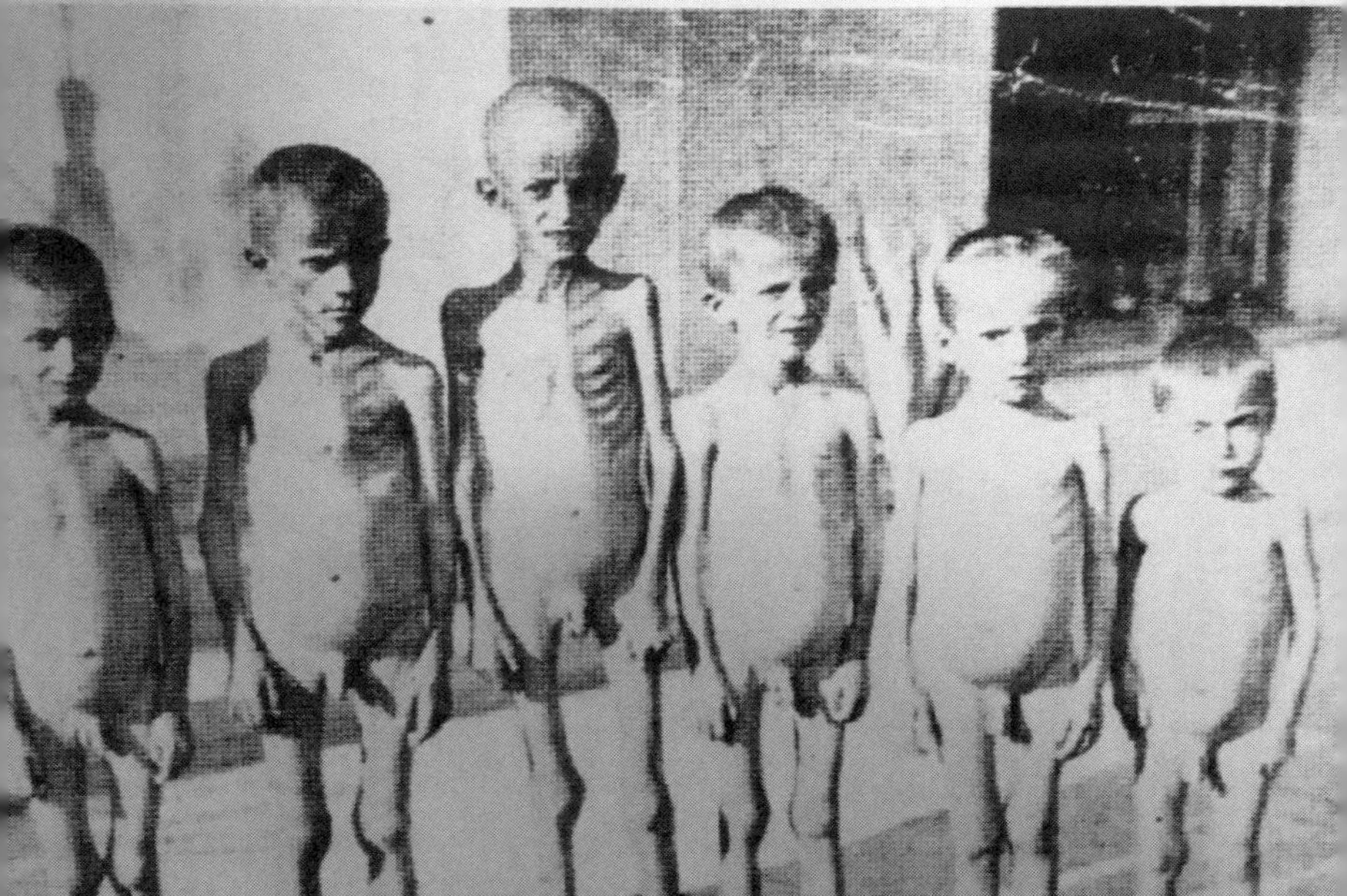

収容所暮らしが何年も続き、あちこちたらい回しにされたあげく一ダースもの収容所で過ごしてきた被収容者はおおむね、生存競争のなかで良心を失い、暴力も仲間から物を盗むことも平気になってしまっていた。そういう者だけが命をつなぐことができたのだ。何千もの幸運な偶然によって、あるいはお望みなら神の奇跡によってと言ってもいいが、とにかく生きて帰ったわたしたちは、みなそのことを知っている。わたしたちはためらわずに言うことができる。いい人は帰ってこなかった、と。

私がいかにしてアウシュヴィッツを生き延びたかですか。私の主義はこうです。まず第一に自分、その次も自分、またその次も自分。そしてその後は何もなくて、それからまた自分が来て、その後で他のものすべてが来る。

僕らみたいに若くて体格もいい、ヘンな囚人たちもいたんだ。そういう連中はカポって呼ばれてた。こいつらは監視役を務め、石炭を補給し、仕切り扉を開け、リヤカーを押し、ベルトコンベヤーを操作し、死人の数と新入りの数との帳尻を合わせ、身のまわり品を回収し、髪の毛を剥ぎ取り、歯を抜くんだ。死体の灰の山から何を作るか知ってっか？　兵隊用の石鹸と靴墨だよ！

焼却炉で一日に何トンとなく作り出された人間の灰には、しばしば歯や脊椎骨が含まれていたので、簡単にそれと見分けることができた。それにもかかわらず様々な目的に使われた。湿地帯の埋め立て、木造建築の間隙を埋める断熱材、リン酸肥料として、などである。そしてとりわけそれは、収容所のわきにあったSSの宿舎村の道を舗装するため、砂利の代わりに用いられた。

ある日、収容所の中で、密かに武器を集めて隠している囚人が見つかって、処刑されることになります。三人のユダヤ人が収容所の広場で公開処刑されたのです。三人のうちの一人は、エリ・ヴィーゼルとほとんど齢の変わらないまだ子どもと言っていい少年で、三人が絞首台で処刑されるのを他のユダヤ人たちは広場で見学させられました。その三人が吊るされた瞬間、エリ・ヴィーゼルの後ろで、誰か大人が「神さまはどこだ、どこにおられるのだ」とつぶやくのです。その時エリ・ヴィーゼルは、心の中に響く「ここにおられる——ここに、この絞首台に吊るされておられる」という自分の心の声を聞くわけです。若い少年は体重が軽いため、息絶えるまでに他の大人よりも時間がかかり、より苦しみが長く続きました。たまらずに「神さまはどこにおられるのだ」と誰かがつぶやいたとき、エリ・ヴィーゼルは、その処刑されながら苦しんでいる自分と同じような少年の中に神を見たのです。

人間とは、ガス室を発明した存在だ。しかし同時に、ガス室に入っても毅然として祈りのことばを口にする存在でもあるのだ。

私はプリーモ・レーヴィの、「これが人間か?」というあの問いに答えたい。そうだ、と。どれほど衰弱しきっていても犠牲者は人間だし、どれほど不名誉を背負っていようとも虐殺者もまた人間なのだ。

ある夕べ、わたしたちが労働で死ぬほど疲れて、スープの椀を手に、居住棟のむき出しの土の床にへたりこんでいたときに、突然、仲間がとびこんで、疲れていようが、寒かろうが、とにかく点呼場に出てこい、と急きたてた……。

そしてわたしたちは、昏く燃えあがる雲におおわれた西の空をながめ、地平線いっぱいに、鉄色から血のように輝く赤まで、この世のものとも思えない色合いでたえずさまざまに幻想的な形を変えていく雲をながめた。その下には、それとは対照的に、収容所の殺伐とした灰色の棟の群れとぬかるんだ点呼場が広がり、水たまりは燃えるような天空を映していた。

わたしたちは数分間、言葉もなく心を奪われていたが、だれかが言った。

「世界はどうしてこんなに美しいんだ!」

私たちはしばしば尋ねられる。「アウシュヴィッツ」はまた復活するかと。まるで私たちの過去が予言能力をもたらしたかのように。政府レベルで決定され、無実の無力な人民にたいして行われる、侮蔑の教義によって正当化される、一方的で、体系的で、組織的な、また新たな大量虐殺が行われるか、ということだ。幸運にも私たちは予言者ではないが、何かを言うことはできる。同じような悲劇が、ほとんど西欧では知られないままに、一九七五年ごろにカンボジアで実際に起きたのである。

英国外務省
１９１７年11月２日
親愛なるロスチャイルド卿
私は、英国政府に代わり、ユダヤ人シオニスト運動に共感する宣言が内閣に提出され、そして承認されたことを、喜びをもって貴殿に伝えます。
「英国政府は、ユダヤ人がパレスチナに民族郷土（national home）を建設することに賛成し、その目的の達成のために最善の努力を払うものである。ただし、パレスチナに在住する非ユダヤ人の市民権、宗教的権利、及び他国においてユダヤ人が享有している諸権利と政治的地位を、害するものではないという明確な理解のうえでされるものとする」
貴殿によって、この宣言をシオニスト連盟にお伝えいただければ、有り難く思います。

敬具
アーサー・ジェームズ・バルフォア

第二次世界大戦後、イギリスはパレスチナの委任統治を終えて、土地の処遇を国連に委ねた。総会では、パレスチナを分割して、ユダヤ人とパレスチナ人の双方に国家の建設を認めて、聖地イェルサレムは国際管理するという勧告案が可決された。この決議でパレスチナの56・5％はユダヤ人に、残りがパレスチナ人に与えられることになった。当時のパレスチナの人口は197万人で、そのうちユダヤ人は60万人ほどだった。ユダヤ人はかつてのバルフォア宣言が執行されたととらえたが、イラク、エジプト、シリア、レバノンなどのアラブ連盟は勧告案の受け入れを拒んだ。しかしイスラエルは1948年5月14日に建国を宣言した。そして第一次中東戦争が起きた。


一九四八年四月九日、エルサレム郊外にあるデイル・ヤーシーンというパレスチナ人の村で、老若男女を問わず村民百人以上が集団虐殺されるという出来事が起きました（女子学生たちは殺される前にレイプされました）。

イルグン・ツヴァイク・レウムとレヒという民兵組織が行った虐殺です……。

この事件の直後、虐殺の首謀者たちは事件の隠蔽を図るどころか、記者会見を開き、内外の記者に対して、自分たちがアラブ人に百数十人を殺したと、犠牲者の数を倍増して発表します。これがパレスチナにとどまるパレスチナ人の運命だ、というプロパガンダです。事件はパレスチナの内外に一斉に報じられました。この事件後、パレスチナの人々は、ユダヤ軍、イスラエル建国後はイスラエル軍が自分たちの村や町に迫ってきたら、とるものもとりあえず着の身着のまま逃げることになります。……

こうして一九四八年、イスラエルはパレスチナ人に対して意図的な、組織的かつ計画的な民族浄化を行いました（ダーレト計画）。七十五年前にパレスチナ人を襲ったこの民族浄化、祖国喪失の悲劇を、アラビア語で「ナクバ」と言います。「大いなる災厄」という意味です。

「『48時間以内に村から出ろ』。『さもなければ皆は殺される』。家にある物を残して、服もそのままで、何も持たずすべてを置いて15日間村を離れろと言われた。その後何日たっても戻らせてくれない。そして我々は51年にイスラエルの裁判を起こした。52年に最高裁が判決を下した。我々は村に戻れるが…ただし軍の許可が必要というものだった。それだけだ。村も土地も自分たちの物なのに許可が必要だというのだ。現在に至るまで許可は下りていない。家のアーチが見える。彼らが破壊してから51年あまり。もう廃墟だ。向こうがジッシ。家々と教会が見える。あそこで私たち村人は爆発音を聞いた。私たち村人はあの丘に立って…家々が爆破されていくのを見たのだ」

「1948年3月までにユダヤ人指導者は将来のユダヤ国家のため、体系的で総合的な民族浄化の計画を準備したと思われる。その国家はパレスチナの80%を占める。その結果75万人のパレスチナ人が難民となり、残ったのは西岸地区とガザ地区とキリスト教徒の村だけで、北部の例外を除いてイスラエル領内の大部分の人々は民族浄化の犠牲者となった」

最初の死体は五十歳か六十歳の男だった。傷口（斧でやられたようだった）が頭蓋を開いていなければ、冠のような白髪がこの頭を飾っていただろう。黒ずんだ脳の一部が地面に、頭の脇にこぼれていた。全身が凝結した黒い血の沼に横たわっていた。ベルトは締まっていなかった。死者の脚部もむき出しで、黒、紫、モーヴ色をしていた。

三十歳から三十五歳位の男の体が腹ばいに横たわっていた。体全体が実は一個の膀胱で、それがただ人間の形をしているとでもいうように、日差しの下、腐敗の化学作用でふくれ上がり、ズボンは張り切って尻や太股がはち切れんばかりだった。顔はちょっとしか見えなかったが、その色は紫、そして黒だった。膝の少し上で、畳まれた太股が引き裂かれた布地の下に傷をのぞかせていた。傷の原因は銃剣、ナイフ、短刀か。傷の上、またその回りの蠅の群。西瓜――黒西瓜――よりも大きい頭。

女が仰向けに倒れていたのは、建築用建材、レンガ、ひん曲がった鉄棒の上だった。安置どころではなかった。まず驚いたのは、鋼と布で出来た奇妙な縒総《よりふさ》が手首をつないでいて、両腕が水平に保たれていたことだ。十字架につけられたように。黒くふくれた顔は天を仰ぎ、蠅でまっ黒な開いた口を見せていた。歯がとても白くみえ、その顔は、筋肉一つ動くわけもないままに、しかめっ面をしたり、ほほえんだり、絶えざる無言のわめき声をあげているかのようだった。ストッキングは黒のウールで、ワンピースはバラ色とグレーの花柄、わずかにめくれているためか短すぎるのか、黒くふくれたふくらはぎの上部がのぞいていた。……両手の指が扇状に開かれ、そして十本とも植木鋏のようなものでたち切られていた。

とある狭い路地の、塀の笠石の尖った段のところに、KOされてびっくりした黒人ボクサーのようが笑みをたたえて地べたに座りこんでいた。そう見えた。瞼を閉じてやる勇気は誰にもなかったのだ。……腕を上げ、壁のこの角にもたれて、しょんぼりしているようだった。それは死後二、三日経ったパレスチナ人だった。最初黒人のボクサーと思ったのは、巨大にふくれ上がった黒い頭のせいだ。日なた日陰を問わず、ここではどの頭、どの死体もこんな具合だった。……空に向かって差し出された手の窪み、開いたままの口、ベルトのないズボンの前開き。いずれも蠅の群が貪り食らう巣箱と化していた。

この五年間（第二次インティファーダから）でイスラエルによってもたらされた破壊は、パレスチナにとりわけガザ地区に破滅をもたらした――家屋、学校、道路、工場、病院、モスク、ビニルハウスなどは破壊され、畑は荒らされ、樹木は引き抜かれ、イスラエルによる検問所とロードブロック（鉄柵や、土塁などの物理的障壁によって、車の通行を阻むもの）によって住民は閉じ込められ、教育や医療の機会を奪われたのだ。

イスラエルはガザを収容所にした。ガザの市民たちは、武器も持たずにデモをした。そして、大人から子供までが武装した兵士や戦車に石を投げて抵抗した。やがてガザは「パレスチナ人問題最終解決」の絶滅収容所になった。

普段はシカゴの外傷センターで勤務するタエル・アフマッド医師は1月、ガザ南部のハンユニスにあるナセル病院の緊急治療室でボランティアとして医療活動に従事した。「ナセルにいた3週間で治療した小児外傷患者の数は、米国での10年間で診た数より多かった」と彼は語る。

アフマッドはシカゴでも銃創の治療にあたっているが、ナセル病院では銃で狙い撃ちされたと思われる5人の子供を診たという。

「1人は顔面を撃たれ、顎が砕けていました。胸を撃たれた2人の子供は10歳未満で、助かりませんでした。他の2人は腹部を撃たれたものの助かり、私が去ったときにはまだ病院で治療中でした」

イスラエル軍の定義では、スナイパーは「テロリストの脅威を標的にして排除する」ために訓練されている。しかし、イスラエルや外国の人権団体は、スナイパーがガザやヨルダン川西岸で子供や非武装の市民に発砲してきたことを糾弾してきた。

ニューヨークの病院で集中治療医として働くヴァニタ・グプタ医師は、1月にハンユニスのヨーロッパ病院で医療支援にあたった。ある朝、重傷を負った3人の子供が次々と運ばれてきたという。全員が頭に銃創を負っていた。

「5~6歳の女の子はすでに死亡していました。もう1人の同じ年頃の女の子がいましたが、その子の頭にも銃弾の跡がありました。彼女のお父さんが、『この子を助けてくれませんか？　この子はたった1人の子供なんです』と泣きながら私に訴えてきたんです」

家族の証言によると、銃撃を受けたときに3人の子供は一緒に路上にいた。同地域ではそのとき他に銃撃はなかったという。

「その子たちの家族によると、イスラエル軍が地域から撤退したため、避難先から家に戻ったそうです。するとスナイパーがまだそこに残っていて子供たちを撃ったといいます」とグプタは語った。

十月のその朝、解放戦士の若者たち三〇〇〇人が、二三〇万のパレスチナ人を十六年の長きにわたり閉じ込めていた檻をつき破ってガザ地区を旅立った。バイクで、パラグライダーで、モーターボートで。彼らもまた、物心ついたときから世界最大の野外監獄とよばれるその檻の囚人だった。彼らの幼い妹や弟たちは、煤けた廃墟が古代遺跡の様に散在する、その檻の中の生活しか知らない。

パラグライダーでガザの空高く飛びたった彼は、ハマースでもイスラム聖戦でもなく、マルクス・レーニン主義を掲げるＰＦＬＰの戦闘員だった。

七十五年前、まだ生まれたばかりの赤ん坊だった彼の祖父が、母親の胸に抱かれて村人たちと追放された故郷、ガザのジャバリヤ難民キャンプで生まれた祖母が幼いときから長針や祖父母から話に聞かされ、彼女の娘たち息子たちにそれを語り継いだ故郷の地を、彼はこのとき初めて眼下に目にした。

彼は思い出す。半世紀前、同じＰＦＬＰのフェダーイーンたちが、乗客の喉元に銃口を突き付けてハイジャックした国際便の旅客機を、パレスチナの上空で何度も旋回させたことを。そうやって初めて、父母たちが追放された故国の地を、はるか上空から目にすることができたことを。そして思う、あのときの彼らも、今のぼくと同じ思いだったのか。半世紀がたってもぼくたちパレスチナ人が置かれた現実は同じだ。何も変わっていないと。いや、と彼は思いなおす。ハイジャックした戦士たちはキャンプに無事に帰還した。「でも……。

今日という日が暮れる頃、ぼくはもうこの世にはいないだろう。イスラエル軍のガザ部隊の基地を襲撃し、世界最強の軍隊のひとつの兵士たちと銃で渡り合うのだから……。

ハマースやイスラム聖戦の者たちは、殉難してシャヒードになればすぐに天使が迎えに来ると信じているようだが、マルキストのぼくには天使も天国も無縁だ。だが、占領の枷から解放されるために、同胞の未来のために、闘って、故国の大地の上で死ねるのだから本望だ。

作戦が計画通りに成功したならば、猛り狂ったイスラエルはその本性を剥き出しにして、封鎖されたガザを猛爆してくるだろう。九年前の夏、五十一日間続いた戦争すらもはるかに凌駕する、桁違いの者たちが殺されるに違いない。ようやく建て直したシュジャイヤ地区のぼくたちの家も、また破壊されるかもしれない。母さんもナディヤ姉さんも、姉さんの生まれたばかりの赤ん坊ハルドゥーンも、弟のガッサーンも妹のラミースも殺されるかもしれない。

母さん、ガザのみんな、許してくれ。占領された故郷を解放するために、ぼくたちパレスチナ人が、この七十五年間、否定されてきた自由と権利、人間としての尊厳をもって生きるために、愛するみなにおびただしい犠牲をもたらすぼくたちをどうか許してほしい。

ぼくらパレスチナ難民の故郷帰還も、ぼくらが独立国家をもつことも、パレスチナ人の正当な権利だと言いながら、世界はその実現のために指一本動かすわけでもない。それどころか、このガザという小さな檻のなかに閉じ込められて、ぼくらが窒息状態になりながら、何度も何度も、繰り返し虐殺されていても、世界はただ横目で眺めているだけだった。

すべては一九四七年、国連が、ナチによるジェノサイドの結果、ヨーロッパで難民になっていたユダヤ人の問題を解決するために、不当にも——そうだ、不当にも、だ——、パレスチナの地に彼らの国を建設すると認めたことが原因であるというのに、そうやって七十五年も流血の続く紛争の種を自ら蒔いておきながら、国際社会は、ぼくらパレスチナ人を何重もの不正のなかに打ち棄ててきた。

ヨーロッパ・ユダヤ人のジェノサイドは、西洋世界の歴史的な反ユダヤ主義に淵源がある。そのジェノサイドの罪を、そして、そのジェノサイドをもたらした彼ら自身の歴史的な反ユダヤ主義的の罪を、彼らは、それとは何の関係もないぼくたちパレスチナ人を犠牲にすることで贖い続けているのだ……。

ああ母さん、東の空に太陽が昇って来たよ。この地上でぼくが目にする最後の朝日だ。

歴史がぼくらに教えてくれることは、独立を遂げた国はみな、自由と尊厳を渇望する者たちが長い歳月をかけ、夥しい血を流し続けてその果てに、ようやくそれを掴み取ったということだ。植民地主義国家が自ら進んで、植民地の人下たちに自由を独立をプレゼントするなどということはあり得ないのだから。植民地支配に抵抗し独立を求める者たちを、植民地主義国家は徹底的に殲滅しにかかるだろう。それが植民地主義の本質だからだ。

母さんの息子として、人間として恥じることは断じてしないと約束するよ。イスラーム主義のハマースが主導する作戦だから――彼らは酒も煙草もやらない、家族以外の女性とは手も握らない禁欲的な者たちだ――、イスラームの教えに則って、女性や子供、老人や民間人は標的にしないと、ぼくらはみんな誓っている。

七十五年前、シオニストの民兵たちはデイル・ヤーシーン村で、女も子供も見境なく一〇〇人以上を殺害し女学生たちをレイプして殺した。ぼくたちは、そんなことはしない。キブツを襲撃し、住民を人質にすることについては、当然、異論もあった。ガザ地区を縁取るパレスチナの村々の土地の上に、その住民たちをガザに放逐したのち建設されたこれらのキブツは、イスラエル軍のガザ地上侵攻に際して、その前哨基地として使われる準軍事施設であり、住民たちは武装しており、多くは戦闘訓練を受けた予備役の兵士だ。だが、そうだとしても、それを襲撃し、戦闘服を着ていない彼らを人質にとることは国際人道法違反だ。

しかし、それを戦争犯罪だと批判するなら、世界よ、どうか、教えてほしい。イスラエルの刑務所に、ただ占領の暴力に抵抗したがために何カ月も、何年も、何十年も収監されている五〇〇〇人ものパレスチナ人の父親たち、母親たち、息子たち、娘たちを解放するのに、ほかにどのような手立てがあるというのか。

やむを得ず人質はとる。しかし、彼らには絶対に危害は加えない。彼らはやがてぼくたちの隣人に、友人に――もしかしたら恋人に――なる者たちだ。ぼくたちが撒くのは憎しみの種ではなく、共生の種、友情の種なのだから。

敵の似姿に堕して自らが怪物になること、他者に自分たちと同じ人間性を認めないこと、それこそが人間にとって真の敗北であるということをぼくたちは、この七十五年の闘いを通して知っている。何世代にもわたり難民キャンプで難民として、六〇年近い歳月を占領下で、そしてこの十六年間を完全封鎖下のガザで生きることを強いられながら、それでも、ぼくたちはずっと人間であろうと努め、人間性を決して手放しはしなかった。

ラミース、ダンスが好きなお前は、ミスハール文化センターでダプケを習っていたね。ステージの上で小鹿のように飛び跳ねていた。ミスハールは、映画や芝居や音楽やアートやダンスなど、ガザの文化活動の中心だった。封鎖下で腹を満たすのに困っていても、それでも、ぼくらはそうした活動をやめなかった。むしろ、封鎖がもたらすもろもろの害悪によって人間性が蝕まれるからこそ逆に、ぼくらはこうした活動に積極的に勤しみ、人間性を育もうとした。

だからイスラエルは、ミスハールにミサイルを撃ち込み、瓦礫の山にしたのだ。ミスハールが、ぼくらのソムードの支えであることを知っていたから。それでもラミース、お前たちは踊るのをやめなかった。廃墟の中で今も、力強くダブケのステップを踏んでいる。

人間であり続けること、それこそがぼくらパレスチナ人の闘いだ。

でも、これは戦争だから……何が起こるか分からない。僕らの誓いどおりになるよう、神に祈ってほしい。

数時間後にぼくが死ぬのだとしても、母さん、誤解しないでほしい。僕は死を選んだのではない。三年前、ぼくの憧れだったスレイマーン・アル＝アジューリーが、もはや生きるに値するなにものもこの地上にはないとでも言うように、絶望の果てに自ら命を絶つことを選んだのとは違う。

ぼくは、死ではなく生を選んだのだ。自分の人生をいかに生きるかを自ら決めたんだ。ぼくたちが生きるこの土地の上にはなおも、生きるに値するものがあると証明するために。ぼくたちパレスチナ人が、自らの運命を自らの手で切り拓いていく。その新たな一頁を歴史に刻むために。

ああ、母さん、ぼくは今、限りなく自由だ。

もう一度、家族みんなで、ガザの海辺でピクニックをしたかった。母さんの作るマクルーベは最高に美味しかったよ。

ナディヤ姉さん、イギリスの大学で学位をとって、そのままそこにとどまろうと思えばそうできたのに、姉さんはそうしなかった。同胞とともに居たいと言って、ガザを永久に離れるとしたらそれは、フェンスの向こうにある故郷に還るときだけだと言って、姉さんは五十一日間戦争のあとで、この灰色の瓦礫の街に戻って来た。

ガッサーン、お前のサッカーの試合を見ると約束したのに、果たせなくて残念だ。期間大行進のさなか、パレスチナの旗を掲げて立っていたお前は、イスラエル兵に狙撃され片脚を失った。それでもなお、松葉杖を突きながらボールを蹴ることをやめなかったお前を誇りに思っている。麻酔もなく、お前が切断手術を受けていたときほど、つらかったことはない。代わってやれるものなら、代わってやりたかった。汚染され、遊泳禁止になったガザの海が再びかつての輝きを取り戻したら、お前といっしょに海で泳ぎたかった。

ラミース、パレスチナの女たちは、とりわけガザの女たちは、教育があろうがなかろうが、みながアンジェラのように不屈の意志でこの歴史的不正と闘う女たちだ。お前もパレスチナのアンジェラとなって、ソムードを貫いてくれ。

ガッサーン、ラミース、ぼくはもうお前たちを護ってやることはできない。でも、もし、このあと必ずや起こるにちがいないイスラエルのジェノサイドを生き延びることができたなら、四十一年前の九月、ベイルートのサブラー・シャティーラ難民キャンプで夥しい数のパレスチナ難民が虐殺されたあとで、シャティーラの子供たちが瓦礫のなか、カメラを前にVサインをしたように、お前たちも、ガザの瓦礫の上で、カメラに向かって笑顔でVサインをしてほしい。


夜通しの報復爆撃、ガザ住民「逃げられない」電力断たれ病院も被害

パレスチナ自治区ガザ地区を実効支配するイスラム組織ハマスが7日に始めた攻撃をうけ、イスラエル軍はガザ地区に対する報復爆撃を夜通し続けた。種子島ほどの広さに約200万人が密集する現地はどんな状況なのか。ガザ在住の人権活動家、マハ・フセイニさん（31）が8日、朝日新聞のオンライン取材に証言した。

「7日の朝6時半に砲撃音で目が覚めた。それがパレスチナ側からの砲撃であることを知り、誰もがすぐに食べ物や日用品を買いに街へ出た。イスラエルの報復が必ず始まると分かっていたので」

国際人組織「ユーロ地中海人権モニター」（本部スイス・ジュネーブ）のパレスチナ人幹

部であるフセイニさんは、ガザ市南部の住宅街に住む。「まず午後2時ごろに電気が止まった」。イスラエル当局はガザへの送電を遮断。これでガザの電力の8割ほど断たれた。「それから今まで爆撃は止まらず続いている。今まで経験したことのない激しさで」

近所では、数戸の住宅がミサイルの直撃を受けた。市の中心部では夜間に14階建てのビル、夜が明けてからは12階建てのビルが爆撃された。市北部の病院も攻撃され、スタッフ1人が死亡し、救急車5台が破壊された。

イスラエルのネタニヤフ首相は8日未明、テレビ声明でガザを「悪魔の街」と呼び、「ハマスが拠点とするあらゆる場所を廃墟にする」と宣言。「ガザの住民に告げる。いますぐそこを離れろ。我々はあらゆる場所で全力で行動を起こそうとしている」と警告した。

フセイニさんは、すでにかばんに大切な書類や現金、最低限の身の回りのものをつめてある。「でも、どこへ逃げられるのか。親戚の家など比較的安全な場所はあっても、ガザでは、どこにいようと攻撃から逃れられない」

ガザでは電気が止まれば水も止まる。発電用の燃料もまもなく尽きる。すでに医療は崩壊状態だが、地区の外側に出て治療を受けることもできない。

フセイニさんは指摘する。「イスラエルは、ガザの住民全員に集団的懲罰を科している」

ガザの保健省によると、報復攻撃が始まって以来、地区内の死者は370人、負傷者は2200人に達した。

もし私が死なねばならぬのなら
君は生きなければならない
私のことを語るためだ……
もし私が死なねばならぬのなら
それが希望を生みだすように
それを物語にしてほしい

10月27日

イスラエル軍の空爆は日を追って激しくなり、ガザ市への地上侵攻も「間近だ」とニュースで流れている。イスラエル軍は毎日のように「ガザ北部の住民は南部に避難せよ」と警告しており、息子も娘も「避難したほうがいいのでは」と言い始めた。実は、10月13～15日に一度、南部に避難したことがある。ただ生活環境があまりに悪く、ガザ市に戻った経緯がある。今回、再び南部への避難を決断した。

燃料不足でほとんど稼働していないタクシーを何とか見つけ、（ガザ地区を南北に貫く）目抜き通りのサラハディン通りを南に向かう。

11月1日

パン、パン、パン……。頭の中では朝も夜も、パンのことばかり考えている。悪夢のような行列に並んでも、パンが手に入るかどうか分からない。

11月3日

今日は午前5時半からパン屋の前に並び、11時まで待った。だが5時間半待ったのに、パンを入手できなかった。パン屋の発電機の燃料が切れ、パンを焼けなくなった締まったからだ。

パンを待っている間、パン屋の店員3人が体調不良で倒れ、病院に運ばれた。列を作っていた市民も、男性2人と女性5人が倒れた。誰も満足に食事をしておらず、健康状態が悪化しているのだ。それにしても、列を作っていた半数以上の人々がパンを入手できなかった。今日は家族21人がパンを食べられない。絶望的な気持ちで家に帰った。

11月4日

10月下旬から食事を1日2食にしていたが、1日1食、正午ごろに食べるだけにした。食料を節約するためだ。

11月9日

イスラエル軍に指示されているガザ南部への避難を改めて考え始めた。これまで10月13～15日、27～29日の2度にわたって南部に避難したが、生活環境の悪さに耐えかねて、ガザ市に戻ってきた。だがガザ市の状況は日ごとに、いや1時間ごとに悪化している。我々は今日、妹の家から妻の両親の家に移った……。

ガザ市を離れる時が来たようだ。

11月10日

我々はついに、住み慣れた北部ガザ市から対比することを決めた。目的地は10月27～29日に一度避難した中部ヌセイラットの難民キャンプだ……。

今回、妹家族と高齢の両親はガザ市に残ることになった。パレスチナ人は1948年、イスラエル建国後に起きた第一次中東戦争で、約70万人が故郷を追われる「ナクバ（大惨事）」を経験している。両親は理由を詳しく説明しなかったが、ナクバの再現を恐れたのかもしれない。
12月10日
今日、重大な問題が起きた。借りているアパートの大家が「部屋を親族に貸したいから出て行ってくれ」と言うのだ。ヌセイラットは今、避難民があふれかえっている。……
今から新たな部屋をどうやって探せというのか。南部に移動するべきか。いっそのこと、故郷の北部ガザ市に戻るか……。
結局、我々はヌセイラットで妻の兄夫婦の部屋に間借りすることになった。一体、何回目の引っ越しだろうか。
12月26日
今日、私は決断した。エジプト境界の南部ラファに避難することを決めた。知人をたどり、何とか家族10人が住めるアパートを見つけた。家賃は月1100ドル（約15万5000円）。戦前の約5倍で、ガザではあまりにも高額だ。だがテント暮らしは、乳児や子供たちに厳し過ぎる。ただでさえ、ラファは砂漠地帯で、ヌセイラットより寒いのだ。とりあえず1カ月だけ契約した。
4月20日
朝6時半。とてもつらい瞬間だった。長男のイセイファン（23）が、私の前妻と一緒にラファ検問所を抜け、エジプトに旅立った。彼らがガザを離れることは正直言って寂しい。だが、安全な場所にたどり着けるなら、それはうれしい。現在、外国籍を持たない市民がガザから出るには、エジプトのブローカーに1人5000ドル（約76万円）を支払う必要がある。そして、エジプト政府などの許可が出るまで、1カ月以上待たないといけない。長男は前妻と2人で暮らしており、経済的に比較的余裕があった。しかし、私は8人家族だ。パレスチナ自治政府の財政難で給与カットが続いており、家族全員分の旅費は払えない。本当なら日に日に緊張が高まる。このような場所にはいたくない。だが、他に解決策がない。

5月7日

ラファはこれまで比較的安全だと感じられたし、街に活気もあった。だが今や、危険な戦闘地域になってしまった。明日の朝、私もラファを離れることを決めた。

5月8日

戦争前の10倍以上となる1000ドル（約15万円）でテントを調達し、午前11時15分、トラックに乗った。行き先は、イスラエル軍が「人道地域」にしている南部ハンユニスのマワシ地区だ。「人道地域」とはいわば空き地で、比較的安全とされる。午後1時に到着し、テントを設営したのは夕方だった。ガザ市内での避難も含めれば、戦争が始まってから避難はこれで10回目になる。家族でテント生活をするとは、思いもしなかった。

5月10日

テント暮らしを始めて3日目を迎えた。その間、私はずっと家族が住むためのアパートを探していた。

世界の果てに辿り着いたとき、われらはどこへ行けばよいのか。
最後の空が終わったとき、鳥はどこで飛べばよいのか。
最後の息を吐き終えたとき、草花はどこで眠りに就けばよいのか。
われらは深紅の霧でもって自分の名前を記すのだ！
みずからの肉体をもって聖歌を終わらせるのだ。
ここで死ぬのだ。この最後の路地で死ぬのだ。
やがてここかしこで、われらの血からオリーブの樹が生えてくることだろう。

武志はソファーの隣でじっとＴＶの画面を見ている息子に言った。

「日本は、俺たちのご先祖様にイスラエルと同じことをしたんだ」

「そ、そ、そー、そうな、の」

「赦すことはあっても、忘れちゃいけない」

彼はリモコンをＴＶに向けてスイッチを切ると、シャワー浴びに立ち上がった。

第二部　星屑たちのシェルター

ぼくには、ふたつのきねん日がある。まず、ひとつめ。その日、父さんはいつものように畑でとれた野さいや果物を台車にのせて村をまわっていた。ふるくからある食どうにいくと、あるじのおじさんが、きょうは、と手をふった。父さんが、ドラゴンフルーツがいいできだから、とすすめたら、じゃ、それだけ、とおじさんはいった。父さんはドラゴンフルーツを二個ちょうり場にはこんで、いくらかのお金をうけとった。帰ろうとしたとき、外のテーブルでフォーをすすっていた日本人の男が、待ちなよ、と声をかけた。日本人だとわかったのは、くたびれてはいたけれど、清けつなTシャツと麻の短パン、ハノイあたりでよく見かけるアルファベットのロゴが入ったスニーカー（NIKEだった）をはいていたからだ。

父さんが立ちどまったら、男はここへ坐れというように向かいのイスをうながし、フォーをひと口すすって、ハンカチで口をぬぐい、おたく、なにか困ったことかかえてるな、といった。父さんはとまどった。たしかにお金に困っていたからだ。借りている畑の地主が代がわりして、きびしく賃りょうを催促されるようになった。それを支払えない。父さんが、ちょっと懐が……とことばをにごしてこたえたら、男は箸をふって、もっと大きな困りごとだ、といった。父さんは少し考えた。お金のほかに困っていたのは、こどもができないことだ。でも、それははんぶんあきらめていた。父さんと母さんは結婚して十四年になるけれど、母さんはまったく身ごもる気はいがなかった。ああ、と父さんは思い出したようにこたえた。ただ、こどもができないとはいわなかった。見ず知らずの日本人にいうことではないとおもったからだ。すると、男は、それだよ、と見すかすようにいった。そして、短パンのポケットからなにかをとり出し、テーブルの上においた。それは褐色の細長い小石だった。隕石だよ、と男はいった。南極にいけば、たまに落ちてる。男は流ちょうなベトナム語で、自分が南極観測船に乗っていたこと、基地の近くでこの隕石をひろったこと、それいらいずっと幸運にめぐまれていることをつげた。

俺はもうじゅうぶんだ、そろそろ幸運を人さまにわけ与えようとおもう。これがあれば困りごとはかい決する。

これを、わたしに？

男はうなずいた。父さんは小学校もろくにいっていない。けれど、他人がただで大切なものくれるとおもうほどばかではない。自分は金に困っていて、この石を買うことはできない、といった。男は箸をとめて、いくらもってる？ ときいた。父さんは黙って首をふった。男は、手元のルアモイを呑みほして、この酒一杯の代金でいい、といい、隕石をつまみあげ、父さんにさしだした。それぐらいの金は持っていた。しかしこれまでもいろいろ怪しげなものに手を出して頼った。すべてむだだった。でも、とおもった。いいきっかけもしれない。これで最後にするか。だめならきっぱりあきらめるか。

家に帰った父さんは、壁に棚をしつらえ、祭だん風にして、隕石をおいた。母さんに事の次第をつげたら、へー、と気のない返事がかえった。もちろんルアモイの代金をはらったことは黙っていた。母さんが怒るのがわかっていたからだ。それから数カ月して、母さんは妊娠した。父さんは、ついにさずかったこどもがちゃんと生まれてくるように、母さんに畑仕事を禁じ、安静にするようにめいじた。それから十月十日たって、ぼくが生まれた。一九九六年五月二七日――これが、ぼくのひとつめのきねん日だ。ちなみに、ぼくが生まれてから、つづけて三人のこどもが生まれた。弟がふたり。妹がひとり。あの日本人がいったとおり、困りごとはかい決した。でも、もうひとつの困りごとである金がないことは、ずっとおなじだった。ぼくは小学校へ入ると、畑仕事と行しょうを手伝わされ、中学校は入がくしたものの、ほとんど通うことができなかった。ぼくが二十歳のたんじょう日をむかえた二日後、父さんは畑仕事のさい中とつぜん倒れて、からだの左半身がまひして寝たきりになった。家ぞくの生活がぜんぶぼくの肩にかかった。母さんもだんだん年老いてゆく。ぼくは毎日くたくたになるまではたらいた。夜は死んだようにねむった。それでも暮らしは楽にならなかった。貧しくなるばかりだった。翌年、父さんが死んでも葬式もできなかった。ぼくと弟が亡骸をかついで山にうめた。墓だとわかるように父さんの名を書いた棒杭を立てた。

母さんは気丈にしていたけれど、父さんが死んで、ひどく無口になった。「ああ」と「いい」しかいわない。なにをきいてもそうだったので、村の人や客がきたときには、ぼくらが通やくしなければならなかった。隣のおばさんが米を持ってきてくれたときに「ああ」。母さんは、ありがとう、あとでなにかおかえしするね、といってます、とぼく。父さんの弟である叔父さんが、いつだったか父さんが貸した天秤棒を返しにきたときに「いい」。母さんは、叔父さんの仕事には天秤棒が必要だから、それは持っていてもいい、といってます、と妹。母さんは無口になっただけではなく、食欲もうせてしまった。一日にお粥を一杯だけ。あとは少し水をのむぐらい。だから、だんだん痩せて、父さんが死んでから一年半後には壁に寄りかかったまま、息をしなくなっていた。ぼくと弟は母さんの亡骸をかかえて、父さんの墓の隣にうめ、母さんの名を書いた棒杭を立てた。ぼくと弟と妹は四人で暮らすことになった。その年のことだ、畑に害虫が出たのは。米も、トウモロコシも、ドラゴンフルーツも、みんな被害にあった。売りものにならない。ぼくらが食べることもできない。お金もまったくない。こういうとき、人はあきらめるかギャンブラーになるかの、どっちかだ。ぼくは弟と妹をちゃんと一人前にしないといけないからギャンブラーになった。地主のバッハの屋敷へ乗りこんだのだ。

——地代を払いにきたのか？　とバッハはいった。

——そのことなんですけど、一年待ってもらえませんか？　ぼくは自分が落ち着いていることが不思議だった。

バッハは金色のシガレットケースから煙草をとり出し、デュポンのライターで火をつけた。

——返す当てはあるのか？

——害虫を駆除して、畑がもとに戻れば、なんとかなります。

——害虫の駆除にも、畑に手を入れるにも、金はかかるぞ。バッハは紫色の煙を吐きだした。

——そのお金を貸してください。

バッハは笑いだした。ほんとうにおもしろそうに。そして、ひとしきり笑ったあと、

——日本へ行く気はないか？　といった。

ぼくはなにをいわれているのか見当がつかなかった。

——三年あれば七億ドンは稼げる。

七億ドン！　それはぼくが生涯かけても稼げない額だ。父さんが元気でいたとしても無理だろう。バッハは手帳になにかメモをして、そのページを破ってぼくに差しだした。

——嘘だとおもうならこいつにきいてみろ。隣村のカオだ。ただし、俺の名は出すな。奴とはそりがあわない。

ぼくが事のなりゆきにとまどっていたら、バッハは、日本へ行く気なら金は貸してやる、といった。ぼくはかつがれているのかとおもった。そうでなければだまされている。三年で七億ドン稼げる。しかもそのためにバッハがお金を貸してくれるなんて。白い煙を吐きだし、

——どうする？　とバッハはいった。いますぐ地代を払うか、日本へ行くか。

ぼくは考える時間がほしいとこたえた。隣村のカオにも話だけはきいてみたい。

——二日、待ってやる。今度くるときは、どっちにするか決めてこい。

ぼくはバッハの屋敷を出たあと、まっすぐ隣村へむかった。歩いて小一時間の道のりだ。ぬかるんだ道を歩いてゆくと、畑ばかりの風景のなか、しばらくして人家がちらほらと見えてきた。ぼくは畑仕事をしているおばさんにカオの家はどこかきいた。すぐにこたえがかえった。カオは

このあたりでは有名人らしい。いわれた通りに道を進むと、鶏が二、三羽歩いている先に、ぼくの村では見たこともない、二階建ての大きな家が建っていた。バッハの屋敷と同じぐらいか、それより大きいかもしれない。金網でこしらえた門を入り、玄関らしいところで、頑丈そうな扉にむかって、これをたたいてなかの人にきこえるのかとまどっていたら、

——だれ？　と庭のほうから若い女の人の声がきこえた。

ぼくは、自分の村と名前を名乗り、カオさんに会いにきた、とつたえた。女の人は、涼しそうな白いワンピースをきて、少しかかとのあるサンダルをはいていた。ごうかな品物の包装紙のように品のいい感じの人だった。

——約束した？　女の人がきいた。

ぼくは首をふった。女の人はすこし首をかしげ、ぼくを見つめていたが、ちょっと待って、と庭の奥のほうへ行った。しばらくして目の前の頑丈そうな扉がひらいて、女の人が顔をだした。

——どうぞ。

ぼくは玄関をくぐった。なかには高級そうな壺や馬の置物があり、少し向こうには二階へつづく階段がある。女の人は、革張りの長椅子がある広間に案内して、ここで待つようにいった。やがてぼくとそれほど年の変わらない若者が現われ、向かいの長椅子に腰を下ろして、君は運がいいよ、といった。外で仕事をしていて、昼飯で帰ったところだという。

——食事のお邪まをしましたか。

カオは手をふって、もう、食べ終わった、とこたえた。彼は長椅子に深く沈んで、

——用向きをきこうか、といった。

ぼくは日本で働いたときのことを教えてほしいといった。カオはうなずきながら、

——君も日本へ行くのか？　ときいた。

——三年で七億ドン稼げるって、ほんとですか？

——ああ。とカオはあっさりこたえた。俺は足かけ五年、日本にいた。それで一三億ドン稼いだ。この家もその金で建てた。あとは山羊とライチの苗、森も買ったよ。

信じられない。五年で一三億ドン。それだけ稼げれば、たしかに家も建つし、山羊や森も買えるだろう。ぼくがおどろいてことばを失っていたら、カオは少し険しい顔つきになって、

——人はいやおうなく、この世界に投げこまれる、といった。生まれる場所をえらぶことはできない。そして、もうひとつ。いつかは必ず死ぬ。これもえらぶことはできない。しかし生き方はえらぶことができる。自分の人生なんだから、ぜんぶ自分で引き受けないと。

いうことはわかる。けれど、誰でも日本で働く生き方をえらぶことができるのだろうか。

——少しばかり金はかかる、とカオはいった。でも、それは投資だよ。何倍にもなって返ってくる。

ぼくは具体的にどうすれば日本で働けるようになるのかききたかった。するとカオは長椅子からたちあがって、一枚のパンフレット持ってきた。

——ここへ問い合わせをしてみるといい。日本への送り出し機関だよ。

二日後、ぼくはバッハの屋敷にいた。

——日本へ行きます、とぼくはいった。そして、パンフレットを出して、ここに入校するからお金を借りたいとたのんだ。バッハはパンプレットを手にとって眺め、

——ここは高い、といった。もっと安くていいところを紹介してやる。

それからバッハのいう投資の資金を借りるための具体的な話に入った。バッハが貸してくれるのは一億一四六六万ドン。それですべてがまかなえるという。利子は月に一割。法外だとおもったが、バッハは月に三三〇〇万ドン稼いで、利子と元金を払い、生活費を引いても、二三一〇万ドンは残る。それで三年働けば七億ドンの稼ぎになると説明した。ぼくがいないあいだ、きょうだいの生活をどうするかも考えないといけない、というと、バッハは月に八二五万ドン仕送りしてやれ、といった。三人ならそれで十分暮らしていける。バッハは借金の契約書をだして、サインをするようにいったが、ぼくはまだどこかだまされているような気がしてためらわれた。すると、バッハは、俺はどっちでもいいんだぜ、といった。いますぐ地代を払いさえすれば、おまえは日本へ行かなくてもいい。ぼくはカオのいったことを思い出した。人はいやおうなく、この世界に投げこまれ、やがて死ぬ。しかし、生き方をえらぶことはできる。地代を払う選たくもある。きょうだい四人で働けば不可能ではない。ただ、この貧しさからは抜け出させないだろう。ぼくは自分の心のなかの、決心のスイッチを押した。日本へ行く。

それからは慌ただしかった。バッハから紹介されたハノイの送り出し機関の事務所へゆき、勤め先を決め、日本で働くための準備をする学校へ入った。そこで学んだのはおもに日本語で、あとは日本人とのつきあい方だった。三カ月が経って卒業の認定証をもらい、ぼくは日本へ旅立った。飛行機に乗るのは初めてだった。空港へ見送りにくるにもお金がかかるので、きょうだいたちとは家の前で別れた。ぼくが生まれたころから立っている木綿花の樹の幹にナイフで自分の名を刻み、アインの名を刻み、コンの名を刻み、チャイの名を刻んだ。弟二人も、妹も、涙ぐんでいた。

――三人、いつもいっしょだ。

――兄ちゃん、と妹はいった。つらいことがあったら、いつでも帰ってきていいんだよ。契約があるからそういうわけにはいかない。けれど、ぼくは、

――わかった、とこたえて妹を抱いた。

弟二人は、黙ってぼくらのやりとりを見ていた。ぼくは中学に入ったときに買った布のカバンを肩にかけて、三人をじっと見つめ、

――じゃあな、といった。

羽田空こうに降りたつとき、まわりの風景が豪華なおもちゃのように夕日できらきらかがやいていたのを覚えている。ぼくは手荷物しかもってなかったので、すぐとう着ロビーへ出ることが

できた。そこには人がたくさんいて、旅の陽気さでむせかえっていて、あちらこちらに日本語と英語とよく見たことのない文字が目についた。それでもまだぼくは日本へ来たことが実感できなかった。どこか上のほうから、この人ごみのなかにいるぼく、の映像が見えていて、ぼくはからだも心も誰かにあやつられているようだった。そのときだ、ぼくの目がとらえたのは。「かんげい！　ぐぇん・ゔぁん・なむくん」とふといマジックペンで書かれた黄色の文字。白い大きなかみを持っているのは、優しい目をした髪のうすいおじさんで、kuzumidenshiとローマ字で社名のしるされた作業服を着ていた。ぼくがその人の前に立つと、

「ナム君？」とやわらかな笑顔になった。

「はい。ナムです。こんにちは」ぼくは送り出し機関で教わった日本語でこたえた。

おじさんは白いかみをたたんで、社長のクズミです、と自己紹介をし、日本語、上手だねー、といった。

「荷物は？」

「あ？」

手でなにかを持つふりをしながら、荷物、とシャチョーはくりかえした。

「あ、荷物、これだけ」

「そっか。じゃ、いこっか」

シャチョーは先にたって歩きだした。ぼくは遅れないようについていった。シャチョーは、空

こうの駐車場にとめてあったふたり乗りの軽トラックの運てん席にすわって、シートベルトして、といった。ぼくはなにをいわれたのかわからなかった。するとシャチョーは手を伸ばして座席についている黒いベルトをひっぱり、ぼくの体を固定した。これ、シートベルト。車に乗るときは、必ず、つける。そうしないと、けい察につかまる。ぼくはうなずいて、ありがとございます、といった。シャチョーも笑顔でうなずいて、車を走らせた。これから高速道路に乗るからね。軽トラックは夕日のなかを騒がしい音を立てながら走った。シャチョーはカーラジオをつけた。聴こえてくるのは、すべて日本語だ。高速道路は高いところにあって、街の風景が見わたせた。ハノイも都会だけれど、日本の都会は、もっとすごい。土が見えない。高い建物が森のように密集している。この建物ぜんぶに人がいるのだろうか。見ると、ある建物の小さな窓の向こうには、たしかに男や女がいる。これも森の小動物のようだ。

「おもしろいでしょ」とシャチョーはいった。「東京に行くと、もっとおもしろい物が見れるよ。いつか連れてってあげる」

「ありがとございます」

シャチョーは、ぼくがわかるように、ゆっくりと話してくれた。いろいろ質問をした。ぼくの家族のこと、住んでいる土地のこと、死んだ両親のこと、好きな食べ物、行ってみたいところ——ぼくは、こたえられるかぎり、日本語でこたえた。三カ月しか学んでいないので、むずかしいことは話せないけれど、単語をならべれば、なんとか通じた。高速道路を降りたら、

「お腹すいたでしょ」とシャチョーがいった。

「あ、はい」

「ミシュランの三ツ星よりおいしいもの、ご馳走する」

シャチョーは軽トラックのスピードをゆるめて、大きな漢字の看板がある店の駐車場に入った。YOSHINOYAと書いてあった。店内にはスーツや作業着の男たちが、バイクが給油をするように、どんぶりからご飯を口へ運んでいた。シャチョーは自販機でメニューをえらんでチケットを買った。席についたら、

「私はアタマ多めで。この人は普通で」と店員にいった。

それから給茶機でコップに冷たいお茶を注いでテーブルに持ってきた。数分もすると、ぼくらのどんぶりがきた。食べて、とシャチョーはいった。ぼくが箸の使い方にとまどっていると、シャチョーはフォークを持ってきた。牛丼はたちまちぼくの空腹をなだめてしまった。ミシュランの三ツ星がなにかは知らないけれど、たしかにこれはうまい。ベトナムにはないご飯だ。いや、日本のチェーン店があるかもしれないけれど、ぼくは行ったことがない。弟や妹にも食べさせてやりたい。ぼくは初めて日本へきたのだと実感した。シャチョーは紅色のしょうがをどんぶりにふりかけ、ぼくにもしょうがのパックをくれた。濃いたれによく合って、口のなかがさっぱりする。食事はすぐに終わった。シャチョーはハンカチで口をぬぐって、バッグから銀色のスマホをとり出し、

「これ、ナム君の」と差しだした。

「え？」ぼくはスマホを持ったことがなかった。ほしかったけれど、買えなかったのだ。

「日本にいるとね、これないと不便だから。仕事の連絡なんかにも使うから」

「ありがとございます」

「使い方、分かる？」

シャチョーは手を伸ばして、電源のスイッチを入れ、ディスプレーにトップ画面が映ると、かけてみて、と数字を教えた。ぼくがいわれたままに番号を入れたら、シャチョーのスマホが鳴った。

「ぼくの番号、登録しといてね。あ、やり方、分かる？」

シャチョーは、しばらくぼくにスマホの使い方を教えてくれた。ぼくは弟たちにも仕送りでスマホを買うようにいってやろうと考えていた。そうすれば、心のきょりが近くなる。向こうになにかあっても、すぐにわかる。

店の外に出たら夕日がしずんで宵やみがせまっていた。シャチョーは軽トラックを走らせて、そこから十数分のところにあるアパートのかたわらに停まった。そこにぼくの部屋があるらしかった。シャチョーについて古びた鉄の階段をあがる。ひとつ、ふたつ、部屋をとおりすぎ、みっつめの部屋の前でシャチョーは立ちどまってドアの鍵をあけた。なかは暗い。シャチョーが先へ入って明かりをつけた。なにもない、がらんとした一室。かすかにいい匂いがする。

「明日の朝、八時に迎えに来るから。出るときにスマホ鳴らすからね」

シャチョーは部屋のカギとスマホの充電器をわたして、かたわらのふすまをあけ、布団はここ、なにかあったら、いつでも電話して、と部屋を出ていった。ぼくはバッグを置いて、部屋のまん中にすわった。とうとう、日本にきた。ここで稼いで村に大きな家を建てる。牛ややぎも買う。もっと畑をひろげる。そんなことを考えているうちに喉がかわいてきた。キッチンの水道に口をつけて水をのんだ。ついでに顔も洗った。そうだ。風呂もあるときいた。ぼくはキッチンのすぐ隣にある引き戸をあけた。ユニットバスがあった。シャチョーも風呂のわかし方は教えてくれなかった。明日、きいてみよう。部屋にもどってすわったら、ぼくは急に電池切れの状態になった。布団を出すまもなく、いつのまにか眠ってしまった。

アルプスの少女ハイジの音楽で目がさめた。村の食堂のテレビで見ていたアニメの主題歌だ。一瞬、ぼくは自分がどこにいるのかわからず、からだをおこして、音の鳴るほうを見た。スマホだ。手にとって画面をタップした。

「ナム君、これから出るから。五分くらいで着くから」シャチョーはすぐに電話を切った。

ぼくは顔を洗って、下着だけ変えて、昨日の服で階段をおりて外で待っていた。やがて軽トラックが着いた。

「乗って」

軽トラックは四、五分ほどで小さな工場の前にとまった。久住電子工業と看板がかかげられている。シャチョーのあとをついていくと、五人の男女がすでに自分の持ち場で手を動かしていた。

「みんな、ちょっと手を止めてくれる?」

工員たちがシャチョーを振り向いた。

「この子が、ベトナムから来たナム君です。よろしくね」

ぼくはシャチョーに挨拶をうながされて、心のなかで準備をしていたメモを読みあげるように、

「グェン・ヴァン・ナムです。どうぞ、よろしくお願いします。いろいろ教えてください」と頭をさげた。

誰もなにもいわなかった。シャチョーがひとりずつ紹介した。作業台の端でゴーグルをつけてハンダ付けをしているのが、シバタゴロウさん。髪はほとんど白髪で、頬がすこしやつれた感じがある。マスクをしているので顔はよくわからない。最年長の工員だ。そのとなりでシバタさんと同じように作業をしているのが、オオトモサチエさん。やはりマスクをしているので顔ははっきりわからないけれど、色白でふっくらしている。自分の名前を呼ばれたとき目が細くなったのは笑ったからだろう。作業台にはもうひとり、茶色の髪をして、耳にピアスをつけた若者がいた。ササキジンさん。カミソリのような目付きをしているので、マスクの下の顔もなんとなく想ぞうできた。別の作業台でこん包をしているふたりの若者のうち、ササきさんとおなじように茶色い髪でピアスをしているのが、ヒガシカケルさん。もうひとりは黒縁のめがねをかけて、どことなくおどおどしている。イマイトモカズさん。

挨拶が終わると、シャチョーはヒガシさんに声をかけ、こん包作ぎょう教えてやって、といい、事務所のほうへいった。シャチョーがいなくると、ヒガシさんはマスクをさげ、不機嫌そうな表情で、あいさつ、といった。

「あ?」

「あいさつだよ。日本語わからねぇのか?」

「あ、はい。グェン・ヴァン・ナムです。よろしくお願いします」

ヒガシさんはマスクがないと、少年の顔つきがあらわになる。ぼくの下の弟ぐらいの歳だろうか。彼は舌打ちをし、見てろよ、とゆっくり基盤をこん包してみせた。そして、ぼくに基盤をさしだし、ほら、とうながした。作ぎょうそのものはむずかしくない。けれど、人に見られていると、とまどってしまう。

「ちがうだろ」ヒガシさんが手をだした。

ぼくが手をひっこめると、ひひっという声がきこえた。イマイサンが笑ったらしい。

「うるせぇ」ヒガシさんがイマイサンとがめた。イマイサンはなにもいわずに作業にもどった。

長い一日になるな、とぼくはおもった。

朝の八時から仕事が始まる。ぼくはヒガシさん、イマイサンとこん包作ぎょうをする。シバタさん、オオトモさんがハンダ付けでしあげた基盤をササキさんが検さし、それをぼくら三人が色つきのエアーキャップ（シャチョーはぷちぷちという）で包装して、仕切りの入った段ボール箱につめていく。エアーキャップに色がついているのは、基盤が静電気をおびないための処《しょ》ちだ。箱詰めが終わると、布製のガムテープで段ボール箱をしっかりとじる。これでひとつあがり。この工場でつくられた基盤は、スマホやゲーム機やエアコンや、いろいろな製品に組みこまれる。シャチョーは、手早く、でもていねいに、と助言した。ヒガシさんは耳に白いイヤホンをつけ、音楽をききながら作ぎょうをする。手ぎわはいい。ぼくら三人のなかでいちばん年下だけれど、仕事ができる。イマイさんはたぶんぼくと同じぐらいの歳だとおもうが、どこかもたもたしている。それでヒガシさんに、ときどきしかられている。そういうときイマイさんは「ひっ！」とびっくりしたような声をだし、ヒガシさんに舌打ちされる。どうもヒガシさんはイマイサンがきらいらしい。

一カ月はすぐにすぎた。給料日には現金の入った茶色い封筒をわたされる。シャチョーは表しょう状でも与えるように、ひとりひとり名前を呼んで手わたす。シャチョーは、ぼくのときは、特別の笑顔になった。ありがとござます、とぼくはいった。ほかの人たちもそれぞれ、どうも、とか、ありがとうございます、とか、口々にひと言いって受けとる。ふう筒はのり付けしてあるので、その場で見るわけにはいかない。ぼくは早く中身を手にしたかったので、急いでアパートへ帰った。部屋に入って立ったままふう筒のふうをきり、なかの紙幣をだした。一万円札が七枚。全身にひや汗がにじんだ。足りないのだ。シャチョーがまちがった。ぼくの頭にはそれしかなく、大あわてで工場へ向かった。ほかの人たちは帰ったあとで、事務所に行くと、シャチョーが机で事む作ぎょうしていた。

「シャチョー」

ぼくが声をかけたら、シャチョーはちょっとびっくりしたように振り向いて、ナム君、どうしたの？ といった。

「たりません」

「なにが？」

「一万円、七枚です。たりません」

シャチョーは不思議そうに立ちあがり、ぼくの前に立って、君の手取りは七万円です、といった。

「十五万円、ききました」

「そう。十五万円。そのうち、監理団体の手数料が五万円、アパート代が三万円。だから、手取りは七万円。明細書にも書いてあるよ」

シャチョーはぼくが持っていた茶封筒を手にとって、一枚の紙をとりだした。給与明細らしい。

「ほらね。分かった？」

ぼくの頭のなかでは数字がめまぐるしくとび交わっていた。バッハに借りた七十万円の利子が七万円――これで給料はなくなる。これでは貯金どころか、生活さえできない。かん理団体の手数料が五万円？　それはきいたことがない。

「かん理団体、なんですか？」

君を日本で受けいれて世話をしてくれる団体、とシャチョーは説明した。

「かん理団体、きいてません」

シャチョーは顎に手をあてて考えていたが、壁ぎわの書類だなから青いファイルをだし、

「これ、ナム君の契約書。ここに」と書類を指さして、監理団体の手数料は月額五万円とする、と読みあげた。

ぼくは契約書に顔を近づけて、じっと見つめたが、給与明細と同じで、漢字はよめない。

「こまります。十五万円ないと、生活できません」

これ、とシャチョーは、また契約書を指さして、ナム君のサインでしょう？　といった。たしかに、そうだった。ぼくのサインにまちがいなかった。でも、かん理団体の手数料なんてきいてない。

「こまります」

シャチョーの顔から笑みは消えていた。まったくかん情をかんじさせない表じょうで、よく分かるよ、といった。でも、うちもかつかつなんだ。これ以上の給料は出せない。ぼくがことばをうしなって立ちつくしていたら、

「もう遅いから、明日、監理団体に連絡して」とファイルをたなにしまった。「担当の人に、詳

しい事情を説明してもらおう」

シャチョーは、事む作ぎょうにもどった。それはこの件について、もう話すことはない、という合図だった。翌日、かん理団体の担当者がやってきて、契約書をちゃんと読まなかったぼくのミスだ、といい、契約を守るように約束させた。シャチョーは、同情するようにぼくの肩をたたいた。その日からぼくは働く意欲がうせてしまった。いくら働いても利子をかえすだけで、生活さえできない。できることは、もっと報しゅうのいい仕事をすることしかない。ぼくはかん理団体になんどか電話し、じかに出向きもし、担当者に稼ぎのいい職場を紹介してほしいとたのんだ。担当者はわかったといったけれど、まったく動いてくれなかった。結局、国際電話でバッハにかけあい、毎月の利子を四万円にしてもらった。ただし、差し引きの三万円は元金にうわのせされるのだ。

久住電子に就しょくして四カ月目。昼休けいでカップ麺をつくる熱湯の入ったポットのある事務所のドアを開けたら、社長はるすでササキさんがこっちを振りむいた。目が怖かった。手提げ金庫が空いていて、ササキさんは一枚の紙幣を手にしていた。

「黙ってろよ。チクったらぶっ殺す」

その日、工場を閉めてから、ササキさんに誘われて焼き鳥屋へ行った。ヒガシさんもいっしょだった。ビールと焼き鳥を食べた。炭火焼の鶏肉は香ばしく、かむと肉じるがにじんでうまかった。シャチョーは、根っからの職人気質で、金についてはどんぶり勘定、五千円や一万円ぐらいたりなくても、気にしない。だから、ササキさんはときどき小遣いをいただくのだそうだ。

「ここの払いは、さっきの金だ。これで、おまえも同罪だぜ」ササキさんがいった。

「キョードーセイハンてやつっすね」ヒガシさんが焼き鳥のくしを口でしごきながらいった。

それいらい、ササキさんはときどき、ぼくを呑みに誘ってくれるようになった。なんかい目かのとき、ぼくは酒のちからを借りて、

「どろぼー、よくない」といった。「神、みてる」

「おまえ、キリスト教か？」ササキさんが訊いた。

「はい。洗礼名、ヨゼフ。アパートに十字架、あります。神、どろぼー、ゆるさない。ぼくもゆるされない」

ササキさんはチューハイをひと息に呑んで、なら、どうする？　と見つめた。

「ササキさん、罪、告白すること、祈ります」

ササキさんとヒガシさんは、黙って馬刺しをつついていた。

それから数日後のことだった。ぼくが基盤をこん包していたら、イマイサンが体当たりしてきた。ぼくは基盤を手にしたまま転んで、床のコンクリに背中を打ちつけた。イマイさんは、びっくりして見あげるぼくを、目を細めてわらい、「ひひっ」と声をあげた。そして、なにもなかったように作業にもどった。ハンダ付けのグループの人たちは気がつかなかった。ヒガシさんは黙々と作業をつづけていた。それがイマイさんのわけのわからない嫌がらせのはじまりだった。

段ボール箱をはこんでいたら、足をひっかける。トイレをしていたら、後ろから押す。せっかくこん包した基盤のぷちぷちをはいでしまう。昼休けいでカップ麺を食べていたら、ふいにカップをたたき落とされた。嫌がらせは重なるうちにひどくなってゆき、イマイさんは吸っていたタバコの火をぼくの手の甲に押しつけ、火傷をした。イマイさんは楽しくてしかたないようだったけれど、さすがにこれは許せない。シャチョーに抗議した。

「あのイマイサンが?」とシャチョーはいった。不思議そうになにか考えていたシャチョーは、私から言って聴かせるよ、といった。

「おまえ、この職場向いてねぇよ。イマイすら手なずけられないとはな」

ササキさんが皮肉そうに笑ったとき、ぼくはすべてを理解した。ササキさんの仕業なのだ。それからしばらくして、シャチョーに呼ばれた。事務所へ行くと、パイプ椅子にすわるようにうながされ、

「給料が少ないと言ったね」といわれた。「でも、盗むのはよくない」

ぼくはなにをいわれたのかよくわからなかった。

「金庫の中の運転資金がなくなった。二十万だ」

「え? ぼく、しらない」

シャチョーはパイプ椅子から身を乗りだし、心を固めるように手を組んで、

「ある人が見てたんだよ、君が盗むのを」とひくい声でいった。「出来心は誰にでもある。ナム

君の場合、事情もよく分かってる。大事にしたくない。返してくれさえしたら、それでなかったことにする」

ササキさんだ、とぼくはおもった。けれど、彼はぼくよりずっと長く、この工場で働いている。シャチョーも彼をうたがってはいない。どうすればいい？

「ね、警察沙汰にはしたくない。うちの工場から縄付きを出したくないんだ。分かるね」

「わかります。でも、ぼく、ありません。二十万、ぬすんでません」

シャチョーの目の奥にちらちら怒りのかん情らしいものが見えた。

「だから」とシャチョーはことばの勢いを強くした。「見てたんだよ、君が盗むのを」

「だれですか？」

「大友さんだよ」

ぼくは意外な名前を聴かされて混乱してしまった。どうしてオオトモさんが。ササキさんじゃないのか？　ヒガシさんじゃないのか？

「あの人は、もう二十年近く、うちで働いてくれてる。腕も確かだし、問題を起こしたこともない。ナム君、一日待ってあげる。明日、お金を返しなさい」

この夜、ぼくは荷物をまとめてアパートを出た。

兵士《ボドイ》――日本で働くベトナム人たちが集まるFacebookgrupの名まえだ。ぼくは「たすけて」

と発信した。かん理者は「まってる」と返信して、住所をおくってくれた。埼玉県のある市まで電車で行って、その先はバスに乗った。十時を過ぎていたので乗客はほとんどいなかった。送ってもらった手書きの地図で木造二階建ての古いアパートにたどりついた。１０４号室。チャイムを押したら顎髭をはやした四十代ぐらいの男が顔をだした。

――グェン・ヴァン・ナムです。

――入って。男は奥のほうへいった。そこには四人のベトナム人の若者がいた。

――彼らも君と同じ目に遭った。この国の被害者だよ。

男はヒープと名のった。この周辺の農家ではたらきながら、苦しんでいるベトナム人技能実習生の世話をしているという。いわれるままにビザを見せ、久住電子でおきた出来事を話したら、腹はへってないか、ときかれ、昼からなにも食べていないことを思い出した。ヒープは焼いた牛肉をのせたフォーをつくってくれた。食べているうちにおもわず涙がにじんできた。

――我々を支援してくれる日本人がいる。明日、彼らに引き合わせる。今日は寝なさい。

僕は毛布をわたされて、一部屋いっぱいに敷かれた布団のうえで、ヒープ、四人の若者たちといっしょに寝た。よほど疲れていたのか、ぼくは目をとじたことさえ意識しないうちに眠りこんでいた。

翌朝、ヒープに起こされて、あんぱんとパックの牛乳をもらい、四人の若者とつれだって、近くの農家へいった。キャベツの収かくの作ぎょうを手伝った。昼にはおにぎりと卵焼きと味噌汁が出た。日が沈むころ、農家のおじいさんは、すくないけど……といいながら、五千円札を一枚さしだした。ほかの若者たちも日当をもらっていた。アパートに帰ってシャワーをあび終わると、白髪の日本人の男と身ぎれいなベトナム人の女がやってきた。

——グェン・ヴァン・ナム君はあなた？ と女はいった。

——はい、ぼくです。

——私はミエン。こちらは道谷さん。あなたを助けてくれる人よ。

ミチタニさんは手を差しだし、ぼくはその手をにぎった。厚い手のひらだった。彼はミエンを通訳にして、ぼくの身の上について細々と聞きとり、ビザをたしかめ、さっそく明日から動いてみるといった。そして、念をおすように、ほんとに金は盗んでないね、といった。そのときの目は、まるで獲物をしとめる鷹のようだった。二人が帰ったあと、ヒープは、道谷さんは頼りになるよ、といった。

それから一週間あまり、ぼくはヒープたちと農家の作ぎょうを手伝って、毎日、日当をもらった。おかげで村の兄弟に仕送りをすることができた。いちばんのなん題が解しょうされて、すこし気持ちがかるくなった。ただ、バッハに払う利子はかせげていない。来月までには、なんとか支払わないと兄弟たちが心配だった。

ヒープが夕飯のしじみご飯をつくってくれているとき、ミチタニさんとミエンがやってきた。ミエンは、まず、いいニュースを教えてくれた。次の仕事が決まりそうだという。介護の仕事で、ぼくがよければすぐにでも面接してくれるらしい。給与については、試用期間は時給八百円で、正規の職員になれば千円もらえる。一日八時間働いて八千円。二十五日で二十万円！　しかしぼくは慎重になっていた。

——手取りは？

——監理団体の手数料、保険や福利厚生費を差し引いて、十四、五万円かしら。

久住電子のことを考えれば、倍に近い。ぼくはだまされているような気持からぬけきれなかった。それとも、なにか落とし穴がひそんでいるか。ミエンはぼくの心が透けて見えたのか、あなたたちは、ほんとはそれぐらいもらって当然なのよ、といった。悪質な監理団体と職場の被害に遭ったの。

——悪いニュース、あるんでしょ？　ミチタニさんの苦々しい表情からなにかつたわってきていた。

ミエンはちらっとミチタニさんを見て、

——久住電子は、あなたを訴えると言ってる、といった。

ミチタニさんが日本語でなにか話しだして、ミエンが通訳した。久住電子のシャチョーは、ほかの従業員に盗みをする者はいない、二十万円がなくなったのは確かだから、警察に届ける、といっている。しかし、証拠はオオトモさんの目撃証言だけなので、なんとか話し合いで示談に持ち込みたい。いずれにしても、二十万円はぼくが用意しなければならない。

――そんな。だって、ぼく盗んでません。どうして二十万円払わなきゃいけないんですか。

――君が滞留期間いっぱい、この国で仕事をするためだ、とミチタニさんはさとすようにいった。ぼくは、君が盗んでないと信じる。しかし久住の社長は違う。君しかいないといってる。

――だから、ぼくは……

ミチタニさんは両手を押し出すようにしてぼくを制し、

――必要経費、といった。君は日本へ来るのにいくらか支払っただろう？　その追加分と思いなさい。刑事告発されたら、君はこの国で仕事ができなくなる。

僕は言葉をつごうとしてやめた。ミチタニさんが二十万円を求めているわけではない。ぼくにとく促しているのは、あのシャチョーなのだ。

翌日、ぼくはミチタニさん、ミエンの案内で、東京の江東区にある介護事業所へ行った。まだ若い銀縁のめがねをかけた日本人の男が代表を名のって名刺をくれた。ぼくにはひらがなしかよめないけれど、名前にルビがふってあり、とうの、とあった。彼はめがねの奥から品定めするようにじっとぼくを見つめて、技能実習生が介護の仕事をするには、講習を受けなければならない、しかし君もすぐにお金がいりようだろうから、介護士の補助として働いてもらいながら、講習を受けられるようにする、さしあたって住む場所は近くにアパートがある、うちには君と同じベトナムとミャンマーの技能実習生がいて、二人はそこに住んでいるから、狭くて申しわけないが、君がよければ、そのアパートを生活のきょ点にしてほしい、といった。

――どうする？　とミエンが訊いた。

手取り十五万円の仕事があって、住むところも保証してくれるのなら、ことわる理由がない。

――よろしくお願いします、とぼくはほんぶん信じられない気持ちで頭をさげた。

トオノは、では、明日から事業所に来てください、といい、業む用のスマホを渡し、財布から一万円札をとり出して、当面はこれで、とうなずいた。日本語でいえば、イタレリツクセリ、だ。事業所を出たところで、ミチタニさんがぼくの肩をたたいて、笑顔で、よかったな、といった。シンプルなことばだけれど、実感がこもっていた。日本人にも、信頼できる人はいるのだとおもえた。

腹がへった。ミチタニさんもミエンも同じだったらしく、近くの中か食堂へ入った。お祝いにごちそうするよ、とミチタニさんがメニューをひらいた。ここのメニューにはひらがなのルビがふってない。漢字ばかりでよめない。ミチタニさんは、ぼくに苦手なものはないかきいて、てき当に料理をたのんだ。店員のおばさんがビールを持ってきた。ミエンはウーロン茶。乾杯をして、喉がかわいていたので、ひと息にビールを呑んだ。ミチタニさんは、すこし真顔になって、君はいける口か、ときいた。ひとなみです。酒で失敗しないようにな、昼間からビールはきょうだけだよ。テーブルのうえに料理の皿がいくつかならんで、ぼくらは無言で食べた。なんという料理かしらないけれど、どれもうまかった。こういう町中かははずれがないんだ、とミチタニさんはいった。

満腹になって店の外に出ると、不思議なことに街の景色がちがって見えた。これまでがモノクロームなら、いまはフルカラーだ。ビールのせいもあっただろうが、ぼくはいい気分だった。生活の先行きが見通せると、こんなにも人の心ははずむものか。故郷の村で米やとうもろこしを育てていたときも、久住電子で働いていたときも、ずっと先行きが見えないままだった。カオからきいたことばをおもいだした。

「人間は、この世界に投げこまれる。生きる場所をえらべない。しかも死に向かってる。だったら、寿命がつきるまで、自分が生きたいように、悔いない生き方をする」

ぼくはミチタニさん、ミエンと別れて電車に乗ってから、外に流れる景色をながめながら、将来のことをかんがえた。兄弟四人で暮らせる広い家を建てて、畑もひろげて、もっと手広く仕事をする。両親のいないぶん、兄弟たちには豊かな暮らしをさせてやりたい。しかしビールの酔いがさめるにつれて、現実がせまってきた。久住のシャチョーに二十万、バッハに七十万——ぼくはまだ借金がある。しかもバッハには、毎月七万円の利子を支払わないといけない。あと二年半。技能実習で保しょうされている在留期間のうちに、ぼくらの未来を買うだけの金を稼げることができるだろうか。三年たったら、一度帰国しなければならない。それから、また二年。なにもなければいい。介護事業所でずっと働くことができれば、おそらくぼくらの未来は買える。

ここしばらくのあいだ、そして、日本へきてからも悪いことがつづいたので、ものごとを悲かん的にとらえるくせがついたらしい。老人のような心配はよそう。ぼくはまだ若い。からだも健康だ。上級の学校へ行けなかったのは、頭が悪いせいではなく、金がなかったからだ。金さえあれば。

ぼくはおもいついて、さっきわたされたスマホをとり出し、ヒープにショートメールをおくった。

仕事、うまくいきそうです。ありがとうございます。

ヒープからはすぐに返信がとどいた。それは親指を立てた絵文字だった。

アルさん：からだと　髪《かみ》と　どちらを　先に　あらいますか。

小林《こばやし》さん：髪《かみ》から　あらおうかな。

アルさん：では、髪《かみ》を　あらいますね。おゆを　かけますね。

あつく　ありませんか。

小林《こばやし》さん：うん。大丈夫《だいじょうぶ》。

アルさん：シャンプーを　つけますね。

ご自分《じぶん》で　あらえますか。

小林《こばやし》さん：うん。

アルさん：シャンプーを　ながしますね。
耳《みみ》を　おさえて　ください。

小林《こばやし》さん：うん。

アルさん：おゆを　かけますね。
はい。終《お》わりましたよ。

介護の仕事をするためには研修をうけなければならない。とくにじっさいの介護現場で使われる日本語を覚えること。これが三カ月ぐらいかかる。それまでは日本人の介護士の補助としてはたらいた。研修の費用をさしひけば、ぼくの月給は自分一人が食べて、故郷の兄弟たちに仕送りするだけでせいいっぱいだった。バッハへの借金の利子も、久住電子への返さいもできなかった。久住電子のほうはミチタニさんが交渉して期限をのばしてもらった。ひとりで現場へ行けるようになって、ようやく久住の返済がはじまり（これも道谷さんの交渉で分割払いにしてもらった）、バッハの借金の利子が払えるようになる（ただし、元金は九十一万円になっていた）。介護はまず体力がなければできないけれど、ほかにも要介護者への気遣いや、コミュニケーション能力がもとめられる。ぼくは日常会話なら困らないていどに日本語を覚え、要介護者の望むことを気づいてあげられるぐらいのかん察力と想ぞう力を身につけねばならない。いわれたことを、いわれるままにやっているだけでは、いい介護士とはいえない。要介護者がどのような状態におかれていて、なにを望んでいるのかがわかり、どうすれば快てきに生活できるか工夫する——それができてほんとうの介護士だ。これは介護士の木場さんからまなんだ。彼女は五十代のベテランの介護士で、要介護者がしてもらいたいことを先取りしておこなう。所長から木場さんにつけば、並み以上の介護士になれるよ、といわれたことはうそではなかった。木場さんはすごい。八十二歳の羽柴さんの家を訪ねたとき、寝たきりのおじいさんが、彼女の顔を見るなり、ちゅーくれ、といった。木場さんは、待ってね、と台所でコップに水道の水をくんで、リュックから霧吹きをとり出し、二、三度吹きかけた。はい、芋焼酎。羽柴さんは電動ベッドの背をおこし、うまそうにくいっと呑んだ。もう一杯。お代わりはご飯のあとね。羽柴さんは木場さんがこしらえた食事をさっさと食べ、ちゅー、といった。木場さんはまた水道の水をくんで霧吹きをしゅっ、しゅっ。羽柴さんはうまそうに呑んだ。家を出たあと、車のなかで、木場さんが教えてくれた。羽柴さんはほとんど水分をとらない。けれど、酒は好きなので、水に芋焼酎を霧吹きでかけたら、二、三杯呑んだ。それいらい、木場さんは手製のちゅーで水分をとらせているのだという。

認知症が進んでいる八十五歳の渥美さんとところへ行ったときは、リュックから一枚のDVDをとり出し、ベッドのとなりにあるDVDプレーヤーにいれて、渥美さん、始まるわよ、と声をかけた。渥美さんは横をむいて、テレビ画面を見つめた。そこには、映画の『ティファニーで朝食を』がうつっていた。この映画はぼくもみたことがある。子供のころ母が町の映画館につれて行ってくれた。アメリカ人のトルーマン・カポーティーの小説を映画にしたもので、主人公のオードリー・ヘップバーンがすごく魅力てきだ。母はだれに聞いたのか、ティファニーという宝石店を知っていて、父さんが一生はたらいてもあの店の指わはかえない、と笑っていた。渥美さんは亡くなったご主人と幼い娘さんといっしょに、この映画をみたそうで、テレビ画面をみているうちに、むかしのことをぽつぽつと話すのだという。それは彼女の幸福な記憶――木場さんはできるだけ要介護者には、気分よくすごしてもらいたいとおもっているから、これも大切な仕事のひとつだと教えてくれた。認知症になっても、記憶がなくなるわけではない。あるとき渥美さんが、ふいにヘップバーンのことを話しだしたので、木場さんが『ローマの休日』と『ティファニーで朝食を』のDVDをもってきてみせたら、『ローマの休日』にはぜんぜん反応しなかったけれど、『ティファニーで朝食を』の最初の場面がうつったとたん、美恵ちゃん、ヘップバーンよ、と話しだした。あの店はティファニーっていう宝石店でニューヨークにあるの。ニューヨーク、わかる？　アメリカよ。お父さんは、あの店でわたしにチェーンを買ってくれたの。ほら、これ。ほんとうに渥美さんの夫がニューヨークのティファニーでチェーンを買ったのか、それはわからない。でも、ほんにんにはそれが幸福な記憶としてのこっている。だったら、いつもその気持ちでいさせてあげたいじゃない、と木場さんはいった。

木場さんからは研修で教えてくれないことをたくさん学んだ。本当は介護福祉士の資格がないぼくは、訪問介護はできないないのだけれど、人手が足りないこともあり、内緒で同行した（木場さんは秘密のアッコちゃんねといった）。手足の爪切りは爪がやわらかくなった入浴後がいいとか、食べ物にとろみをつけるにはとろみ分を先にお茶にまぜると玉《だま》にならないとか、排泄介助ではプラスチックグローブを何枚か重ねてつけておくとグローブが汚れたときに一枚とるだけで新しいのをつける手間がはぶけるとか――ぼくはいちいちメモをとって覚えるようにしていた。

ようやく研修が終わって、ぼくもひとりで何人かの要介護者を担当することになった。そのなかでもいちばんつよく印象に残っているのは、梶山実資《さねすけ》という八十一歳の男性だ。家族はいない。古く大きな屋敷にひとり暮らし。七十九歳のとき階段をふみはずして大腿骨をおってから、寝たきりの生活になった。ほとんどしゃべらない。むかしは鉱山技師をしていたというのだが、どんな仕事なのかもわからない。所長は、あの人、くせ者だから気をつけてね、といった。木場さんは、ひとりの介護士として、ひとりの要介護者にせっすればいいのよ、肩のちからぬいてね、といった。最初に訪ねたとき、梶山さんは広い庭に面したベッドで天井を見つめていた。ぼくが挨拶をすると、目だけちらっとこっちを見てなにもいわなかった。お食事の支度、しますね。やはり、だまっていた。食事ができてさばの味噌煮、じゃが芋の煮つけ、味噌汁、ご飯をオーバーテーブルにのせたら、電動ベッドの背をおこして、箸を手にし、おかずとご飯をゆっくり食べ、味噌汁をのみ終わると、ベッドをもとにもどした。少し時間をおいて、梶山さん、トイレに行きましょうか、ときいたら、ベッドの背をおこして、上布団をずらし、両手を伸ばしたので、僕は脇に両腕をさしいれ、彼が両足を床へおろすのを手伝った。梶山さんは、立つとぼくより少し背が高い。少しふらついたものの、おもったよりしっかりした足どりで歩いて、ぼくにささえられてトイレへ向かった。トイレのドアを開け、パジャマのズボンをさげようとしたら、いい、としわがれた声をしぼりだし、自分でズボンをさげた。ぼくは両脇に手をさしいれ、便座にすわらせる。終わったら呼んでくださいね。ドアを閉める。五、六分後、いい、というしわがれた声がきこえたのでドアを開けた。後始末をしようとおもっていたら、彼は自分でトイレットペーパーを巻きとり、尻をふいたらしい。ぼくはトイレを流して、彼の両脇に手をさしいれ、便座から立たせた。梶山さんはずっとこの調子で、ほとんどしゃべらない。感情をおもてにださない。所長がくせ者といった意味がわかった。ただ、いろいろと苦情をいったり、注文をつけたり、こちらがとまどうようなことはしない。感情がわからないので、介護がしにくいということだ。

なんどか通っても梶山さんの態度は変わらなかった。ぼくが驚くようなことがあったのは、なんどめかの入浴のときだった。髪と体を洗いおわってバスタブにつかり、胸や背をマッサージするように撫でていたら、ふいに涙をながしたのだ。そして、はっきりとした口調で、

「きみの手はやさしい」といった。

ぼくはなんと答えていいのかわからなかったので、ぼくは農家の出身ですから、農民の手ですよ、と笑った。

梶山さんはうつむいて涙を流しながらだまっていた。バスタブの湯のうえにぽつりぽつりと彼の涙がおちた。なにがあったのかはわからない。ただ、梶山さんはこのバスタブいっぱいの涙をながしてきたのだろうとおもった。

それいらい、ぼくと梶山さんの距離はちぢまった。ぼくらはその日の天気や庭に咲いている花の話をするようになった。


月に一度、ヒープのアパートに技能実習で来日したベトナム人たちが集まってくる。料理の上手な人がなん人かでベトナム料理をつくって、みんなで食べる。そのときには仕事の情報交換や故郷の思い出や家族のことや、いろいろな話ができる。もちろんベトナム語で。一瞬、ベトナムに帰ったような気になることもある。ヒープがいっていた、祖国は母語のなかにある、と。ほんとうにそうおもう。集まってくる者のなかには、すでに滞在期限がきれていて、入管に知られたら捕まる危険のある者や、帰りの旅客機のチケット待ちの者や、ぼくのようにまだ技能実習の期間が残っている者まで、立場はそれぞれだ。でも、ベトナム料理を食べて、ベトナム語で話しているると、そんなことはどうでもよくなる。率直にいうと、考えたくない。この日、ヒープのアパートは、なんの事情もない、ただのベトナム人がいるベトナムになるのだ。

ランと会ったのは、この集まりだった。彼女は、ぼくのふたり隣のところにすわった。初めまして、ファム・ティ・ランです、とあいさつした。はずかしそうに、小さな声で。かわいい子だなぐらいの印象しかなかった。ぼくの前にあるナンプラーを取るのに手を伸ばしたとき、ふとなつかしい匂いがした。この匂いを知っている。そうおもって彼女を見たら、どこかで会っている気がした。でも、出身はホーチミン市だという。ぼくの実家があるバクザン省からは、そうとう離れている。かん単に道ですれちがう距離ではない。ぼくはたぶんじっと見つめていたのだろう、ランはいたたまれないようにうつむいた。それでぼくも目をそらせた。ただ、匂いが気になった。なんの匂いだろう。なぜ、ぼくは知っているのだろう。食事会が続いているあいだも、ずっとそれが気になって、みんなとの話もなかなか気がのらなかった。遠いところから来ている者もいるので、いつも通り夕方の六時には誰もが帰り支度をはじめた。ランの様子をうかがっていたら、ミエンとの話がまだ終わらないようで、席を立たなかった。ぼくはいったん外に出て、アパートの近くをうろうろしていた。やがてランが出てきたが、ミエンといっしょだった。どこかで話の続きをするのだろうか。ぼくはべつにやましいところはなかったけれど、なんとなく身をかくしてふたりを見守った。ミエンが話しながらスマホを見て、なにかいった。ランはうなずいて、ふたりは階段をおり、バス停まで歩いていった。ぼくはあとをついていくことになった。なんだかストーカーみたいでいやだったけれど、どうしてもランと話がしたかった。バスが来てミエンが乗りこみ、ランは手を振った。少し間をおいて、偶然のようにぼくはバス停へむかった。

――あ、ランさん。

ランはちょこんと頭をさげた。

――どこまで帰るの？

ランは少し考えて、バスで駅まで、といった。

――同じだ。いっしょに帰ろう。

どこか遠くでパトカーのサイレンの音がしている。

――事故かな。

ランは首をかしげた。バスが来た。ぼくはランを先にのせ、あとからのった。バスのなかで特に話をしなかった。ぼくは、あの匂いのことを訊きたかったのだけれど、なぜか口にできなかった。それにランは話すのをさけているような感じがあった。

――どこに住んでるの？　ぼくはふみこんだ。

ランは窓の外を見ていて、ぼくの声がきこえないようだったので、もう一度、

――どこに住んでるの？　といった。

小さな声で、栃木県、とランはこたえた。それきりまた黙ってしまった。話が続かない。さっきアパートでじっと見られていたのが、そんなにいやだったのか。いろいろ考えているうちにバスは駅に着いた。ランはさっさとおりて、駅のほうへ歩いていく。このままだとぼくは彼女と距

離をつめられない。

――ねぇ、ぼくら、どこかで会ったことない？　初めて会ったんじゃないと思うんだ。

ランは立ちどまって、ぼくの目を見つめ、首をふった。

――そっか……

――わたし、軽い娘じゃないよ。

どうやらぼくは誤解されたらしい。なんとかして妙な疑いをとかなければ。

――ぼくには兄弟が三人いる。彼らの生活費を仕送りして、日本への渡航費を返して、毎日、一生懸命働いてる。貯金して、ベトナムに帰ったらビジネスをするんだ。だから、遊んでる暇なんてない。

――じゃ、どうして声をかけたの？　アパートの外でわたしのこと、待ってたでしょ。

彼女は分かっていた。見かけよりもずっと賢い。

――ほんとにどこかで会ってると思ったんだ。

ランの目はまだぼくを疑っている。これがいつもの手だと思っている。ぼくは思いきって口にした。

――匂いだよ。

――匂い？

――君がテーブルのナンプラーを取ろうとして手を伸ばしたとき、匂いがした。なんていうか、甘い草花みたいな。ぼくはその匂いに覚えがあるんだ。だから、どっかで会ってると思ったんだ。

ランの目がやさしくなった。

——これはね、ミスサイゴン。ベトナムならどこでも売ってる香水よ。

——え？　その瞬間、ぼくは思い出した、若いころの母は同じ匂いがした。

——そうか……母さんの匂いだ。

——わたし、あなたのお母さんじゃない。

——あ、ごめん。そういうつもりでいったんじゃない。母が若いころに同じ匂いをさせてた。いま思い出した。

ランはバッグから青い壜をとり出して蓋を開け、僕の顔に近づけた。あの、なつかしい匂いがした。不意打ちだった。若いころの母の姿がくっきり思い浮かんだ。ぼくは泣きたいような気持になった。

——お母さん、お元気なの？

亡くなった、とぼくはこたえた。

ランは壜をバッグにしまって、いいお母さんだったんでしょうね、といった。

——ライン、交換してくれない？

ランはじっとぼくを見つめた。それは心の奥底まで見通すような眼差しだった。

——いいわ。

ぼくらはラインを交換して別れた。翌日、ぼくはメッセージを送った。「昨日は不愉快な思いをさせてごめん。今度、罪滅ぼしに何かご馳走させて欲しい」「気にしないで」「君が気にしないでも、ぼくの気持ちが済まない」「ごめん。正直に言うね。わたし、お給料安いからお金がないの。どこにも出かけられない」「じゃ、ぼくがそっちへ行く」。一週間後の日曜日、ぼくらは栃木県の宇都宮で会った。ランチは高いからお茶にして、駅近くのカフェに入った。

――何でも頼んで。それぐらいのお金はあるから。

ランはすぐに、

――じゃ、苺パフェ、といった。彼女は日本へ来て初めて、贅沢なスィーツを食べた。

それから何度かぼくらは栃木県で会ったけれど、いつもランは苺パフェを頼んだ。そういうつきあいが始まって、四カ月経って、ぼくは同居しているベトナム人のバオとミャンマー人のティンタインに、一日、部屋を自分のものにする権利をつかった。ぼくは彼らのために何度も、用もないのに朝から夕方まで外をぶらぶらさせられたのだ。ランには栃木県からの運賃を渡しておいた。彼女は予定通り、昼前に駅へ着いて、ぼくといっしょにアパート・デートをした。ランチはピザとコーク。かなり無理をした。この日のために一週間、食事は一日一食、昼の二百円のうどんだけで我慢した。ランは喜んでくれた。小鳥が餌をついばむようにピザを食べ、喉をならしてコークを飲んで小さなげっぷをした。そして、別れ際に握手をした。アパート・デートは月に一度。ほんとはもっと会いたかったけれど、ぼくはミイラになる。

五回目のアパート・デートのとき、ランはいつもと様子がちがっていた。いつものジーンズとTシャツは同じだけれど、なまめかしいピンクのルージュをひいていた。そのせいで、唇が独立した生き物のように感じられた。

――今日はちょっと外を歩かない？

駅まで迎えに行ったとき、彼女はいった。ぼくらは駅の周辺をぶらぶら散歩して、昼過ぎになって腹がへったころアパートへ行った。用意したかつサンドとアイスコーヒーのランチをすませたら、ランがスマホで音楽を流した。聴いたことのない曲だったけれど、リラックスしてくつろげる感じの、女性の歌だった。彼女は窓を開けて、縁に腰かけ、しばらく外の風景を眺めていた。それから窓を閉めて、さりげなくついでのようにカーテンも閉めて、ぼくの前に横坐りになった。どうしてもなまめかしい唇を見つめてしまう。

いくら鈍いぼくでもこれがメッセージであることは分かった。ぼくはもうずっとポケットにコンドームを入れている。彼女を抱いてキスをした。ランは目を閉じてぼくに身をまかせた。彼女の胸に手のひらをあてると、こちらをはねかえすような弾力があった。ぼくはやわらかい唇から舌をさしいれる。ランの舌が、ぼくの舌をやさしくなぶる。ぼくは胸をもんでいた手を下へさげた。瞬間、ランの唇がはなれ、両手がぼくの胸を押し、この先はだめ、とささやいた。じっと目を見つめられて、ぼくはうなずいた。ランは空気を換えるようにカーテンと窓をあけた。彼女は窓の縁に腰かけて、そとの風に目を細めていた。

十回目のアパート・デートのとき、ランは初めてワンピースを着てきた。それまで会うたびにキスとペッティングは許されていたけれど、先へすすむのはいつもランがストップをかけた。でも、その日はちがった。ぼくがキスをして、胸をもんでいた手を下にさげても、彼女は動かなかった。されるがままになって、下着のうえから性器をさわってもとめなかった。ぼくは押し入れから毛布をだして、目をとじて横になっている彼女の隣に敷いた。急いで自分のワイシャツとズボンを脱いで、ランのワンピースのジッパーをおろした。下着姿になった彼女は思ったよりも豊かな胸をしていて、なんだかちょっとしたくじに当たった気分で体を重ねた。じかに触れた肌は熱かった。ブラジャーのホックのはずし方がわからない。もたもたしていたらランがはずした。パンティーストッキングを脱がせるのも、彼女が手伝ってくれた。ぼくらはキスをし、もつれあいながら毛布の上をころがって、痛いほど勃起したペニスにコンドームをつけ、ランのなかへ入った。彼女は吐息とともに、あー、とせつない声をだした。そのあとのぼくは夢中だった。三度、コンドームをつけかえ、彼女のなかで果てた。もう、これ以上できないというところまでやった。三つ目のコンドームは、先のところに精液が重くたまって葡萄の粒のようなかたちになっていた。ぼくが荒い息をしていたら、ランはやさしく背中をぽんぽんとたたいて、お疲れさま、といった。ランは処女ではなかった。なんだかすこし気落ちして、心のなかに、「傷ものをつかまれされた」という言葉があらわれたので、憮然として消しゴムでけした。ランはこれまで会ったなかでもっとも上等な女性だった。つまり、いい女だっ。処女でなくてもかまわないと思い直した。外はすっかり暗くなって街灯の明かりがともっていた。

介護の仕事は順調に進んだ。所長にくせ者といわれた梶山さんとは、いちばん仲良くなった。梶山さんは、いちど心を開いた相手には、子供のように無防備になる。梶山さんの介護が一段落すると、コーヒーとケーキを食べながら、いろいろ話をするのが習慣になった。梶山さんの好きなコーヒーは、国分寺の喫茶ミネルヴァのエチオピアゲイシャ。好きなケーキは立川のシルクシフォンのシフォンケーキ。コーヒーのゲイシャは、ゲイシャガールのことかとおもったが、エチオピアのゲシャ地域でそだっていた豆の名前だという。それがコスタリカへわたって、中米やアフリカ、アジアへひろがった。そだてるのが難しいので値段が高い。豆の挽き方は香りの立つシナモンロースト。これをぼくがドリップで淹れる。ぼくは通ではないから、コーヒーの味の良し悪しにはうとい。でも、エチオピアゲイシャの独特の味と香りは好きだ。口にすると、柑きつ系の味と香りがし、あとに甘みとかすかな苦みがのこる。シルクシフォンのカップケーキとよくあうのだ。

ある日、梶山さんは、エチオピアゲイシャは人に教えてもらった、と話しだした。梶山さんは中堅の鉱業会社で鉱山技師をしていたとき、仲のいい同りょうがいた。行動をともにしていたその人がタンザニアへ行ったとき、ゲイシャコーヒーと出会ったらしい。帰国して国分寺の喫茶ミネルヴァで豆を見つけ、それいらいずっと買っている。シルクシフォンのカップケーキも、その人が見つけてきたらしい。

「君とおなじやさしい手をした人だった……」となにか思い出すように梶山さんはいった。

その人がいまどうしているのか、事情があるような気がしてきかなかった。けれど、梶山さんは話をつづけた。

「別の世界の住人になってしまったよ」

別の世界が外国でないことは沈んだ声のひびきでわかった。

「さみしいですね」

梶山さんはぼくのほうをじっと見つめ、なにか心のなかで決めたようにおもえた。

「これからいうことは、嫌ならはっきり断ってもらってかまわない。それで君をどうこうするつもりはない。でも、もし、望みをかなえてもらえたらうれしい。感謝する」

「はい」ぼくは梶山さんのいうことは、たいていのことは聞く用意があった。梶山さんは布団の上かけをとり、パジャマのズボンとオムツをずらし、下半身をあらわにした。

「……してくれないか」

白髪交じりの陰毛からしみだらけのペニスが、小象の鼻のようにゆるく立ちあがりかけている。梶山さんは目をとじて、ベッドに横たわったままだ。ぼくは迷った。おそらく、この望みをきいたら、これからもなんどかすることになるだろう。それでぼくと梶山さんの関係が、要介護者と介護士の関係から変わることはさけたい。ぼくはゲイではないけれど、ゲイをきらう気持ちはない。梶山さんのことも好きだ。でも、梶山さんのパートナーになることはできない。なによりぼくにはランがいる。この事情をぼくの日本語力でつたえることができるか。ぼくが戸惑っているのを断ったとおもったのか、梶山さんはオムツをあげ、

「妙なことを頼んで悪かった」といった。

「ちがうんです」とぼくはいった。梶山さんはパジャマのズボンをあげる手をとめ、こちらを見つめた。

「梶山さんののぞむことかなえてあげたいです。でも、ぼくはパートナーにはなれません。女性の恋人がいます」

梶山さんの目がやわらかくなった。

「僕はナム君をパートナーにしたいわけではない。君のやさしい手で、してほしいだけだ」

「それだけですか？」

梶山さんはうなずいた。ぼくは梶山さんがなかばひきあげたパジャマのズボンをおろし、おむつをおろし、小象の鼻のようにゆるく立ちあがっているペニスを手にした。梶山さんは横になって目をとじた。

翌月の日曜日、ランがアパートへやってきた。コンビニで買ってきたパスタとカフェオレでランチをして、押し入れから毛布をだしたら、

――待って、とランがいった。話がある。

ぼくは毛布を畳のうえへ置いて坐った。ランはバッグからなにかとり出し、ぼくの目の前においた。それは横長のプラスチックのスティックで、まん中になにか色のついた筋が縦に入っている。

——なに、これ?

——私、妊娠したらしい。

息をのんだ。声が出ない。ランは無表情でぼくの反応をうかがっているように見える。彼女はスティックをつまみあげた。

——これ、高いんだから。みんなが少しずつお金だしてくれて、やっと買えた。妊娠検査キット。ここに赤っぽい線があるでしょ。これが妊娠してる証拠。

ぼくはいちど立ちあがり、また坐り、また立ちあがり、カーテンと窓をあけ、窓の縁に腰をおろした。

——ちゃんと避妊してたよ。なのにどうして……

——私のこと、疑ってるの?

——いや、そういうつもりじゃない。でも、ちゃんと避妊してたわけだから……

ランは妊娠検査キットをバッグにしまって、静かな声でいった。

——ナム、一度ぐでんぐでんに酔っ払って、ものすごく乱暴にしたことがあったの、覚えてる?

そういわれて、そんなことがあったような気もして、だんだん自信がなくなってきた。

――多分、あのとき。ランはぼくの目をまっすぐ見つめた。

窓の下をバイクが通って行く。子供たちのにぎやかな声がきこえた。

――うちの職場は、妊娠したら馘。これまでも何人かそうなった。今度は私の番。

――待てよ。妊娠検査キットって一〇〇%正しいのかい？　確かめるには病院へ行かないと。

――誰がお金だすの？

――……俺が出すよ。

――それで妊娠が確定したら、どうするの？

ぼくは両手を突き出して、押しよせてくる彼女の言葉をとどめるようにし、

――結論を急ぐなよ。考える時間をくれ、といった。

――考えれば名案が浮かぶの？　私が仕事を辞めないで、赤ちゃんもちゃんと産める……

――落ち着けよ。ぼくは立ちあがりかけたランの肩に手をおいて、彼女をまた坐らせた。

――落ち着いてるわ。慌ててるのは、あなたのほうじゃないの？

たしかにランの言う通りだった。ぼくは戸惑っていた。まだ父親になる準備なんて、まったくできていない。こんなことが起きるとは考えたこともなかった。

その日、ぼくとランは同居人たちが帰ってくるまで、ずっと結論の出ない話をしていた。

月曜日は梶山さんの入浴の日だった。いつものように彼を脇からささえてバスルームへ行く。

パジャマと下着、おむつをとって、まず、シャワーで体を洗う。ボディーシャンプーで頭から足の先まで、ゆっくり時間をかけて。それからバスタブにいれてあげて、背中や胸をマッサージするように撫でる。

他人の手だな、と梶山さんがつぶやいた。その言葉は、聴こえてはいたけれど、心に留まることなく、ただ流れていった。

すると、梶山さんはぼくをふり返って、

「別人の手なんだよ」と同じことをくりかえした。

ぼくはバスタブのかたわらにしゃがんで、梶山さんの背中を撫でながら、

「すみません。考えごとしてました」といった。

梶山さんは前を向いて、

「いつもと違うと思った。……僕で役に立てることなら話してくれ」といった。

「いやあ……」

ぼくは口ごもった。ランとのことをうち明けても、どうにかなることではない。でも、いいか、梶山さんなら。話を聴いてもらうだけでも気持ちが楽になるかもしれない。ぼくはぽつりぽつりと昨日の出来事をつたえた。話を聴き終わると、梶山さんは、

「ナム君、僕の養子にならないか」といった。

「ようし?」

「僕の子供になることだよ」

あまりにも唐突な申し出にどう返していいのかわからない。

「思いつきじゃない。ずっと考えてた」梶山さんは静かに言葉をつづけた。

ぼくが梶山さんの養子になって、この家でいっしょに住む。もちろん、ランと赤ん坊も。

「僕には身寄りがない。家族はもちろん、親戚もいない。この家だって、たいした家じゃないが、僕が死んだら国に没収される。それなら君に住んでほしい」

「でも、ぼく、ずっと日本にいられません」

梶山さんは、知人の弁護士に相談したら、専門学校へ入って介護福祉士の資格さえとれば、滞在期限はずっと更新ができる。事実上、永住できるらしい。しかも妻子の「帯同」がみとめられる。つまり、ランが勤務先を馘になって、その後、滞在期限が切れたとしても、ぼくの家族として日本に残ることができる。

「君は専門学校へ行くための費用を心配してるのかもしれない。それは大丈夫だ。僕は資産家じゃないが、多少の蓄えはある。親として、僕が支払う」

「でも、あまり突然で、なんといっていいか……」

「結論は急がないでいい。じっくり考えてほしい」

ふいに涙がこみあげてきた。死んだ父親と母親のことを思い出した。村のことを思い出した。兄弟のことを思い出した。いっぺんにいろいろな思い出がふきあげた。

新型コロナウイルスが全国に広がってワクチンの接種が始まった。介護に従事するぼくらは優先てきに受けることができるようで、所長の車に乗せてもらって、ぼくとバオとテインタインの三人は、集団接種会場へ向かった。バオはリュックのほかに黒いスポーツバッグを持っていて、遠出でもするようだった。接種はすぐに終わったけれど、注射をしたあと腕が重く痛む感じがあった。そのあとぼくらはアパートまで送ってもらったが、今日の部屋の権利はテインタインにあったから、ぼくとバオは近くの公園までぶらぶら歩いた。ふいにバオが新宿に行ってみないかと言い出した。新宿といえば東京の中心だ。けれど、ぼくらは働くのに忙しくて行ったことがない。

――いいよ、とぼくはこたえた。なにかあるの?

――ちょっと用はあるけど、たいしたことはない。それより新宿、見物してみたい。

ぼくらは電車で新宿まで行った。車中では日本人の乗客がときどきぼくらをちらちら見ていた。でも、そういうのも、もう慣れてしまった。二十一世紀の現在にあっても、この国で外国人はまだめずらしいのだ。黄色い肌をしていないと、たとえ日本で生まれても外国人あつかいされる、と日本生れのドイツ人のハーフがいっていた。日本語がお上手ですねっていわれるんだから。あたりまえでしょ、日本生れの日本育ち、国籍だって日本、これって日本人でしょ? まあ、でも、そういう国柄だとおもえば、べつに不愉快ではない。

新宿は、人、人、人、ビル、ビル、ビルのあつまり、色、色、色、音、音、音の氾らんだった。どこを見ても人がいるし、ビルが建っている。故郷の村とは、まったくちがう。歩いていると、なんだかくらくらしてくる。腹へったな、とバオがつぶやいた。そういえばもう昼過ぎだ。今日は朝飯も食べていない。

——おれ、ご馳走するよ、とぼくはポケットから財布をとり出した。

バオは故郷の母親が大病をわずらって、手術代や薬代やなにかと物入りだった。食費を節約して、仕送りをふやしていた。でも、バオは、だめだ、俺が誘ったんだから、と近くのファミマでおにぎりとスモークチキンとおーいお茶のペットボトルを買ってきた。ぼくらは新宿駅南口からサザンテラスにかかっている陸橋のまん中で、下の道路をゆきかう無数の車やバイク、歩道の人並みを眺めながら昼飯を食べた。暑かった。街は巨大なスクリーンに映しだされた風景のようにゆらゆらしていて、まるで生き物のようで、つねになにが動いている。ビルさえ呼吸しているみたいだ。風景から感じる熱気は祭りだった。新宿は、こうやってずっと祭りをしている。眺めているだけで気持ちがこう揚してくる。

——こうやって見てると、新宿をひとり占めしてるみたいだな、とぼくはいった。

バオは笑いながらぼくをふりむいて、おまえ、詩人だな、といった。そして、ペットボトルのお茶を飲みほし、ここで、ちょっと待ってて、と陸橋を駅のほうへ走って行った。四、五分ほどでバオはもどった。スポーツバッグを持っていなかったのでたずねたら、ああ、あれは借り物だからかえした、とこたえた。

——それより、ランさ、子供できたんじゃない？

ぼくはびっくりした。そのことは梶山さんにしかつたえてなかったからだ。

——なんで知ってるの？

バオはふんと鼻で笑って、やっぱりか、といった。

——このあいだ会ったときさ、うちの姉ちゃんが子供できたときと同じ仕草してたから、と、手で腹をかばうような仕草をした。で、どうするの？

——本人は産みたいって。

——仕事つづけられるの？

たぶん馘だろう、とぼくはいった。

——入管にぶちこまれるぜ。

ぼくは黙って祭りの風景を眺めていたが、やがて梶山さんからの提案を話した。バオは、ぼくの肩をたたいて、

——日本人にもいい人いるな。それ、受けなよ、といった。

——うん……。

問題は、兄弟か、とバオはつぶやいた。ぼくはうなずいた。彼はしばらく考えて、

——……いつかはそれぞれ自立するんだ、といった。それがちょっと早くなるだけさ。

ふたりのよちよち歩きの子供にハーネスをつけて、リードの先を持った白人の女が、大きな腹をかかえて歩いてゆく。彼らの考え方は合理てきなのだろうけど、人間の子供にハーネスは抵抗がある。犬ではないのだから。バオはぼくの視線の先を見て、おまえもああなるさ、と笑った。

その日、アパートに帰ると、テインタインの姿がなかった。彼女と散歩でもしているのかと思ったけれど、夜になっても帰らない。バオが押し入れをあけて、おい、荷物がないぜ、といった。翌朝、センター長に事の次第をつげたら、やってくれたな、と苦い表情でいった。テインタインはそろそろ滞在期限がきれるころだった。失踪したのだ。それから数日は道谷さんやNPOのスタッフ、監理団体の担当者が入れかわりあらわれ、騒がしかった。結局、テインタインの行方は分からなかった。

騒ぎが一段落したころ、ぼくは兄弟たちに手紙を書いた。ランとつきあっていて子供ができたこと、梶山さんの提案、提案を受け入れるなら、これからしばらくは日本で暮らさなければならないこと、みなを日本へ呼びたいけれど、事実上は不可能なこと、兄弟たちが三人で生活していけるか心配していること――長い手紙になった。ぼくはそれをサッポロ一番やじゃがりこや風邪薬といっしょにEMSで送った。二週間後に兄弟たちからの返信があった。差出人は三人の連名になっていたけれど、文面を考えて書いたのは、すぐ下の弟アインだとわかった。

兄さん、贈り物と手紙をありがとう。兄さんが置かれている立場は、よく分かりました。僕らはよく話し合って、兄さんが日本人の養子になるのが一番だという結論になりました。僕は二十五、コンは二十四、チャイも十九になりました。いつまでも兄さんに厄介をかけてはいられません。

僕らもそれぞれが自立できる道を探りたいと思います。畑では食べていけないのでバッハに返すつもりです。ハノイやサイゴンに出れば、仕事はあるはずです。これまでが兄さんに頼り過ぎていたのです。

兄さん、これまでありがとう。言いたいことはたくさんありますが、なかなか言葉になりません。情けないですね。

便せんには、コンとチャイの署名があった。兄弟三人で書いた手紙だということを証明するように。ぼくはすぐにも三人と会いたくなった。やはり、手紙ではなく、じかに会って話をしたい。考えたあげく、介護センターの所長に頼んでパソコンを借り、スカイプを使えるようにしてもらった。向こうにはパソコンなんてない。仕方なくバッハに電話をして、パソコンを貸してもらうことにした。バッハは一時間五十万ドンといった。強欲さにあらためておどろいた。こいつは金を食って生きているのか。足元を見られて腹が立ったけれど、ほかにパソコンを持っている知り合いはいないので承諾した。

次の日曜日、ぼくは介護センターの会議室でパソコンを立ちあげてスカイプにつないだ。少し手間取ったものの、アインの顔が見えた。

――兄さん。

――ふたりは？

コンとチャイは後ろから顔を覗かせた。

――兄さん。チャイの声は、すでにしめっていた。

コンが隣で妹の頭を人差し指でおした。

――ちゃんと食えてるか？

――兄さんの仕送りのお陰で、腹は空かせてない。アインがこたえた。

――ほんとに、兄さんが日本人の養子になって、日本に残ってもやっていけるか？

――心配しすぎ、とコンが後ろでいった。そのまま映像がフリーズした。コンは半笑いの顔のまま固まっている。映像がもどったので、

――仕送りは続けるよ。ぼくはいった。養子になれば、介護福祉士の資格を取って、ずっと日本で働ける。三人が自立できるようになるまで、生活の面倒はみる。

――兄さん、ありがたいけど、兄さんも家庭を持つわけだろう？

――ああ、まあ、そうなる。

――いくら日本で稼いだって、二つの家族の生活の面倒をみるのは無理だよ。

――いや、そんなこともない。ほんとうはぎりぎりのところだろうと考えていた。けれど、兄

弟たちがすぐに自立できると考えるのは現実できではない。

——そうしてもらえると、助かる。コンが心のうちを打ち明けた。

アインはコンの頭をたたいた。チャイがアインを押しのけて、画面のまんなかに顔を見せた。

——兄さん、ほんとーにそれで大丈夫なの？　兄さんたちは、ちゃんと生活できるの？

——兄さんは勝算のないギャンブルはしない。日本行きを決めたときも、そうだった。ちゃんとおまえたちの生活の面倒をみながら、自分の生活も守ってきた。その証拠に、とぼくは少し間をおいて、つきあってた彼女に子供ができた。

——それだけど、どんな人？　いい人？　美人？

——いい人だし、美人の部類だな。

アインがチャイを押しのけて、画面のまんなかにもどってきた。

——兄さん、大切なことだから、確認させて。ほんとに、僕らに仕送りを続けて、兄さんの生活は大丈夫なの？

ぼくはため息をついた。

——アイン、おまえは子供のころから、物事をちゃんと考えて、軽率なことはしない。おまえがいるから、兄さんは日本に来られた。はっきりいっとく。仕送りを続けても、兄さんの生活は大丈夫だ。それだけの稼ぎを手にできる。

アインの表情がやわらかくなった。

――分かった、と彼はいった。じゃあ、もう少しだけ甘える。
肝心な話のきりがついたので、それからは久しぶりの兄弟の雑談になった。数年間たまっていた話を、ぼくらはたっぷり楽しんだ。

バオが警察に逮捕された。容疑は「麻薬取締法違反」だった。道谷さんはすぐボランティアでNPOの顧問をしている弁護士の湯原さんに連絡して警察へ行ってもらった。彼の報告によれば、バオはSNSでものを運ぶだけで高額な報しゅうのあるバイトを知った。それがドラッグの運び屋で、バオが応募すると、郵便でコインロッカーの鍵が送られてきた。バオはその鍵で渋谷のコインロッカーからスポーツバッグをとり出し、指示通りに新宿のコインロッカーへ入れて鍵を郵便で送った。バッグの中身はしらなかった。新宿、スポーツバッグときいて、ぼくはふたりで新宿へ行ったときのことを思い出した。まちがいない。あのとき、バオはバイトの最中だったのだ。ぼくはこのことをいうか、黙っているか、ずいぶん悩んだ。ぼくの手に手錠がかけられることを想像してねむれなかった。もし、ぼくが警察に逮捕されて有罪になれば、まず、介護センターは面倒になるだろう。梶山さんとの養子の話もなくなるかもしれない。そうなると、ランと子供の面倒ばかりか、兄弟に仕送りすることもできなくなる。翌日、考えたあげく、道谷さんに打ち明けた。彼は湯原さんと連絡をとって、ぼくを警察に出頭させた。もちろん湯原さんもいっしょだった。道谷さんの考えでは、かりにバオが有罪になったとしても、ぼくが自分から出頭して、バイトの最中にいっしょだったことを認め、彼のバイトについてはなにもしらなかった、という証言がみとめられれば、裁判では、「嫌疑不十分で不起訴」になるだろう、ということだった。もし、黙っていて、事が明らかになったときは、裁判所の心証もわるく、有罪になる可能性もあるという。

けっきょく、バオとぼくは留置場にいれられた。湯原さんから罪に問われる可能性があることはいっさいしゃべらないように、と念をおされていたので、取り調べではバッグの中身はもちろん、バイトのこともしらなかった、といい通した。刑事から、スポーツバッグを持ってることは気になっただろう、といわれ、うなずきかけたけれど、これは釣りだとおもって、気にならなかったとこたえた。おまえの友達は、おまえも知ってたといってるぞ、といわれたときも、バオがそんなことをいうはずがないと思った。彼は経済てきにこまりはてて、あぶないバイトに手をだしてしまったけれど、人間として信らいできる男だ。ぼくは取り調べをうけているあいだ、世界じゅうがぼくをだまそうとしている気がしてならなかった。誰もかれもがあやしく見えた。でも、バオへの信らいはゆるがなかった。いや、信らいしないではいられなかった。それだけが初めての警察の取り調べというきびしい経験のなかでふらふらゆれるぼくを、船の錨のようにとどめていたのだ。

湯原さんのおかげでランはぼくとの面会をゆるされた。こういうときに人の本心はわかるものだ。彼女は日曜のたびに拘置所へきて、ぼくに笑顔を見せ、仲間たちが働いている、そとの世界のことをしらせてくれた。ランが四度目の面会にきた数日後、裁判所に連れて行かれた。そこで逮捕されてから初めてバオと会った。彼はやつれた様子で、ぼくに両手を合わせて頭をさげた。ぼくはにぎりしめた拳をあげた。裁判の結果は、バオが懲役一年半、執行猶予三年、ぼくは懲役半年、執行猶予一年だった。息がつまった。コンビニのツナマヨおにぎり一個、スモークチキン一個、おーいお茶一本が運び屋の補助をしたバイト代とみなされて、麻薬取締法違反の罪に問われたのだ。有罪。道谷さんも湯原さんもけわしい顔をしていた。ぼくは裁判のやり直しをもとめたかった。叫びたいのをなんとかこらえた。いくら執行猶予がついても、有罪になれば、ぼくはこの国にいられない。入管にとっては強制送還の対しょうになるのだ。そして、その日のうちにバオとぼくは東京入管へ収かんされた。

東京出入国管理局は、そっけない灰色の頑丈そうな高層の建物で、ぼくら外国人を見おろしているようだった。ぼくとバオは手錠をはめられ、犬のリードのような腰縄でつながれ、制服の職員にともなわれて出入り口をくぐった。ぼくたちは無言で廊下には職員の靴音だけがひびく。着いた居室は、畳敷きのうえに低い長テーブルが一つ、隅のほうにマットレスと布団がたたんであり、トイレがある。壁際にテレビ、天井に近いところにエアコンが設置されている。あとは電気ポット。ぼくたちが居室に入ると、音をたてて鍵がかけられた。

——ナム、すまない。とんでもないことに巻き込んで。ほんとうにすまない。バオは土下座をしてあやまった。しかしぼくは許すとか許さないとか、そんなことを考えている余裕がなかった。

なんとかして入管を出て、働いて金をつくらないと、兄弟を養うどころか、バッハの借金を背負わせてしまう。バオは顔をあげて、苦しそうな表情でぼくを見あげた。

――謝るより、ここから出る方法を考えてくれ、とぼくはいった。俺は、一日でも早く外へ出なきゃならないし、働かなきゃならない。俺の無罪を証明してくれ。ここから出してくれ。

バオはぼくの目を見つめていたが、やがてうつむいて、すまない、をくりかえした。

――だから、と自然に大きな荒い声がでた。謝らなくていい。それより、俺の無罪を証明して、ここから出せ！　バオは手を畳についてうつむいたまま顔をあげない。

「静かにしろ！」

職員が外から怒鳴った。ぼくは壁を背にしてすわり、頭をかきむしった。バオは畳について頭をさげたままだ。うっとうしかった。消えてほしかった。目をとじて頭を壁につけた。どうすればいい？　どうすれば？　いい知恵はまったく思い浮かばなかった。

翌日、湯原さんが面会にきた。ぼくらはアクリル板ごしにむきあった。

「眠れたかい？」アクリル板の通気口はコロナ対策なのかガムテームがはってあって、声がききとりにくい。ぼくが首をかしげると、湯原さんは大きな声で、眠れた？　といった。

「ベッド、かたくて。それに考えること、いっぱいあって」

湯原さんはうなずきながら、

「食事は？　食べてる？」と訊いた。

「きのう夕食、コロッケでました。油だらけ。ソース、ついてない。ご飯、かみの毛、はいってました。朝、パン、ミルク、ゆでたまご。ミルクはふつうだけど、あとはまずい」

湯原さんは身を乗りだして、もう少しの我慢だよ、といった。

「上告することにした」

「じょう……こく?」

大きくうなずいて、

「もう一度、裁判をやり直す」と湯原さんがいった。

「そんなこと、できるですか?」

湯原さんは、バオの場合は実際にドラッグの運び屋をやっていたので難しいけれども、君の場合、なにも知らずについていっただけだから、有罪はきびしすぎる、自分ひとりではなく、何人かで弁護団をつくって、マスコミもまきこんで社会問題にし、無罪を勝ちとる、といった。

「無罪、なりますか?」

「勝ちとる」と湯原さんはくりかえした。「だから、ちゃんと寝て、食べて、元気でいてほしい」

「いつ、ここ、出られますか?」ぼくがいちばん知りたいのはそれだった。はやく働いて金をつくらないと、兄弟たちが生活できない。

湯原さんは腕組みをし、目をとじてみけんにしわをよせ、黙って考えていたが、ゆっくりと目をひらいて、

「一日も早く、君をここから出す」、といった。

彼のことばに望みをたくしたかった。ほかに方法はない。

「お願いします、一日にも早く」

「約束する」

湯原さんは握りしめたこぶしをアクリル板に当てた。ぼくも同じようにしてこぶしを重ねた。

それから結果が出るまでのあいだ、ぼくはぜんぜん落ち着けなかった。なにをしていても裁判のことが頭からはなれない。上告が認められなければすべてが終わりなのだ。食欲も落ちたし、夜もしょっちゅう目が覚めた。弟や妹たちのことが胸にせまった。故郷の風景がおもいうかんだ。

ランは面会のたびに、大丈夫よ、といった。ぼくはその言葉になぐさめられもし、いらいらもした。そして一カ月後、湯原さんがやってきた。彼は緊張したぼくを見ると明るい笑顔になって、上告がみとめられた、とつげた。

「ほんとに！」

「記者会見も開いて、ＳＮＳも使って、大騒ぎしたからね。裁判所も放っておけなかったんだろう」

「ぼく、無罪になる？」

「可能性は高いね」湯原さんは明るい笑顔になった。

この少し前、ランが面会にやってきた。彼女のお腹は少しふくらみが目立つようになっていた。

工場は馘になった、という。そのうち寮も追いだされる。いまは道谷さんにつぎの仕事をさがしてもらっている。ぼくは歯がゆくてならなかった。兄弟の面倒もみられない。身ごもったランの面倒もみられない。

ぼくはまえから考えていたことを実行することにした。ランが帰ってから公衆電話で梶山さんのスマホに電話した。

「はい」としわがれた懐かしい声がした。

「梶山さん、ナムです」

少し間をおいて、

「ナム君、どうしてるんだ?」と梶山さんがいった。「センターのほうに訊いても、急に辞めた、理由は分からない、としかいわない」

ぼくは公衆電話のテレカの表示が減っていくのを見ながら事の次第を説明した。話しおわると、知り合いの弁護士をそちらにやるから相談しなさい、という。テレカが残り少なくなってきたので、率直にランの面倒をみてもらえないかとたのんだ。梶山さんがぼくとランの関係を知って、どうおもうか、みぞおちのあたりが、鉛をのみこんだように重くなった。

受話器の向こうには、しばらく沈黙があった。テレカの表示が減っていく。ふうっと梶山さんのため息がきこえた。

「そうか。ナム君に子供ができたか。すると、僕はおじいちゃんだな」

ぼくはそのことばがなにを意味しているのか、まだよくわからなかった。

「ランさんといったか、彼女はうちへ引きとろう」

「いいですか？」思わず大きな声がでた。

「寝ることと、食べることぐらいは、不自由させない」

翌日、ランは梶山さんの家へ行った。彼女の身の振りかたが決まって、裁判のやり直しも決まった。それも無罪になる可能性が高い。ようやくぼくはバオを許してもいいかな、と思いはじめていた。あれからバオとはひと言も口をきいていない。いつか彼もぼくと目を合わさなくなった。


ぼくは入管の居室にいても心がかるくなった。はんたいにバオは、なぜかずっと不機嫌な様子だった。ぼくが思いきって声をかけても（一カ月ぶりだったのに）、返事もしないし、やはり目も合わせない。ある日、朝食の時間に職員の田中がいつものパンとゆでたまごとミルクをもってきたら、大きな声で、

「いらない！」といった。「今日から食事しない！」

田中の表情がくもって、少し間をおいてから、

「食べなさい」と命令する口調でいった。

バオは頭をふった。

「ふこーへー。ナム、裁判やり直しする。わたし、やり直し、ない」

それと食事がどう関係あるのか、と田中が訊くと、ハンストする、とバオはいった。職員が何人かあつまってきた。田中は朝食をのせたトレーをもったまま、珍しい虫でも見つけた子供のような表情で彼らに事情を説明した。

「おい、バオ」と職員の五十嵐が声をかけた。太っていつも汗をかいている男だ。「おまえ、懲罰房いくか。トイレは囲いないぞ。ケツむきだしでクソして、一日中見張られる。しゃべることもできない」

バオは田中のもっているトレーをうばって、畳にたたきつけ、出入り口へむかった。いつもの彼と目つきがちがっていた。

「制圧！」五十嵐がさけんだ。「制圧、決めろ！」

職員たちは獲物にむらがるけだもののようにバオにくみつき、足をかけ、手を後ろへねじり、ひと塊になってたおれた。重いものがぶつかる音とともに枯木が折れるような音がした。ああっ、とバオが悲鳴をあげた。いたい、いたい、手おれた。けだものたちは荒い息をはきながら、バオをひきおこし、どこかへつれてゆく。いたい、いたい……。悲鳴はだんだん遠ざかってきこえなくなった。たぶん懲罰房へ監禁されるのだ。田中はモップをもってきて、居室を掃除し、ドアの鍵をかけた。ぼくは壁を背にしてすわりこんだ。

バオはぼくの裁判のことをおそらく湯原さんとの面会で聴いたのだろう。彼の悪事にまきこまれてぼくは有罪になったのに、その裁判のやり直しを知ってねたむなんて、ねじれている。ぼくに土下座してあやまったときのバオと、いまのバオの精神状態はあきらかにちがっていた。拘置所で一カ月近く、入管にきてやはり一カ月近く、この二カ月のあいだに、彼の心はこわれてしまったのだろうか。気持ちはわかる。彼は強制送還されることに決まった。けれど、旅費も自分でこしらえなければならない。働くこともできずにそんなことができるはずもない。郷里の実家は貧しいのだ。だから大きな借金を背負ってまで、日本へ出稼ぎにきたのだ。それだけでもむごいストレスなのに、ここは人が住める環境ではない。たぶん刑務所より刑務所っぽい。狭い居室に閉じこめられ、自由時間はあっても運動場に出られるのは四十分と決まっている。たいしておもしろいものがあるわけではない。サッカーをする者もいるけれど、だいたいぼんやり空を眺めていたり、敷地内を歩いたりするぐらいだ。たがいに話すこともだんだんなくなってくる。待遇の悪さ、とくに食事のまずさのぐちをいいあうのがあいさつがわりになる。

ほんとに入管の食事はまずい。バオがつれさられた日の夕食は、またコロッケがでた。ソースは自費で買わなければならない。ぼくは金がもったいないので、そのまま食べることにしていた。今日はいつもいじょうにぜんぜん味がしなかった。食事のときにはテレビをつけているけれど、タレントや芸人は早口なので、あまり日本語がわからない。バオのことがあったからか、なんだか疲れてはやめにマットレスを敷いて横になった。九時の点呼のときにははんぶん眠っていた。ひどく喉がかわいて目がさめた。からだの芯がおもく、だるい。節々がいたい。手のひらを額にあててみたら熱かった。発熱したらしい。上半身をおこしたら、地球の重力が倍になったように感じる。ドアまで這っていってたたく。

「担当さーん！　担当さーん！」

しばらくして年配の職員があらわれ、小さな声で、夜中だぞ、といった。ぼくは体調不良をうったえて、水と解熱剤がほしいとたのんだ。朝まで我慢しろ、と職員はいった。

「がまんできない。お願いしてます」

我慢しろ。職員はいなくなった。だるさと節々のいたみもひどくなるばかりで、同じ姿勢で寝ていられない。結局、朝の点呼の九時まで、ぼくはうとうとしたかとおもったら、すぐ目覚め、なかなか眠ることができなかった。点呼にきた田中は、ドアをあけたけれど、ぼくが横になっているのを見て、すぐ閉めて鍵をかけた。くすりと水……ぼくの声はきこえないようだった。どれぐらいたっただろうか。ドアが開いたとおもったら、田中ではなく、防護マスクをつけた白衣の医者が入ってきた。枕元に膝をついて、

「上向いて」といい、鼻に長い綿棒のようなものをつっこみ、奥のほうをぐるぐるかきまわして、プラスチックの容器にいれた。

「あ、水」

去ってゆく後ろ姿によびかけると、医者は外にいる職員からペットボトルをうけとって、枕元においた。キャップをあけて、半分ちかくのんだ。水は冷えていなかったけれど、全身にしみわ

たった。干からびていた植物がじょうろで水をまいてもらったように。しかしだるさと節々のいたみは治らない。からだはますます重くなっていた。

　コロナに感染したと知ったのは翌日だった。田中は朝食といっしょにカロナールとミネラルウォーターのペットボトルをもってきた。トレーには体温計があって、熱を計るようにいわれた。39・2。それがぼくの体温だった。田中は体温計を消毒薬のついたぬれティッシュでぬぐって隣の居室へいった。ぼくはバオやテインタインといっしょに新型コロナのワクチンを受けている。だから抗体はできているはずだ。それでも発症することはあるのだろうか。うわさによると、日本人は海外でつくられたコロナ専用の服用薬をもらえるらしい。でも、そんなものが入管にまわってくるはずもない。ぼくは体力をつけて免疫力を強くし、自分の力で治すしかない。ぼくは味のしない、パンとゆでたまごをミルクで流しこんだ。

　翌日、咳がでるようになった。最初は軽かったけれど、だんだん肺の奥のほうからでる咳になってきた。カロナールをのんでも悪寒はやまない。つらい。体のもって行き場がない。寝ていてもだるさはとれない。体はだんだん重くなって沈んでゆくような気がする。くらくらしてまわりのものの輪郭がはっきりしない。目の奥から頭のほうへ痛みが広がってゆく。それがだんだんひどくなって吐き気がしてきた。咳をしたとたん、胃がけいれんして食べたものをもどしてしまった。畳にポタージュスープのようなものがたまった。ぼくはマットレスから体をおこし、ドアまで這っていく。

「担当さーん！　担当さーん！」

田中がやってきた。

「寝てろ」

「病院、つれてってください」

「無理だ。薬のんで寝てろ」

「カロナール、きかない。いま食べたもの、吐いた」

「え？」

田中はドアをあけて居室を見た。すぐドアをしめて雑巾をもってきて、それを居室へ投げこんだ。

「掃除しとけ。使った雑巾はすてろ」

「病院、つれてって」

ドアは音を立てて閉まった。ぼくは仰向けにころがった。天井がゆらゆら揺れている。そのまましばらく意識がなくなった。

ドアのひらく音で目が覚めた。

「昼飯だ」田中が畳みにトレーを置いた。

チキン、スパゲティ、フルーツ寒天。まったく食欲がなかった。咳がひどい。ひっきりなしに肺の奥からでてくる。喉がひいひい鳴る。痰がからんで息苦しい。ぼくはおきようとしたけれど、亀が仰向けにころがったときのように、なかなかおきあがれない。時間をかけておきあがったときには、また、胃袋がしめあげられて吐いた。黄色い液体がこぼれた。数日しても熱はさがらなかった。

頭、いたい。体、おもい。息苦しい。病院、つれてって。ぼくは腹這いになったまま、また意識をうしなった。目が覚めたのは、たぶん夜だった。ほんとに目が覚めたのだろうか。夢を見ているのではないか。居室がメリーゴーランドのようにぐるぐるまわっている。気持ち悪い。ああ、カロナール。ぼくはマットレスまで這っていって、袋から錠剤を出そうとし、手が震えているのに気づく。カロナールをおとした。それを床から口ですいとって、ペットボトルの水をのんだ。これは本当に薬なのか。熱もさがらないし、頭痛も治らない。咳はひどくなるばかりで、痰がからむと呼吸ができなくなる。ぼくはマットレスで仰向けになって、神に祈る気持ちになっていた。治してください。早く、治してください。苦しいです。そのうちうとうとしたようだ。入管の居室とはちがう景色が見えた。みずみずしい樹木の森がある。木の枝を縞りすが走っている。深く澄んだ青空が広がっている。ベトナムだ。故郷の村だ。向こうから誰かがやってくる。五十嵐だ。なぜ、こんなところにいるのか。五十嵐は原っぱで仰向けに寝ているぼくの胸のうえにのった。こんな太った男にのられたら、息ができない。五十嵐は無表情でぼくの胸を圧迫しつづける。なぜ、こんなことをするんだ。どけ！　五十嵐、どけ！　たのむからどいてくれ、息ができない。

――息ができない！　自分の声で目が覚めた。そこは入管の居室だった。ぼくの胸のうえに五十嵐はいなかった。ひどい咳がでた。痰がからんだ。吐きだそうとしても、喉にはりついてとれない。咳をした。ひゅうっという音がきこえた。誰かが口笛をふいたのか。この部屋に誰かいるのか。ぼくは首をまわそうとして、体全体がひとつの心臓になっている感じがした。どっくん、どっくん、どっくん、どっくん……やがて胸のなかから外へ向かって、拳で殴られたような衝撃があって、その動きがとまった。

ランは椅子にすわって編み物をしている。窓際のチェストで充電していた梶山さんのスマホが鳴った。ランがコンセントを抜いてベッドに寝ている梶山さんにスマホを渡す。

「梶山です」と梶山さんはしわがれた声でいった。「はい、そうですが。……え？」

梶山さんはスマホをにぎったまま目を閉じた。しばらく声が出ない様子だった。少ししてひとつ咳をし、喉の奥にからんでいるなにかをのみこんで、

「いつのことですか？」と言葉を押し出した。「はい。はい。……死因は？」

梶山さんは相手の返事をきいて、また目を閉じた。そして、本人に会えるか、ときいた。

「……そうですか。分かりました。身内が引き取りにうかがいます」

梶山さんはスマホを脇に置いて、

ナム君が亡くなった、とランに告げた。

彼女はなにをいわれたのか分からないように首をかしげた。梶山さんは目を閉じた。ふたりは、

すぐにぼくが死んだことを受け入れられないだろう。

「コロナに感染して病状が急変したらしい。心不全だそうだ」

コロナ……、心不全……。ランは自分を納得させるように、梶山さんの言葉をくりかえした。

そうだ。ぼくは、息が苦しくて、心臓がとまったのだ。

「本人には会えない。火葬して、遺骨だけ引き渡すらしい」

「それ、ナムが死んだということですか?」

梶山さんがうなずいた。ふいにランの目から涙が吹きこぼれた。両手で顔をおおい、あー、と泣き声を出した。自然と片手がふくらんだ腹へさがって、そこを守るようにやわらかく置かれた。それは手を通じて、ぼくの死を胎児に伝えているようでもあった。父親をうしなったあわれな、ぼくの赤ん坊。

部屋の外からはときどき車の走る音がきこえた。ほかに音を立てるのは壁の時計だけだった。ぼくが死んだという事実が、だんだん二人の心を重く押さえつけてゆく。

「ラン君、遺骨を引き取りに行けるかい? 誰かに頼もうか?」梶山さんがいった。

「行きます。すぐ」ランは手で涙をぬぐって体を椅子から引きあげた。

ランは梶山さんから財布をあずかり、遺骨を入れるエコバッグをもって屋敷を出た。バスにゆられ、電車に乗り換え、東京入管に着くまで、ずっとうつむいてなにか考えているようだった。駅からしばらく歩くと、いまいましい入管のビルが見えてきた。ランは入管の玄関で受けつけに用向きを申し出た。入館証を渡され、待合室へ行くようにいわれた。長椅子に腰かけて待っていたら、制服を着た若い男の職員がぼくのスポーツバッグと白い包みをもってあらわれ、グェン・ヴァン・ナムさんのお身内の方ですか？　ときいた。はい。職員はなにか置き忘れていった荷物でも渡すように、白い包みを渡した。それはおもったよりかるかったようだ。ランの目には涙があふれている。残念です、と職員は頭をさげて、靴音をひびかせながら廊下の奥へ消えた。ランは長椅子に腰をおろし、白い包みをといた。白木の箱のふたをとると、陶器の骨壺があった。あけてみたら、真っ白な骨があらわれた。骨のうえに涙がひとつぶ落ちた。そこだけ色が灰色になった。ランは骨壺を閉じて、白い包みをエコバッグに入れた。

屋敷に帰ったら、梶山さんが骨壺をあけて、検分でもするようにじっと見つめた。

「写真が……ナム君の写真があればよかった」と梶山さんはいった。

ランはスマホで自撮りした二人の写真を出して、あります、といい、近くのコンビニでプリントアウトしてもち帰った。梶山さんは、居間の飾り棚にある写真立てをとってくるようにいった。それにはどれも風景や誰かと撮った写真が入っていたので、ランはいくつかもってきた。梶山さんは風景写真を出して、ぼくらの写真といれかえた。彼女にいって骨壺と写真立てを窓際のチェストに置いた。

「ナム君はクリスチャンだったね」と梶山さんがいった。

ランはぼくのスポーツバッグを開いて、十字架を出し、写真立ての横にそえた。

かった。


「弔いをしよう」

梶山さんは電動ベッドをおこして、ランにベッドへすわらせてほしいといった。彼女は肩を貸して梶山さんをささえ、体の向きを変えて、ゆっくりとベッドへ腰かける姿勢にした。息をととのえたあと、梶山さんは胸のあたりで両手をくんで、目を閉じた。ランもひざまずいて同じようににした。窓から入ってくる日差しで後ろの壁に二人の影ができた。二つの影は長いあいだ動かなかった。

翌日、介護士が帰ったあと、梶山さんがランに話があると呼んだ。彼女はベッドの脇にある椅子に腰かけた。

「これからのことなんだが……」と梶山さんは話し出した。「君は、子供を産んで、その子の首がすわるぐらいまでは、ここにいるといい」

「いいですか？」

梶山さんはうなずいて、

「ナム君は、手続きこそできなかったが、僕の養子になるはずだった。君も手続きはしてないが、彼の奥さんだろう？」といった。「すると、実質的に君は、僕の義理の娘、赤ん坊は孫だ。息子が亡くなったいじょう、娘と孫の面倒をみるのは父親のつとめだよ」

「ありがとうございます」ランは片手をふくらんだ腹にあてて頭をさげた。

リハビリとマッサージの終わった梶山さんは、疲れたから少し寝るといった。ぼくは安心した。

いちばん気にかかっていたのが、ランと赤ん坊のことだった。梶山さんが世話をひき受けてくれるなら、これほど心強いことはない。でも、それからのことはどうすればいい。そうして、ふとおもいついた。……梶山さんがランを養子にしてくれないだろうか。ぼくのかわりに介護士の資格をとって、この家屋敷をゆずりうけ、日本で赤ん坊といっしょに暮らしてゆく。それができれば、将来のことは心配いらない。ただ、梶山さんがそうしてくれるか。相手は男のぼくではない。女のランだ。ぼくは窓際のチェストのうえにおいてある二人の写真をながめた。ランが苺パフェを食べたカフェを出たところで撮った写真だ。もうずいぶんむかしのことのような気がする。隣には銀の額に入った写真があった。どこかの森のなからしい場所で、まだ若々しい梶山さんと、同い年ぐらいの若者がならんでいる。これが梶山さんのパートナーだったひとだろうか。浅黒い肌がたくましい、目の印象的なひとだ。梶山さんは鉱山技師で、よく山に出かけたときいた。たぶんこのひとといっしょに世界をあちこちとびまわっていたのだ。ふたりは未開の土地で、どんな仕事をしていたのか。そんなことを考えながら、その若者を見ているうちに不思議なことが起きた。ぼくはふいに写真のほうへ、すうっと吸いこまれた。そこは森ではなくタールのような黒いねばねばしたものでみちた真っ暗なところで入ったとたんねばねばしたものにまきつかれそれが一瞬で岩のように固くなりぼくは底のほうへ沈んでゆく。そのときどうしてもこの闇をぬけてあの若者に会わねばならないと強く思った。すると岩のようなかたまりがあっというまにとけてぼくはまたタールのようなものの満ちた闇のなかにいた。前へすすむ。またタールのようなものがまきついて固くなって沈んでゆく。若者の顔が思いうかんで会わねばならないと思ったとたんかたまりがとけてぼくはすすむ。何十度かおなじことをくりかえしたすえにぶあついなにかをつきやぶり、はいびすかす、いらんいらん、じゃすみん、ちゅべーろーず、ばら、みさきのはな、らふれしあ、かるだもん、くずうこん、みょうが、ばなな、れっどぼたんじゃんじゃー、ぶんがかんたん、おおほざきあやめ、ちょうまめ、ぽどきらすみくろふぃす、めでぃらまにふぃか、うつぼかずら、らん、さるすべり、いくそら、ぶーげんびりあ、べごにあ、しーりんぐわっくすぱーむ、ころかしあ、くじゃくやし、しゃくなげ、きなばるばるさむ、ぷろめりあ、ぶらじるろうやし、かぽっく、どりあん、ぱらごむのき、とわらん、いんでぃあんてぃんばーばんぶー、おおおにばす、ぴっちゃーぷらんと、へりこにあ、まほがにー、りゅうのじゅの茎や葉脈や根をくぐりぬけ、ぼくはすとんと森の地面に落ちた。空気が澄んでいて、ひんやりしている。目の前に写真の若者が立っていた。驚いたことに、ぼくには手足があり、確かめたら頭もついていた。生きているときと変わらない体があった。後ろから、タカ、という梶山さんの声がきこえた。振り向いたら写真の若々しい梶山さんではなく、いまの老いた梶山さんが立っていた。ナム君も、と梶山さんは驚いたようにいった。僕は死んだのか。生きてるよ、とタカさんがいった。若者はぼくのほうを顎でしめして、彼が裂け目《クラック》をつくってくれた。梶山さんは震える手をのばして、若者を抱いた。若者もそれにこたえて、その背中に腕をまわした。長い、長い抱ようだった。二人が離れると、タカさんがぼくにいった。君のたましいは、なにかサネに伝えたがってる。梶山さんがぼくを見た。……ランと赤ん坊のことです。彼女をぼくのかわりに養子にしてくれませんか。しばらく沈黙があって、つまり、彼女と赤ん坊の暮らしが立つようにしたいということだね、と梶山さんはいった。ぼくは考えていたことを口にしてすぐ後悔した。身勝手なことをいっているのは十分にわきまえていた。すると、タカさんがいった。そのことならサネは考えてるよ。梶山さんがいった。わかるかい。ふふ、と笑ってタカさんがいった。わかるさ。ふたりはしずかな微笑みをかわした。それから一瞬のうちにぼくは梶山さんの家の寝室にもどっていた。梶山さんは眠りからさめると目を開けて、ランを呼び、若者と写った写真をとってもらい、ベッドのうえでいつまでも懐かしそうにながめていた。

その後、ランは梶山さんの知り合いが紹介してくれた産婦人科の病院に通って、手のあいているときは梶山さんの話し相手になり、たまに用を頼まれ、だんだん産み月が近づいてきた。

予定日になって朝から鈍い陣痛があったらしい。昼に近くなると、間隔がだんだん短くなってきた。梶山さんのスマホを借りて産婦人科に電話したら、これから来られるか、ときかれた。ランは梶山さんにいわれてタクシーで病院へ向かった。玄関を入ると、婦人の看護師が車椅子をもってきて、彼女をのせて個室へ運んだ。ベッドで横になっていたら、年配の男の医師が入ってきて、陣痛の間隔をきかれ、二時間ぐらい、とこたえると、じゃあ、もう少し待とうか、と出ていった。ランが不安がっていることは、よくわかる。初めての出産だし、つきそいが誰もいない。ましてここは外国だ。ぼくが生きていたら手をにぎってやるところだ。やがて陣痛の間隔がさらに短く、痛みも強くなってきたようだ。ナースコールを押して看護師を呼び、いまの状態を伝えたら、また医師があらわれ、痛みは我慢できないぐらい？　ときかれ、声を出せずにうなずいた。行くか、と医師がいった。看護師が車椅子をもってきて、ランは分娩室へ入った。看護師の手を借りて分娩台に乗った。陣痛はひんぱんにきている。いきんで、と医師がいう。うーん、とランは下腹に力をこめる。ランもそれに合わせて、ふふふ、ふふふ、ふふふ、ふーうと呼吸のととのえ方を教える。ランもそれに合わせて、ふふふ、ふふふ、ふふふ、ふーうとやる。いきんで、と医師がいう。下腹に力をこめる。それがどれだけ続いただろうか。ランは痛みでときどき気が遠くなりかけていたようだ。彼女はいちど個室へもどされた。それからしばらくしても様子が変わらないのでまた分娩室へはこばれた。促進剤、入れよう。医師の指示で看護師が陣痛促進剤を注射する。痛みは、ますますひんぱんになった。ランは時間の感覚が分からなくなっていたようだが、このとき外は夜明けが近づいていた。彼女が分娩室へ入ってからすでに十時間いじょうが過ぎている。出血、多いです。看護師の声がする。血圧一八〇。医師は無言でランの状態を探っている。ランが悲鳴のような声をあげた。分娩室がはりつめた。ああ、神よ、母胎も赤ん坊も守ってやってください。ぼくは祈った。出血、増えてます。赤ちゃん、心拍弱ってます。看護師の声。帝王切開、準備して。医師がいった。看護師たちが慌ただしく動きはじめた。ランの腕に点滴の針がさされ、心電図がつけられた。赤ちゃん、出すからね、と医師がいう。麻酔するよ。ランはなにもきこえないようで、汗で髪が顔にはりつき、両手を看護師ににぎられ、獣のような声をあげる。瞬間、ぼくの目の前が真っ暗になった。どくん、どくん、と心臓の鼓動が聴こえる。ここはどこだ？　よくまわりが見えない。ただ、生暖かい水のようなものにつかっているのはわかる。ざーっとなにかが流れているのも分かる。ランの悲鳴、医師や看護師の声が、遠く、くぐもって聴こえる。意識が感じられた。ぼくいがいの誰かの意識だ。ぼんやりとなにかを思っている。それは声と温かな手でなでられた記憶だ。ジュニア……。くぐもったランの声。そして、突き出した拳をなでる温かな手。しばらくして、細いものを押しつけられ、目の前の闇が横にぱっくりひらいて明るくなり、誰かの手がぼくの体をもちあげた。マスクをつけた医師の顔が見えた。赤ん坊の産声が聴こえる。それはぼくの口から出ていた。二〇二二年十一月九日。ぼくのふたつめの記念日だ。

「赤ちゃん、出たよー」

医師がいいながら切った子宮と腹部を縫い合わせている。看護師がぼくを抱いて、ぐったりしたランの胸に置いた。彼女はひどく疲れているようで、弱々しく笑いかけた。やさしい母親の目をしていた。ラン、よくがんばったな。そういったつもりが、うう、うう、としか声が出なかった。やれやれ、やっとか。ふいに聞き覚えのある声がきこえた。父さん？　そうだ。おそかったな。ほんと、あたしもまちくたびれたよ。え？　母さん？　ああ。あんたが子供をつくらないおかげで、ずっと落ち着けなかったよ。俺もさ。けど、これでやっとあちこちうろうろしないですむ。父さんも、母さんも、とうに死んでる。なんで、こんなところにいるんだ？　そりゃあ、おまえと同じさ。死んだら子供や孫のなかで生きるんだ。父さんがいった。ぼくの考えがつたわるらしい。あたしらみたいになったら、しゃべるのも考えるのも同じだよ。母さんがいった。父さんも、あたしも、ずっと待ってたんだ、あんたたちが子供をつくるのを。ありゃ、嫁さん、寝ちゃったよ。なかなか美人だな。優しいし、しっかりしてるし、ナムにはお似合いだ。まあ、男の目から見たらそうなのかもね。なんだ、不服があるのか？　この子は、ちょっと気の利かないとこがあるよ。それに気が強い。あんまり姑根性だすと、嫌われるぞ。あんただって、この子がナムの嫁だってこと忘れなさんな。看護師がランをおこして車椅子に乗せた。彼女は個室へ運ばれてゆく。ぼくは別の看護師にだかれて新生児室へむかった。

出産から四日目にランはぼくを抱いてタクシーに乗った。ありゃ、車に乗るなんて贅沢だね。家の切り盛りは大丈夫だろうね。母さんがいった。だって、赤ん坊だいて電車やバスはきついだろ。ああ、嫁さんかばって。年寄りがお節介して悪うござんしたね、また、姑根性出しやがって。父さんが溜め息をついた。おまえ、自分がさんざん苦労してきたくせに。だから、いってんのさ。あたしはわずかな金も、あんたの親からもらったことがない。もうよせよ。梶山さんの家に着いて、ランがベッドのかたわらでぼくを見せたら、梶山さんは寝たまま手を出して、まだ髪のうすい頭をなでて、この世へウェルカム、とつぶやいた。

「赤ん坊の名前は決まったのかね」梶山さんが訊いた。

「ナムジュニアです」ランがこたえた。

梶山さんは黙ってうなずいた。親切なじいさんだね、母さんがいった。このじいさんは、あれだろ？　その、女じゃなくて、男のほうが……。まあ、でも、ナムも死んじまったわけだから。そうだな、その心配はないか。もともとないよ。ぼくはいった。でも、おまえ、あれしてやってじゃないか。それだけだよ。梶山さんは、それいじょうのことは望んでない。ランは寝室に使わせてもらっている客間にひきあげて、荷物の整理が一段落すると、ぼくにおっぱいをのませた。ランの母乳は、生温かくて、少しにがい。どこかなつかしい味がする。なんだ、これは。父さんがいった。赤ん坊の食事だよ。こんなまずいもの。酒がほしいってかい？　母さんが皮肉な笑い方をした。赤ん坊に酒のませるばかな母親がいるもんかね。

その日からぼくの首がすわるまで、ランとぼくは梶山さんといっしょに暮らした（父さんと母さんもいっしょだった）。大人の食事の世話はヘルパーさんがきてやってくれた。四か月目になって、梶山さんがいった。

「僕は施設へ入ることにした。君とナムジュニアは国へ帰りなさい」

ランは不安そうな顔になった。ここまできて放り出すってかい？　母さんがいった。そりゃないだろう。父さんがいった。ぼくには彼女の考えていることがわかった。ランにもぼくにも借金がある。ベトナムに帰ったところで、生活のめどが立たない。でも、ぼくは心配していなかった。梶山さんはきっとそのことも考えてくれているはずだった。梶山さんは言葉をつづけて、家屋敷を売って、施設の入居費を工面し、残りはランに手渡す、不動産屋に見積もってもらったところ、ランの手元に残る金は二千万円近くになったという。ランは信じられないようだった。二千万円てドンでいくらだ？　父さんは興奮していた。二十億ドンいじょうだな。ぼくがこたえると、そんなに！　と母さんがびっくりした。梶山さんはベッドの脇にあるチェストの引き出しから白い封筒をとり出した。ランはなかから一枚の小切手をつまみ出した。額面は二千万円。これが二十億ドン……。父さんがつぶやいた。御殿が建つぞ。森が買える。母さんがいった。不思議なものだ。この紙一枚にランと赤ん坊の未来がつまっている。

施設へ入居する朝、ランはぼくを抱いて梶山さんにつきそった。その建物は高層マンションだった。こんな高い建物はハノイに行かないと見られない。父さんがいった。そうだね。このじいさんはよほどの金持ちなんだ。母さんがいった。ちがうよ、実家の土地が高く売れたんだ、とぼくはいった。

新しい住居になる個室へ入ると、梶山さんはランにつげた。

「困ったことがあったら、なんでもいっておいで。僕は、あとどれぐらい生きるかわからないが、君の義理の父親だし、ナムジュニアのおじいちゃんだ」

ランは自分で編んだ毛糸のひざ掛けを梶山さんに贈った。赤い地に生前のぼくとランとナムジュニアの顔の図柄が編みこんである。ランはナムジュニアを梶山さんにだかせて、自分は彼のひざ元に顔をふせた。涙があふれてとまらないようだった。俺たちゃあ、役に立たないな。死んでるんだからしかたないさ。父さんと母さんがいった。

施設で梶山さんと別れたランは、ぼくを連れて羽田からベトナム行きの旅客機にのった。ハノイのノイバイ国際空港から電車とバスを乗りついでようやくクォアンハイ村についた。バス停にはチャイが待っていた。

——ランさん？　妹はおずおずと声をかけた。

——チャイさんね。ランが笑顔になった。

チャイはランが抱いている赤ん坊を見て、これがナムジュニア？　といった。ランはうなずいた。ほかになにかを探す素振りなので、ランはバッグを地面に置いてひらいた。白い包みを出す。これ、ナムの……。チャイは一瞬、眉根に皺をよせ、涙をこぼした。彼女は大切そうにぼくの遺骨をかかえ、ランの荷物を手にとって、先にたって歩き出した。米とライチの畑のなかに、家がぽつりぽつりとあって、軒先では鶏やアヒルが歩きまわっている。子供たちの笑い声がひびく。故郷にもどった感じがした。まだ三年もたっていないのに、村を出てからずいぶん時がたった気がする。トタン屋根の古い木造の家が見えた。ぼくの家だ。チャイが足早になかへ入ったら、コンとアイコンが走りでてきた。

——ランさん、とアインがいった。兄さんが世話になりました。彼はぼくの遺骨をかかえていた。

ランは首をふって、お世話になったのは私、といった。それから四人は夕食のテーブルをかこんだ。パパイヤサラダと五目おこわだけの質素な料理だったけれど、三人にしてみればこれが精一杯のもてなしだろう。ぼくはランの乳首に吸いついていた。

——目のところが似てる、とチャイがいった。

アインとコンはぼくをじっと見つめ、似てるといえば……といった。目のほかの似ているところを探しているらしい。どこが似てても不思議じゃないよね、兄さんの子供なんだから、とチャイ。

夕食が終わって、ランは大切そうに首からさげたポシェットをひらいて長財布をとり出した。

——これからのことなんだけど、と彼女はいった。私いったん実家にもどるけど、そのあと、ここで暮らしていい?

兄弟たちはたがいに顔を見合わせて、アインがそれはかまわないけど……と歯切れの悪い返事をした。彼らが気にしているのは金のことだ。バッハの借金をかえして、畑をちゃんと整備して、家計をたてなおさないと、家族がふえるのはきびしい。

——お金のことなら心配しないで。ランは梶山さんから贈られた大金について語った。兄弟たちは彼女の手にしている小切手に顔をよせて、自分たちがどのような状況に置かれているのかを考えた。ランから、バッハの借金をかえすこと、家を新築すること、ライチ畑を広げること、牛や羊を飼うことなど、具体的な話がでると、小切手の意味がわかってきて、アインも、コンも、チャイも、興ふんして自分のやりたいことをしゃべりはじめた。ぼくは彼らの話し合いを聴いているうちに眠くなってきた。ぼくの意識はだんだん赤ん坊の意識と混ざり合って、ぼくが生きていたころの記憶はあいまいに遠のいていった。ランはときどきベトナム語でしきりに話しかけてくるのだが、それもなにをいわれているのかわからなくなってきた。飛行機に乗ったころから、父さんと母さんはなにもしゃべらない。けれど、父さんのたましいは、ここにある。母さんのたましいも、ここにある。そして、ぼくのたましいもここにある。

みんなが寝ついたころ、コンが思い出したように懐中電灯をもって外へ出た。彼は兄弟の名が刻まれた木綿花の樹の幹に、ナイフでナムジュニアと彫った。

参考・引用文献

『毎日新聞』 2020年11月17日付
『現代詩手帖』 2021年1月号 「幡ヶ谷原町」バス停 平田俊子
『ゼロから始める都市型狩猟採集生活』 坂口恭平 角川文庫
『雪に生きた八十年』 猪谷六合雄 実業之日本社
『ユダヤ人国家 ユダヤ人問題の現代的解決の試み』 テオドール・ヘルツル著 佐藤康彦訳 法政大学出版局
Holocaust Encyclopedia
Informace pro Každý den Kryštof Janecěk
『旧約聖書』 日本聖書協会口語訳
『これが人間か』 プリーモ・レーヴィ著 竹山博英訳 朝日新聞出版
『夜と霧』 ヴィクトール・E・フランクル著 池田香代子訳 みすず書房
『溺れるものと救われるもの』 プリーモ・レーヴィ著 竹山博英訳 朝日文庫
『物語の役割』 小川洋子 ちくまプリマー新書
『ドイツ人の村』 ブアレム・サンサール著 青柳悦子訳 水声社
『イスラエル建国の歴史物語』 河合一充著 ミルトス

『世界史の窓』Ｙ-Ｈｉｓｔｏｒｙ　教材工房
『シャティーラの四時間』ジャン・ジュネ著　鵜飼哲／梅木達郎訳　インスクリプト
『パレスチナ１９４８ＮＡＫＢＡ』広河隆一編　合同出版
『パレスチナ／イスラエル論』早尾貴紀　有志社
『毎日新聞』２０２４年1月14日付　アシュラフ・ソラーニ
『現代思想』２０２４年2月号「小説　その十月の朝に」岡真理
『ガザとは何か』岡真理　大和書房
『毎日新聞』２０２３年10月28日付〜２０２４年7月29日付「ガザ市民の日記」
『パレスチナ詩集』マフムード・ダルウィーシュ著　四方田犬彦訳　ちくま文庫「地がわれらを圧迫して」
『朝日新聞』２０２３年10月8日付
『朝日新聞』２０２３年11月24日付　ムハンマド・マンスール
『朝日新聞』２０２４年7月12日付　ロイター
『ガザ日記』アーティフ・アブー・サイフ著　中野真紀子訳　地平社「もし私が死なねばならぬなら」リファアト・アル＝アルイール
『クーリエジャポン』２０２４年4月11日付
『ルポ技能実習生』澤田晃宏　ちくま新書
『ルポ入管――絶望の外国人収容施設』平野雄吉　ちくま新書

『ウィシュマさんを知っていますか?』　眞野明美　風媒社
『地球の歩き方　ベトナム』　ダイヤモンド社
『図解即戦力　電子部品業界のしくみとビジネスがこれ1冊でしっかりわかる教科書』　野村総合研究所　コンサルティン事業部　技術評論社
『電子工作ハンドブック③ハンダの達人』　福多利夫　翔泳社
『図解入門業界研究　最新電子部品産業の動向とカラクリがよ～くわかる本』　村田朋博／久納祐治　秀和システム
『ポケット製本図鑑』　デザインのひきだし編集部　グラフィック社
『介護現場の事故・トラブル防止法』　田中元　ぱる出版
『介護の日本語』　公益社団法人日本介護福祉士会
『空白の天気図』　柳田邦男　文春文庫
『図解　台風の科学　発生・発達のしくみから地球温暖化の影響まで』　上野充　山口宗彦　講談社
『台風についてわかっていること　いないこと』　筆保弘徳・編者　山田広幸／宮本佳明／伊藤耕介／山口宗彦／金田幸恵　著　ベレ出版

村上政彦（むらかみ・まさひこ）

作家。

業界紙記者、学習塾経営者などを経て、1987年「純愛」で福武書店（現ベネッセ）主催・海燕新人文学賞を受賞。以後、続けて5度の芥川賞候補に。日本文藝家協会常務理事。日本ペンクラブ平和委員。ムラマサ小説道場主宰。著書に、『ナイスボール』福武書店のち集英社文庫、『ドライブしない？』（「純愛」所収）福武書店、『青空』福武書店、『Zoo』海越出版社、『アラブの電話』福武書店、『魔王』集英社、『トキオ・ウイルス』講談社のちハルキ文庫、『ニュースキャスターはこのように語った』集英社、『東京難民殺人ネット』角川春樹事務所（ハルキ・ノベルス）、『「君が代少年」を探して　台湾人と日本語教育』平凡社新書、『見果てぬ祖国』ホセ・リサール原作／翻案 潮出版社、『ハンスの林檎』潮出版社、『台湾聖母』コールサック社、『αとω』鳥影社、『結交姉妹』鳥影社

赤《あか》い轍《わだち》

2024年9月20日　初版第1刷印刷
2024年9月30日　初版第1刷発行

著　者　村上政彦
発行者　森下紀夫
発行所　論 創 社
東京都千代田区神田神保町 2-23　北井ビル
tel. 03（3264）5254　fax. 03（3264）5232　web. https://www.ronso.co.jp/
振替口座　00160-1-155266
装幀／菅原和男
印刷・製本／中央精版印刷　組版／フレックスアート
ISBN978-4-8460-2466-6　